A Mechanism Analysis of Service
Sectors Opening on Technological
Progress of China's Manufacturing

服务经济博士论丛·第*3*辑
Doctoral Research Series on Service Economy · Series 3

服务业开放对中国制造业技术进步的影响机制研究

于诚 著

中国财经出版传媒集团

经济科学出版社
Economic Science Press

经济服务化是世界经济发展史上的一个极其重要的现象，是一个国家走向现代化后在产业结构上表现出来的重要特征，是现代经济增长的基本动力来源。Fuchs 在其开创性研究著作《服务经济》（*The Service Economy*）中如此预言："起源于英国，随后在西方发达国家普遍发生的就业从农业向工业转移的现象是一次革命；同样，起源于美国，就业从工业悄然向服务业转移的现象，也将是革命性的。"如其所料，至20世纪90年代末，世界上几乎所有发达国家都已成为服务型经济国家。如今，发达国家 GDP 增加值和就业的70%已经由服务业创造，经济社会运行的关键特征也越来越表现为知识化、信息化和无形化。

对于正在全面走向基本小康社会和力争实现现代化的中国来说，大力发展服务经济的重大意义，至少体现在以下四个方面：

第一，制度创新的主要载体。无论是现代企业的产权体系和治理结构，还是现代市场体系的秩序和运作规则，或者是政府公共服务职能的法制化和现代化，其实都是一个现代服务业的发展问题。如创新赖以有效运作的知识产权制度，各类人才、技术、知识和产权等中介市场，财富驱动创新的金融制度安排，等等，无一不是属于现代生产性服务业发展的基本内容。

第二，经济结构调整的重要工具。服务业相对于非服务业尤其是制造业，是一种可贸易程度差、内需性强的产业，因此发展服务业事实上就意味着主要应开拓国内市场，以内需拉动经济增长而不是主要靠外需。中国经济过高的对外依存度，对应着国内巨大的、过剩的制成品生产能力。这些供给过度的制成品在巨大的竞争压力下，由于可贸易的程度较高，都通过国际贸易的方式消化到了别国的市场。发展服务经济，不仅有利于缓解第二产业的竞争压力，减少资源、能源和环境的消耗，而且还可以利用其本地化、可贸易性差的特点，就地消化在本国市场，从而实现扩大内需、降低国际贸易摩擦和转换发展方式。

第三，全球价值链攀升的关键要素。在全球价值链分工体系下，发达国家掌控着非实体的服务经济环节，如研发、设计、物流、网络、营销和金融等，而广大发展中国家在价值链的低端为其进行国际代工。发展中国家企业的升级努力往往被发达国家的大买家压制或者"被俘获"，很难向价值链的高端攀升。发展现代生产者服务业，可以利用其强大的支撑功能成为制造业增长的牵引力和推动力，为制造业的起飞提供"翅膀"和"聪明的脑袋"，从而突破发达国家对于价值链高端的封锁。

第四，居民幸福感提升的重要抓手。现今我国产业结构的重要特点是：与制造业供给严重过剩相对比，服务业许多行业的投资严重不足，产出尤其是高质量的产出处于严重的供给瓶颈，这就是所谓的"总需求向服务业集中而总供给向制造业倾斜"的结构性矛盾。制造业供给严重过剩要求我们在内需不足的前提下实施出口导向战略，而服务业投资严重不足则是使人民生活在经济高增长态势下感到不幸福、不和谐的主因。例如，绝大多数中国人始终生活在一种"求人"的状态，子女上学求人，看病求人，办事求人……这一切，其实反映的是"与民生直接相关的服务业，如住宅、教育、医疗、养老等不够发达"的现实，反映的是人民生活质量与经济增长严重不匹配。

中国服务业发展的态势和趋势，决定了还有太多的理论问题需要研究，还有太多的现实问题和政策需要评估和推敲。实践中，实现服务经济健康持续发展的机制、路径、手段及政策工具尚不清晰，需要学者们投入热忱，潜心研究。南京大学应用经济学科和南京大学长江三角洲经济社会发展研究中心长期致力于我国服务经济问题的研究，以问题为导向先后出版或发表过一系列有关服务经济理论和政策问题的著作或论文。为了不断地培育我国服务经济学研究的后续新人，在上述两个机构的联合资助下，我们在经济科学出版社的帮助下出版了这套以服务经济研究为主题的丛书。我们期待着国内外同行和各界人士携手共同对此开展更加深入和广泛的研究，也欢迎广大朋友对丛书提出建议和批评！

刘志彪

2013 年 8 月

　　长期以来，作为"世界工厂"，中国制造产品的优势主要来自廉价劳动力、土地、原材料等初级要素。随着传统成本优势的逐步丧失，中国制造业发展动力正在努力切换至以技术进步为核心的创新驱动发展。服务经济的时代背景和全球价值链分工的发展趋势，要求我国进一步向世界开放服务业。与制造业相比，服务业开放更为复杂。从现有文献来看，我国服务业开放虽然已受到多方重视和关注，但有些研究还显不足，包括服务业开放对制造业技术进步影响的分析，大多停留在对服务业开放的总体研究上，分析方法也主要采用定性方法等。

　　本书的研究思路是立足于当前服务业开放趋势和服务贸易发展的现实，从影响制造业技术进步的决定因素入手，运用内生经济增长、服务贸易、产业经济以及技术经济学等理论，深入分析服务业开放对开放国制造业技术进步的影响机制，并利用中国数据展开实证研究，从而为理论分析提供经验支持。本书的主要内容和结论如下。

　　第一，本书在任务贸易模型基础上，通过将服务业开放与影响制造业技术进步的相关因素纳入统一分析框架，探讨了服务业开放对制造业技术进步的影响机制。本书认为，服务业开放对制造业技术进步的影响，主要是通过人力资本、知识资本和制度质量等路径。本书将服务业开放对制造业技术进步的影响机制概括为人力资本积累效应、知识资本积累效应和制度质量提升效应三个方面。具体而言，在服务业开放的人力资本积累效应方面，主要体现在服务业开放不仅提升了开放国制造业人力资本积累水平，而且促进了开放国劳动工人的总体边际生产率，进而提升了制造业生产率水平；在知识资本积累效应方面，服务业开放改善了制造业企业对于研发创新投资的行为决策，因而在优化创新资源配置效率的同时，加快了企业的知识资本积累，提升了企业的技术创新能力，进而加快了制造业技术进步的步伐；在制度质量提升效应方面，本书认为服务业开放将促进开放国服务业制度与国际制度对接，从而推动开放国国内有关制度的改革和完善，进而优化技术进步环境和提升制造业技术水平。

第二，本书在世界贸易组织（WTO）界定的服务贸易提供方式，即跨境交付、境外消费、商业存在和自然人流动方式的基础上，将跨境交付、境外消费和自然人流动方式合并归为跨境服务贸易方式下服务业开放，将商业存在归为服务业外商直接投资（FDI）方式下服务业开放。本书不仅分别定性分析这两种方式下服务业开放对制造业技术进步的具体影响，而且利用中国样本数据加以实证检验。

第三，本书实证检验了服务业开放对中国制造业技术进步整体影响的存在性。本书以全要素生产率作为衡量中国制造业技术进步的指标水平，分别以跨境服务贸易开放渗透率和服务业外商直接投资（FDI）开放渗透率作为反映我国服务业开放程度的参数，实证结果分析显示，服务业开放确实影响制造业技术进步［即服务业开放是制造业技术进步的格兰杰（Granger）因果原因］。进一步，服务业开放方式对中国制造业全要素增长率的影响，因开放方式的不同而存在差异。随着滞后阶数的增加，跨境服务贸易开放对制造业全要素生产率增长的影响将逐渐减弱，而服务业 FDI 开放方式对于制造业全要素生产率增长的影响会逐渐增强。

第四，本书对服务业开放的制造业技术进步人力资本积累效应进行了实证检验。结果发现，从不同服务业开放方式来看，服务业 FDI 开放对于制造业人力资本积累的影响要大于跨境服务贸易开放的影响，但这种影响的显著性较弱，这表明服务业 FDI 对我国制造业人力资本积累效应的发挥尚不稳定。进一步，运用汉森（Hansen）提出的门槛检验方法，发现服务业开放的人力资本积累效应具有显著的门槛特征。当跨境服务贸易开放渗透率和服务业 FDI 渗透率超过特定门槛值时，服务业开放对中国制造业人力资本积累才将产生显著促进作用。此外，两种不同方式下，服务业开放均会对中国制造业就业总量产生不利影响，而服务业 FDI 方式的开放促进了制造业工资收入增长。

第五，本书对服务业开放的制造业技术进步知识资本积累效应进行了实证检验。实证检验结果显示，服务业开放对中国制造业技术进步影响机制中的知识资本积累效应的影响较为显著。具体来讲，通过区分两种不同的服务业开放方式，发现跨境服务贸易开放和服务业 FDI 开放对中国制造业知识资本存量的影响均存在显著的"倒 U 型"关系，即当跨境服务贸易开放渗透率和服务业 FDI 开放渗透率超过一定门槛时，服务业开放对制造业知识资本存量的进一步提升产生显著的抑制作用。同时，跨境服务贸易开放和服务业 FDI 开放均会对当期中国制造业知识资本积累效应产生积极影响，但从长期来看，上述两种方式下，服务业开放对制造业知识资本积累效应的进一步提升均会产生消极影响。此外，服务业开放对于制造业知识资本积累存量和效应的影响也存在行业差异性，即跨境服务贸易开放与服务业 FDI 开放均会对高技术制造业行业知识资本积累存量和效应产生积极影响，但对高污染行业知识资本积累存量和效应的提升则产生抑制作用。

第六，本书对服务业开放的制造业技术进步制度质量提升效应进行了实证检验。实证检验结果表明，从整体上看，服务业开放对中国制造业技术进步影响机制中的制度质量提升效应的影响较为显著。从全国层面实证结果来看，服务业开放对以市场化指数表示的制度质量有着显著的正向影响，即较高的服务业开放度对于健全相关法律和制度、加快市场化改革、优化制度质量有着积极的促进作用。我国各地区制度质量具有"持续性"特征，即当前制度质量对前期制度质量的"路径依赖"效应较为明显。人均 GDP 对制度质量提升具有显著的正面影响，而较高的收入差距则不利于制度质量的提升。从分区域实证结果来看，服务业开放对东部地区制度质量的提升起到了积极的作用，但对中西部地区制度质量的影响并不显著。

最后，本书在已有研究结论的基础上，提出了一系列政策建议，包括：现阶段我国应积极推动服务业对外开放，制定合理有序的服务业开放政策；促进制造业与服务业之间的产业融合与良性互动；继续发挥传统服务业优势，大力发展现代服务业，提升我国服务业的国际竞争力；突出人才培养，加快人力资本积累；强化知识资本供给效应，注重创新成果市场价值输出；加大改革力度，优化企业技术进步的制度环境等。

目　录
Contents

第 1 章

绪 论

1.1

研究背景及意义

改革开放以来，凭借廉价劳动力、土地、原材料等初级要素的优势，中国成功实现了经济持续高速增长，并逐渐成为全球制造业中心。虽然当前中国已是世界第一制造业大国，部分产品产量甚至超过了世界其他国家生产的总和，但在全球价值链分工体系中，中国制造业长期处于价值链低端，主要承担着劳动密集型、低附加值的生产制造或组装环节（刘志彪，2006）。与制造业强国相比，中国依然存在创新能力弱、资源利用效率低、附加值含量较少等诸多问题。近年来，随着经济持续发展和要素禀赋的变化，中国制造业初级要素专业化发展战略依托的低成本优势开始逐步消失，"人口红利"[①] 不断弱化（蔡昉，2010）、资源约束不断加大，中国制造业正面临着日益严峻的挑战。经济研究表明：从长期来看，技术进步是经济增长方式转变、产业结构优化和全球价值链位次攀升的根本动力（洪银兴，

---

① 所谓"人口红利"，是指一个国家的劳动年龄人口占总人口比重较大，抚养率比较低，为经济发展创造了有利的人口条件，整个国家的经济呈高储蓄、高投资和高增长的局面。蔡昉（2010）认为，在 2013 年左右，中国的人口抚养比将跌至谷底，随后迅速上升，人口红利从那时便逐渐消失了。

2013）。"中国制造 2025"① 行动计划已清晰表明，要通过加快形成以技术进步为核心的制造业发展战略和路径，大力提升"中国制造"技术水平。

服务业是服务经济时代的主导产业，并对制造业的技术进步和竞争力提升发挥着重要作用。根据发达国家经验，随着服务业发展和制造业中服务要素投入比例的增加，制造业将加快技术进步步伐，并且，由于制造业内部产业链和资源配置效率的优化，在制造业国际分工中的地位将提升。改革开放以来，中国服务业发展取得了举世瞩目的成绩。截至 2015 年，中国服务业占 GDP 比重达到 50.5%，服务业开始取代制造业成为中国国民经济的第一大产业。但同一时期，服务业占美国 GDP 比重已达到 80%，占欧美 GDP 比重也超过 75%。与发达国家以及中国经济发展的要求相比，中国服务业整体水平和国际竞争力依旧较低（江小娟，2004；夏杰长，2014），严重制约了中国制造业的发展。

20 世纪 80 年代以来，全球范围内服务业开放趋势十分明显。乌拉圭回合谈判的一个重要成果就是制定了《服务贸易总协定》（GATS），进而为国际服务业开放和服务贸易自由化提供了一个初步法律框架。但是，由于多种原因，涉及各国服务业进一步开放的很多具体问题尚未解决。为突破 GATS 多边谈判的困境，进一步推动服务开放，一些发达缔约方开始进行新的"服务贸易协定"谈判，力图制定国际服务贸易新规则。与此同时，我国服务业开放也取得了积极进展，服务业开放不仅推动了我国服务业自身的发展，也有力地推动了我国制造业的发展。但是，我国服务业开放也存在着诸多问题。新时期，推进服务业有序开放，放开准入限制成为必然选择。基于以上的现实背景，我国能否通过扩大服务业对外开放，加快形成以技术进步为核心的制造业发展方式，助推制造业摆脱缺乏人力资本和技术创新能力等被动局面，是一个值得深入探讨的问题。

本书立足于服务业开放趋势和服务贸易发展的现实，以服务业开放对

---

① "中国制造 2025"在 2013 年年初还只是中国工程院联合工信部、国家质检总局牵头实施的一个咨询项目（"制造强国战略研究"重大项目），在德国政府 2013 年 4 月的汉诺威工业博览会上正式推出"工业 4.0"战略的启发下，中国政府相关负责人意识到，必须迎头赶上第三次工业革命的浪潮，遂于 2014 年年初责成工信部牵头、会同相关部委编制"中国制造 2025 规划"，作为未来 10 年中国制造业发展的顶层规划，并上升为国家战略。因此，"中国制造 2025"又被称为"中国版工业 4.0。"

制造业技术进步的影响机制为研究主题，并利用中国数据展开实证研究，具有重要的理论及实践意义。从理论角度来看，本书在技术进步与服务业开放相关理论的基础上，从影响制造业技术进步的决定因素入手，深入分析服务业开放对开放国制造业技术进步的影响机制，构建了较为系统的理论框架，丰富了内生经济学、服务贸易学、产业经济学等相关理论，具有一定的理论价值。从现实角度来看，不仅为如何加快我国服务业开放进而服务建设高水平开放型经济提供了新思路，而且为我国在推动服务业开放的进程中实现制造业技术进步提供了合理的政策借鉴。

1.2
研究思路和基本内容

1.2.1 研究思路与技术路线图

本书共分 8 章（见图 1 - 1）。第 1 章为绪论。主要包括研究背景和意义、研究思路和基本内容、主要的研究方法以及可能的创新点和不足。第 2 章为文献综述。文献综述是全书研究的起点和基础，该章围绕技术进步、服务业开放发展以及服务业开放与技术进步关系的主题展开，并对相关文献进行梳理。第 3 章构建了服务业开放对制造业技术进步影响机制的理论分析框架。理论分析表明，制造业技术进步受到多种因素影响，其中人力资本、知识资本、制度质量起着至关重要的作用，而服务业开放通过对这些因素产生作用，进而影响开放国制造业的技术进步。相应地，本书将服务业开放对制造业技术进步的影响机制依次归纳为人力资本积累效应、知识资本积累效应和制度质量提升效应。通过将服务业开放方式划分为跨境服务贸易开放和服务业 FDI 开放，本章深入分析了两种开放方式在各种影响机制中的作用。第 4 章为现状分析。一方面，考察了中国服务业开放的历史演进和发展现状；另一方面，利用随机包络法中的马尔姆奎斯特指数法（DEA - Malmquist）对中国制造业技术进步进行了科学测度，分析了近年来我国制造业全要素生产率、技术变化率和技术效率的变化情况。此

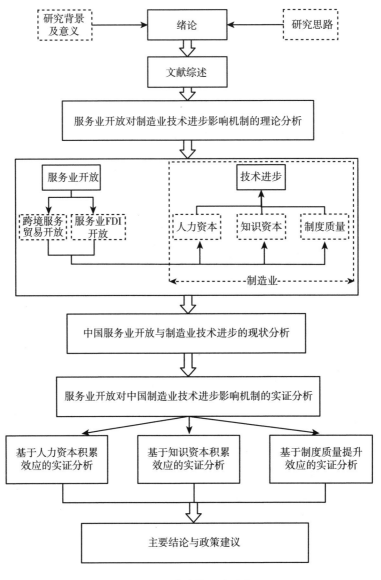

图 1 - 1　本书的研究路线

外，基于面板数据格兰杰因果分析，检验了服务业开放与我国制造业全要素增长率之间的关系。第 5 章 ~ 第 7 章为服务业开放对中国制造业技术进步影响机制的实证分析。具体来说，第 5 章为服务业开放的人力资本积累效应的实证分析。首先，考察了服务业开放对中国制造业人力资本积累的影响；其次，考察了服务业开放对制造业人力资本积累的门槛效应。第 6

章为服务业开放的知识资本积累效应的实证分析。主要考察了服务业开放对中国制造业知识资本积累存量和知识资本积累效应的影响，并分析了行业异质性。第 7 章为服务业开放的制度质量提升效应的实证分析。在选取表征制度质量的市场化指标指数的基础上，以此为核心解释变量，分析服务业开放对我国及不同区域制度质量的影响。第 8 章为主要结论与政策建议。

1.2.2　研究的基本内容

本书立足于服务业开放趋势和服务贸易发展的现实，从影响制造业技术进步的决定因素入手，运用内生经济增长理论、服务贸易理论、产业经济理论以及技术经济学理论，深入分析服务业开放对开放国制造业技术进步的影响机制，并利用中国数据展开实证研究，为理论分析提供经验支持，最后提出相应的政策建议。

第一，构建了服务业开放对制造业技术进步影响机制的理论分析框架。借鉴格罗斯曼和罗西 - 汉斯贝格 （Grossman & Rossi - Hansberg，2008） 提出的任务贸易模型 （以下简称 "GRH 模型"），本书将服务业开放与影响制造业技术进步的影响因素纳入统一分析框架，分析得出，服务业开放可以通过三种机制——人力资本积累效应、知识资本积累效应和制度质量提升效应影响制造业技术进步。首先，在服务业开放的人力资本积累效应方面，主要体现在服务业开放不仅提升了开放国制造业人力资本积累水平，而且促进了开放国劳动工人的总体边际生产率，进而提升了制造业生产率水平；其次，在知识资本积累效应方面，服务业开放改善了制造业企业对于研发创新投资的行为决策，因而在优化创新资源配置效率的同时，加快了企业的知识资本积累，提升了企业的技术创新能力，进而加快了制造业技术进步的步伐；最后，在制度质量提升效应方面，本书认为服务业开放将促进开放国服务业制度与国际制度对接，从而推动开放国国内有关制度的改革和完善，进而优化技术进步环境，提升制造业技术水平。

第二，依据不同的服务贸易提供方式，本书将跨境交付、境外消费和自然人流动方式下服务业开放合并归为跨境服务贸易方式下服务业开放，将商业存在归为服务业 FDI 方式下服务业开放。由此，将服务业开放的方式划分为跨境服务贸易开放和服务业 FDI 开放。本书不仅在理论分析中阐述了两种方式服务业开放在制造业技术进步影响机制中发挥的作用，还通过对中国数据的实证进一步加以验证。

第三，验证服务业开放对中国制造业技术进步影响的存在性。本书对以跨境服务贸易开放渗透率和服务业 FDI 开放渗透率衡量的中国服务业的开放程度，以及以全要素生产率衡量的中国制造业的技术进步，进行面板数据的单位根、协整以及格兰杰因果分析，实证检验了服务业开放与中国制造业全要素增长率间的关系。

第四，就服务业开放对中国制造业技术进步的影响机制进行实证分析。理论中分析了服务业开放对制造业技术进步的三种影响机制，那么，针对中国样本对影响机制进行实证检验，是本书的重点以及创新之处。

首先，验证服务业开放对中国制造业技术进步影响机制中的人力资本积累效应。本书从人力资本积累视角出发，验证了服务业开放对中国制造业人力资本积累的影响，并对实证结果进行了门限效应检验，以验证结论的有效性和适用性。其次，验证服务业开放对中国制造业技术进步影响机制中的知识资本积累效应。本书利用有效专利授权量和专利开发效率分别衡量了我国制造业知识资本积累存量和积累效应，运用制造业行业层面数据分析服务业开放对知识资本积累的影响及其行业异质性，进而全面验证服务业开放的知识资本积累效应。最后，验证服务业开放对中国制造业技术进步影响机制中的制度质量提升效应。本书主要从整体和分区域层面，利用静态和动态相结合的回归方法对面板数据进行估计，分析服务业开放是否优化了我国制造业技术进步的制度环境，并考量了这种影响的区域异质性。

1.3

主要研究方法

本书研究的目的是揭示服务业开放促进制造业技术进步的机制，并运用中国制造业行业数据对影响机制加以检验。为此，本书力求从多角度、多层次来研究服务业开放与制造业技术进步问题。本书研究方法主要归纳如下：

第一，理论分析与实证分析相结合。本书首先在对服务业开放方式和一般效应进行理论分析的基础上，构建数理模型，就服务业开放影响制造业技术进步的影响路径和作用机制进行规范分析；其次，利用中国数据，对中国服务业开放与制造业进步进行了现状描述，并以此作为实证分析的基础；最后，在前面分析的基础上，就服务业开放对我国制造业技术进步的影响机制进行实证研究，努力做到理论分析与实证研究相辅相成。

第二，多重维度相结合的方法。本书在分析中国服务业开放与制造业技术进步现状问题时，并未从单一的视角对其进行分析，而是从多重维度进行深入的研究。在服务业开放现状分析中，本书不仅采用直接指标与间接指标法就服务业开放展开特征描述，还采用历史分析方法回顾了我国服务业开放的方式和历程。在制造业技术进步的测度中，采用了近年来较为流行的 DEA – Malmquist 生产率指数法，并将生产率指数进一步分解为技术变化率和技术效率。此外，在实证分析中，本书通过将服务业开放划分为跨境服务贸易开放和服务业 FDI 开放两种方式，比较了两种开放方式下服务业开放对中国制造业技术进步的影响，以及二者在各自影响机制中作用的异同。

第三，计量实证回归方法。本书利用向量自回归模型、动态面板模型、固定效应模型以及门限回归模型等实证方法，对本书的研究主题进行了计量分析。例如，在分析服务业开放的人力资本积累机制时，本书利用动态面板数据法分析不同开放方式服务业开放对于制造业人力资本积累的影响，并借鉴汉森（Hansen）提出的门限回归方法，以"残差平方和最小化"为原则确定各个门槛值，并对其门槛效应的显著性进行了进一步检验。

第四，数据包络分析法（DEA）。由于本书的研究需要对制造业的全要素生产率以及知识资本积累效应进行测算与分解，因此，利用以数据包络分析（DEA）为基础的非参数估计——DEA – Malmquist 指数法，该方法无须满足特定生产函数形式和其他假定，不用预先估计参数，在算法上具有较大的优越性，可得到较为稳健的结果。本书主要使用 DEAP2.1 软件计算出最终的结果。

1.4

可能的创新与不足

1.4.1 可能的创新

第一，本书综合应用经济增长和产业经济等理论，特别是结合 GRH（2008）模型，拓展了服务业开放对开放国制造业技术进步影响机制的理论分析框架，并且通过进行有关的规范和实证研究，拓展和充实了现有研究成果。具体来讲，本书将服务业开放与影响制造业技术进步的相关因素纳入统一分析框架，经分析认为，服务业开放影响制造业技术进步的机制可以概括为人力资本积累效应、知识资本积累效应和制度质量提升效应三种。在定性分析基础上，本书运用中国样本，依次对不同的影响机制进行了实证检验。

第二，目前国内外关于服务业开放与制造业技术进步的研究，主要局限于服务业 FDI 开放对制造业技术进步影响的分析。本书依据 GATS 对服务贸易提供方式的分类，将服务业开放进一步细分为跨境服务贸易开放和服务业 FDI 开放两种类型，并且分别从理论分析和实证检验两个视角，分析了两种服务业开放方式对制造业技术进步的影响机制，即在人力资本积累效应、知识资本积累效应和制度质量提升效应上的异同。与现有成果相比，本书关于服务业开放对制造业技术进步影响机制的研究更为深入和全面。

第三，本书首先推进了服务业开放对中国制造业技术进步影响机制中的人力资本积累效应、知识资本积累效应和制度质量提升效应的研究。其中，从人力资本效应的研究来看，本书鉴于服务业开放的特殊性，通过面板门限回归的方法，探讨了服务业开放影响我国制造业人力资本积累的"门槛条件"，进而使分析更加深入。其次，从知识资本积累效应的研究来看，本书不仅探讨了服务业开放对中国制造业以及不同类型制造业知识资本积累存量的影响，也对服务业开放与制造业知识资本积累效应的关系进行了创新性分析，进一步丰富了知识资本积累的研究内涵。最后，从制度质量提升效应的研究来看，本书在国内外已有研究基础上，通过理论分析和选取反映制度质量的中国市场化指标，从地区层面实证检验了服务业开放对中国制造业技术进步影响机制中的制度质量提升效应，充实了这部分国内外研究的不足。

1.4.2 存在的不足

本书的结论尚存在一些不足，主要体现在以下方面。

第一，本书在考察服务业开放对制造业技术进步的影响机制时，虽然详细分析了其中最为关键的人力资本积累效应、知识资本积累效应以及制度质量提升效应，但是，囿于作者的能力和水平，有些其他因素本书尚未进行分析。这是今后进一步深入研究的方向。

第二，由于种种原因，目前有关服务业和服务贸易的数据比较缺乏，服务贸易统计与服务业统计的口径存在不一致。随着我国服务业和服务贸易统计数据的日趋完善，这一问题有待改进。

第2章

文献综述

本章着眼于对国内外相关文献进行梳理总结，其中包括对技术进步相关文献、服务业开放相关文献以及对服务业开放对技术进步影响相关文献的回顾。根据本书的研究内容，在此文献回顾的基础上，对相关文献进行了评述，这些评述演绎了文章的理论脉络。

2.1
技术进步相关文献

2.1.1 技术进步研究的发展历程

1. 新古典经济增长理论

技术进步对经济增长的贡献率研究源自以索洛（Solow）为代表的一批新古典经济学家。他们在测度资本和劳动力对经济增长率的贡献时发现，资本和劳动力并不能完全解释经济增长率，这部分不能被解释的要素，他们把它统一归结为技术进步作用。为了更直观地表达这种技术进步对于经济增长率的贡献作用，新古典经济学家通过运用一个假设的生产函数来模拟这种贡献作用背后的理论逻辑。他们假设 Y 为生产函数，代表产出；用 K 和 L 分别表示资本和劳动力投入。在希克斯（Hicks）中性技术进步①和规模保持不变的假设下，总的生产函数可以描述为 $Y = A \cdot F(K, L)$。接下来，他们通过对生产函数中的时间 t 进行求导的方式，在假设单位要素投入的价格与该要素的边际产出的前提下，对该生产函数进行等量变换。这种变换的意义在于形象、直观地表达了在该生产函数中，不能被资本和劳动力解释的未知因素。进而，可以将"索洛余值"用数学公式描述为：

$$\frac{\dot{A}_t}{A_t} = \frac{\dot{Q}_t}{Q_t} - S^K \frac{\dot{K}_t}{K_t} - S^L \frac{\dot{L}_t}{L_t} \tag{2.1}$$

其中，$\dot{A}_t / A_t$ 即为"索洛余值"。公式（2.1）右边部分表达的是生产增长率与资本投入增长率以及劳动投入增长率之差，也即产出增长率中未能被资本增长率和劳动增长率解释的部分。"索洛余值"在理论上与希克斯效率系数的增长率相等。公式（2.1）中，S^K 表示资本要素在收入中所占的份额，S^L 则表示劳动在收入中所占的份额。上述"索洛余值"度量的是我们不能获知的要素，这种要素的外衍比较广泛，既包括技术的进步对经济增长带来的溢出效应，也包括因模型本身缺陷而导致的变量遗漏或者假定错误等不可知的无效部分。需要特别指出的是，在上述新古典经济学家的理论模型中，技术进步是一个外生的变量，这种变量对经济增长率的贡献极为重要，如果一个经济体中缺乏技术进步的贡献作用，那么整个经济体的增长就会停滞。"索洛余值"提供了与古典经济理论完全不同的分析框架，它的意义在于创造性地解释了促进经济增长的第三种要素，这种要素外生于传统的经济增长模型，解释了无法被资本投入和劳动投入解释的增长贡献。由于这种要素的特殊贡献，它也被称作全要素生产率指数。在实际的理论研究中，A 常被直接视同技术进步。但索洛（1957）认为，技术进步只是一个简略的表达，这种表达的内涵非常丰富，通过对生产函数形式的各种等价变换，劳动力教育水平、生产的加速或者减速都可以被纳入技术进步的范畴之中。

赫尔滕（Hulten，2000）认为，新古典经济学的代表人物索洛的突出

---

① 希克斯认为，如果不改变投入要素之间的边际替代率，而仅仅是在给定的投入水平上增加或者减少产出，那么，这种生产函数的转变称为中性的。

贡献便在于其开创性地对生产函数以及生产率指数方法建立了一个简洁有效的理论模型，这个理论模型无论从形式上还是从内涵意义上，都能深刻地表达总量生产函数中不能被资本和劳动解释的增长要素，这也使得"索洛余值"成为一个真正意义上可以量化的变量。在现实理论实践中，如果能够知道投入的数量和价格，就可以直接得出技术进步指数。新古典经济增长理论认为，度量生产率长期增长趋势最合适的指标就是全要素生产率，该指标之所以能够很好地拟合生产率的长期增长趋势，是因为该模型中存在资本体现的技术进步情况，这种情况可以使得在模型变量数据引入时，如果不对资本存量的基础数据做质量变化修正，那么"索洛余值"既可以反映无实体的技术进步，也同时可以表示资本体现的技术进步，这一属性使得该全要素生产率成为拟合生产率长期变化趋势的最佳估量。

2. 内生增长理论

在以索洛为代表的新古典经济理论体系中，技术一直被视为外生的变量。然而，在现实世界中，技术往往跟资本和劳动力的投入有很强的相关性，因此，完全将技术视为外生变量可能导致模型在解释现实经济问题时失真。为此，20世纪80年代中期，罗默（Romer）和卢卡斯（Lucas）提出了内生增长理论。内生增长理论改变了新古典增长理论中关于技术外生这个关键的假设，而是将技术进步视作模型内生的要素。内生增长理论认为，技术进步是人们在生产活动中不断进行研究和学习的结果，资本的概念不仅包含传统的固定资本，还应该包括知识和人力资本。在内生增长理论中，技术进步是模型内生的，资本概念外衍的拓宽可以解释更多的现实经济问题。在现实经济中，世界各国普遍的做法是不断地增加人力资本的投入，依靠人力资本投资的改善，可进一步提升资源利用率，促进经济的长期发展。

罗默（1990）把知识直接当作生产中的一项要素投入，并将知识要素加入其构建的竞争均衡模型。罗默模型是一个包含三个要素的竞争均衡模型，该模型具有以下三方面特征。第一个特征为，模型中技术进步是内生变量。知识是资本的一种存在形式，新知识的产生是技术研究投入的结果，其产出特征类似一般的产出函数，具有边际产出递减的特征，即随着等量研究投入的增多，每单位研究投入产出的知识量在不断减少。第二个特征为，知识的投资具有很强的外部性。由于很难阻止别的生产企业模仿本企业的生产技术，因此，一项新知识、新技术被开发出来后，后续的相关企业也会模仿，从而使本企业的技术领先优势地位被打破。在现实世界中，虽然一般国家都会对专利技术设定某种程度的保护期限，但知识技术的外溢效应仍然非常明显。第三个特征为，包括知识在内的各种要素投入形成了消费品的产出。这个总体的生产函数具有边际收益递增的特征，也就是说，随着单位生产要素投入的增加，其所带来的消费品的产出也是逐渐增加的。

在内生增长理论中，技术进步并不是单一笼统的名词，它的内涵不断得到丰富和发展，包括研发投入、人力资本以及"干中学"等概念都可以作为技术进步的代表变量。卢卡斯（1988）为了更加优化内生增长理论模型，在借鉴贝克（Becker，1964）的人力资本理论的基础上，将资本投入分成人力资本和实物资本两种形式，由此构建了两个基本方程：$y = k^{\alpha} (\lambda h)^{1-\alpha}$，$\dot{h} = \delta h (1 - \lambda)$，$\lambda > 0$。其中，$k$ 表示物质资本存量；h 代表人力资本存量；λ 代表个体分配于当前生产的比重；$(1 - \lambda)$ 为分配于人力资本积累的时间比。在经济现实中，每个经济人都面临着带有机会成本的选择，上述公式很好地体现了这点。每个人的时间都是既定的，一方面是对生产的投入时间；另一方面是对教育或者说生产技能的投入时间，两种时间投入是非包容的关系。由于获得知识能在未来时期提高生产效率，因此，小至每个人，大至每个国家的决策都会综合考虑时间的分配问题，以使产出长期稳定增长，当然，这种增长离不开技术、知识以及人力资本所带来的正向外部性。内生经济增长理论不仅仅论证了内生的技术进步对经济增长的重要作用，还考量了它们的实现机制，对这些实现机制的研究有助于解决现实经济问题。例如，迪克西特和斯蒂格利茨（Dixit & Stiglitz，1977）、埃塞尔（Ethier，1982）、罗默（1990）这些学者构建了以产品种类数目为基础属性的内生增长模型；格罗斯曼和赫尔普曼（Grossman& Helpman，1991）、阿吉翁和豪伊特（Aghion & Howitt，1992）则将产品质量改进的特征融入到他们的模型研究中，他们的模型很好地演绎了技术变迁在经济增长中发挥的作用。科恩和利文索尔（Cohen &

Levinthal，1989）认为，企业研发投入的增加带来了三种效应。第一种效应是增加了产品数目；第二种效应是改善了产品的质量；第三种效应则是增加了知识的产出。知识产出的增加具有两重效应，一方面，它本身可以提高企业的生产效率；另一方面，它可以增强企业对新知识的吸收和转化能力。

可以看出，内生经济增长理论注重知识和人力资本积累对经济增长的源泉作用，它们的理论模型简明地刻画了这种作用，它们的观点增强了人们对知识和人力资本重要性的认知。我国目前正处于经济结构调整的重要时期，供给侧改革面临着诸多不确定性因素，内生经济增长理论为我们提供的理论视角，对我国当前经济问题的解决仍然具有借鉴意义。然而，在经济实践中，新增长理论过于严苛的条件假设使得其实践意义大打折扣，例如，在中国特有的国情背景下，完全竞争的假设显然是不合理的。另外，制度因素对于一个经济体的重大作用也是不可忽视的，资本和劳动力的结构分配、知识研发的投入机制以及知识的有效利用都与制度本身有着很强的关联性。

2.1.2　技术进步路径选择

当今世界各国都在追求本国经济的长期稳定发展，特别是对于发展中国家，这种需求更为迫切。对于发展中国家，如何才能达到发达国家的经济水平，仍然是各国经济学家面临的重大课题。纳尔逊和弗莱普斯（Nelson & Phleps，1966）搜集了大量数据，通过实证分析得出以下结论：如果后进国家技术水平的提高与技术先进国家的技术差距呈正比例的线性关系，那么后进国家经济水平提高的速度往往快于技术先进国家的经济发展速度。巴罗和萨拉（Barro & Sala，1995）从另一个角度研究了国与国之间的发展趋势。他们首先假定一国进行技术模仿是有成本的，通过大量的数据分析，他们基本确定这种成本是随着该国已经模仿的技术种类在现有技术种类中所占比重的增加而增加。他们的研究结论表明，随着后进国家的技术模仿，国与国之间的收入将会趋同。埃尔肯（Elkan，1996）也印证了巴罗和萨拉（1995）的观点，只是他们所用的方法有所不同。由于全球化带来的深刻影响，他假定在开放条件下，任何国家的资本存量都可以通过技术的学习、模仿得以提升质量。进而，他通过建立包含技术学习、模仿以及创新在内的一般均衡模型，得出通过技术引进可以实现落后国家的经济赶超的结论。虽然不同国家的资源禀赋、经济起点存量都不同，但是从长期看，经济增长速度将趋同。格申克龙（Gerschenkron，1962）称这种通过引进先进国家的技术进而实现经济快速、超越式发展的状态为后发优势。虽然在理论上后发优势很具有吸引力，然而现实情况是发展中国家在技术引进方面困难重重，排除各种技术壁垒等客观因素，欠发达国家引进的技术往往具有"沉默性"和"环境敏感性"（Evenson & Gollin，2003）。由于引进技术先天具备这两种属性，因此，需要欠发国家具备一定的技术吸收能力以及挖掘该技术价值的学习能力。尽管"干中学"理论认为知识和能力会随时间的推移自动获取，但是有计划的时间安排、必要的人力以及资本投入仍然是必不可少的，如果不能克服外来技术的两大困难，后发优势很难得以发挥。

中国的技术进步带有明显的"强制性技术变迁"特征，这种特征跟国家强有力的保障密切相关。改革开放以来，中国政府一直注重技术的引进，通过对外资企业的各种优惠政策以及大量购买国外先进技术，来实现国内技术的持续进步。大规模的技术引进对中国改革开放三十多年的成功的确起了非常重要的作用，然而，技术引进战略是否能够推动我国经济持续快速跨越发展，推动我国经济赶超发达国家，在理论界仍然有较多争论。经济学家林毅夫和张鹏飞（2006）认为，技术引进可以使国家以较低的成本实现更快的经济发展，进而实现国家收入与发达国家趋同。但前提是，欠发达国家引进的技术一定要实现比发达国家更快的技术升级，这样就可以使欠发达国家充分享受后发优势，降低研发成本，实现经济超越式发展。杨小凯（2000）认为，落后国家落后的原因不仅仅在于技术落后，更重要的在于其制度的落后。现实中技术的模仿难度要比制度的模仿难度低很多，如果落后国家将关注的重点仅仅放在技术引进上面，而完全忽略发达国家的管理制度，那么，即使落后国家在短期内由于技术的改善而得到快速增长，这种增长也是不可持续的，而且，这种简单模仿很容易形成制度模仿的惰性。一旦先进的技术与落后的制度不能完全匹配，就会导致经济发展的不可持续。李平等（2007）通过对国内外研发投入与产出的绩效关系的研究得出结论，认为中国应该提高自主研发的投入，而不应该将重点放在引进国外的技术方面。中国自主创新的能力来自国家对研发资本和人力资本的投入。当然，国外研发对中国自主创新能力也有一定作用，但这种作用力明显不如通过本国的资本投入而带来的影响力（李光泗和沈坤荣，2011）。

2.1.3 本节简要文献评述

技术进步问题的研究由来已久，尤其是技术进步理论的发展几乎贯穿于整个经济学发展过程。内生经济学将技术进步视为内生变量，开启了对技术进步影响因素的研究，并衍生出"干中学"、人力资本等一系列理论。与之相呼应，技术进步的路径选择问题也成为近年来理论界研究的热点。但无论从理论上，抑或是实证上都没有取得一致的意见，有些观点不是针锋相对的，而是可以调和的。结合中国实际，普遍的结论是，我国技术进步路径选择不是非此即彼的关系，更多的是技术引进与自主创新相结合的关系。

2.2
服务业开放相关文献

2.2.1 服务业开放的决定因素

工业革命之前及其后较长一段时期，农业和工业是经济价值创造的主要来源，因此，服务业较少受到学者的关注。然而，随着经济的发展，人们物质文化生活的需求也越来越丰富，这时整个社会在服务业方面的支出比重越来越大。20世纪30年代，随着经济结构的变迁，服务业在国民经济中的重要地位引起了理论界的重视。进入21世纪，随着全球化的深化发展，服务业对外开放的原因、重要性以及可能性也得到越来越多的关注。越来越多的服务业领域的跨国企业诞生了，而且服务领域内的跨国并购也越来越多，这些现象背后的逻辑迫切需要理论的解释和支持。一般认为，两国之间的距离决定了运输成本，国家之间的距离与服务业开放，尤其是服务贸易出口，呈现显著正相关关系。具体来看，距离越远，两国贸易就需要更多的人力、物力支持。基穆拉和李（Kimura & Lee，2006）运用经济合作与发展组织（OECD）国家商品和服务的贸易数据，构建商品贸易和服务贸易引力模型，进行了实证分析。通过比较，他们发现，两国之间的距离因素在服务贸易中的作用比在商品贸易中的要大。沃尔什（Walsh，2008）采用引力模型进行统计分析，结果表明，无论是服务业整体还是细分服务部门，进口国和出口国的共同语言也是影响服务业开放的重要变量。萨丕尔（Sapir，1985）主张发展中国家开放教育服务部门和公共基础设施服务部门，这两类服务部门的开放有助于从根本层面改善发展中国家服务部门发展薄弱的现状。具体操作可以通过加大服务贸易自由化，增强服务贸易进口比重来实现这一目的。然而，很多发展中国家考虑到教育和公共基础设施都关系到政治的稳定，对于以上两类服务领域的对外开放一直持的是保守态度。迪尔多夫和琼斯（Deardorff & Jones，1985）认为，在传统的国际贸易框架下，各国可发挥自身比较优势进行服务贸易，并使贸易各国获益。从生产层面分析，服务业生产中最重要的生产要素是人力资本，即服务生产过程中，不仅需要投入必要的物质资本，还需要投入大量提供服务的劳动者。人力资本的数量和质量的差异都可以造成各国服务业在生产技术上的差异，于是形成了各国的绝对优势和相对优势。此外，不同国家之间可以通过国际服务外包的方式实现彼此的获益。布赖斯和尤西姆（Bryce & Useem，1998）研究指出，国际服务外包是客户增加商业价值的非常适当的手段。弗里德曼（Friedman，2005）认为，国际服务外包日益增长是"世界变平"的其中一个驱动因素。

近些年，随着我国服务业对外开放的步伐不断加快，国内学者开始越来越多地关注服务业对外开放的研究，并取得了很多具有学术价值和实践价值的理论成果。王小平（2005）对近二十年中国服务业对外开放的相关数据进行了实证分析，结果表明，服务业在国民经济中所占的比重过小，对经济增长的贡献程度有限且较为不稳定。他同时指出，我国服务业利用外资占全部外商直接投资的比例过低，这也意味着服务业利用外资的空间较大。刘亚娟（2006）通过对我国产业结构的演化分析，得出结论认为，服务业利用外资的比重太低，在引资的过程中应当注意加大对服务业投资资本的引入。林跃勤（2006）认为，中国现代服务业仍然非常落后，其中一个非常重要的原因在于我国服务业对外开放的力度太小，这一方面是出于政治因素的考虑，但更多的是由于服务业开放意识的失位。现代服务业领域的对外开放，有助于引进国外现代服务业的管理理念以及先进技术，优化现代服务业的发展。夏海勇和曹方（2008）通过利用经典的柯布－道格拉斯生产函数，对服务国际外包以及本国生产两种服务方式进行成本比较，得出结论认为，服务国际外包的成本比本国自己生产的成本更低，单从成本角度分析，服务国际外包要比本国生产更有效率。在当前服务提供流程的进一步细化和服务价值链在全球范围内布局的背景下，如何强化产业政策与开放政策的匹配，协调服务业与服务外包的发展，是迫切需要解决的重要问题（杨志远，2013）。

2.2.2 服务业开放的方式和历程

20 世纪 80 年代中期，乌拉圭回合促进了服务业贸易的研究，在该回合谈判中，各国如何开放服务业、如何发展服务贸易成为谈判的重要议题。霍克曼（Hokeman，1996）根据乌拉圭回合后 10 年以来服务贸易的发展情况，系统地对乌拉圭回合谈判做了评价，指出谈判虽然达成开放服务贸易业的共识，但在具体服务业开放方面却没有落实到位，诸如存在国民待遇差异、市场壁垒等。GATS 实际上受某些已经存在的单边政策的限制，因此，乌拉圭回合并没有实现实质的自由化。阿德隆和罗伊（Adlung & Roy，2005）认为，各国服务贸易的开放进程并没有按照多边达成的承诺涵盖范围来进行，21 世纪后，尽管又经过多轮的多边谈判，但服务贸易自由化的进程仍然推进缓慢，主要原因在于各国并未从现有的多边机制中找到利益的共同点。

欧美等发达西方国家本身的服务业比较发达，因此，它们一直想通过多边贸易谈判来推进服务贸易和投资的自由化，为此，它们发起了 WTO 多哈回合谈判。然而，由于在农业和非农产品市场准入领域与会多方都未能达成共识，回合谈判陷入僵局，从而也耽搁了服务贸易自由化进程的谈判。然而，美国等国家服务贸易自由化的愿望仍然强烈。既然 WTO 由于诸多框架制度的束缚不能推进服务贸易自由化的进程，那么，它们就决定在 WTO 之外发起新的贸易协定谈判，其中包含 TiSA（Trade in Services Agreement）谈判。该谈判的最终目的是为了实现多边化的服务贸易自由化，然而，即便是有着共同的服务贸易自由化需求的成员国之间的谈判，TiSA谈判仍然面临着重重困难。之所以出现重重困难，是因为各成员国在具体目标上并不一致，比如，欧盟成员更关心多变化进程的推进，而以美国为代表的部分国家对此并不关心。

2.2.3　服务业开放程度的评估

服务业开放水平的测度问题是学术界关注的热点问题之一。考察现有文献可以发现，当前评估国家或行业服务业开放程度的主流方法主要有直接测算法和间接测算法两种。

1. 直接测算方法

所谓服务业开放度的直接测算法，是指主要通过主观打分或计量分析等方法对服务贸易壁垒进行量化。某一国家或时期的服务贸易壁垒指数越大，表明该国或该时期的服务贸易壁垒程度越大，即其相应的服务贸易保护越严重，服务贸易自由化程度越低。服务业开放是服务要素自由流动以及服务贸易壁垒动态消减的过程，与货物贸易相比，服务贸易自由化涉及的敏感行业和意识形态领域更广，开放的难度也较大。相应的，服务贸易壁垒量化需考量的因素也更多。现阶段，关于服务业开放水平的直接测量方法主要包含"数量工具法""价格工具法""频度工具法"。

（1）数量工具法。

数量工具法的基本思想是通过对贸易决定理论的相关影响因素进行计量回归，用模型估计的残差项或虚拟变量的系数值来度量贸易壁垒规模，进而反映服务贸易自由化的程度。这种方法较多地运用在货物贸易决定模型中，比较常见的有 H－O 模型、产业内贸易模型以及引力模型。霍克曼

（Hokeman，1999）最早将数量工具法应用于服务贸易壁垒测度领域，主要借助由贸易伙伴相对规模和地理位置决定的引力模型，模拟完全开放状态下美国和主要贸易伙伴直接服务贸易的虚拟贸易额。实际服务贸易额与虚拟服务贸易额的差额被认为是由服务贸易壁垒引起的，差额的大小反映了服务贸易壁垒的程度，最终的壁垒规模通过与自由贸易基准国进行比对来标准化。我国学者林祺和林僖（2014）借鉴了霍克曼的做法，将新加坡作为自由贸易的基准国，以新加坡的服务贸易额 GDP 占比作为自由贸易下一国服务贸易额 GDP 占比所应达到的基准水平，在此基础上测算各国服务贸易额 GDP 占比与新加坡的服务贸易额 GDP 占比的差额，并以两者的差额占新加坡服务贸易额 GDP 占比的比重作为一国服务贸易壁垒的水平，即：

$$Servicein_{it} = \frac{(Service_{singapore,t}/GDP_{singapore,t}) - (Service_{i,t}/GDP_{i,t})}{(Service_{singapore,t}/GDP_{singapore,t})} \times 100$$

(2.2)

沃伦（Warren，2001）采用 136 个经济体电信服务行业的相关数据，估算了由市场结构信息得出相关贸易和投资指数 P_i^m 对电信服务行业消费量 Q_i^m 的影响，并结合价格需求弹性，将估计的最终结果转化为等值关税。沃伦利用消费量代替贸易量，在一定程度上克服了双边服务贸易数据缺失的问题，同时以贸易和投资指数作为解释变量，较好地区分了壁垒和人均收入等其他因素的影响。总体来看，数据工具法的考察视角和信息量较为丰富，但强烈依赖所设定贸易模型的形式以及决定因素的选取，对数据质量要求较高，模型和变量选取的不当会使服务贸易壁垒的最终测算结果产生较大偏差。此外，数据工具法的前提假设将虚拟贸易额与理论贸易额的差额完全归因于贸易壁垒，可能忽略了其他因素的影响，造成贸易壁垒的高估。

（2）价格工具法。

由于服务贸易标的的无形性、同步性以及市场结构的异质性，各国政府无法很好地通过关税壁垒等传统形式对本国服务业提供保护。因此，较之货物贸易，服务贸易壁垒主要表现为非关税壁垒的方式，往往更具有刚性和隐蔽性。价格工具法就是基于测度非关税壁垒而提出，该方法的前提是同一种商品国内外价格的差异，即价格楔子（price wedge）。价格楔子完全由政府施加壁垒导致，而其他影响价格差异的因素（如生产成本、沉没成本、营销策略等）都不考虑。国内外价格的百分比差异与关税可比，价格楔子表征的贸易壁垒可以借助计量模型进行量化。但由于服务价格的可获得性问题，通常估算服务贸易价格楔子的做法是，在寻找国内价格变量的基础上建立价格识别模型，加入以贸易限制指数表征的服务贸易壁垒以及其他影响国内服务品价格的因素，最后用回归估计的参数系数和贸易限制指数计算各国价格楔子的规模。此类文献主要见于澳大利亚生产率委员会对银行、电信、海运等服务部门开放的研究成果中（Nguyen et al.，2000；Kalirajan et al.，2000）。价格工具法同样具有信息量丰富、考察深入的优点，但受限于服务品价格的获取难度较大，该方法不易操作。同时，服务品国内价格的代理变量因服务部门而异，使得价格工具法不能对一国整体服务贸易壁垒进行有效评估，也不适用于服务贸易壁垒的跨部门比较。

（3）频度工具法。

频度工具法首先由霍克曼（1995）提出，是将服务贸易限制个数人为进行量化的一种重要方法。霍克曼以 GATS 各成员国的承诺时间表为依据，把所有承诺分为三大类并赋予各个类型以不同的分值，即开放/约束因子。根据这些因子，可以计算得到国家（部门）覆盖率指标，也称霍克曼指标[①]。霍克曼指标对于这些覆盖率的设计主要基于成员国制定文本中做出的协议承诺。覆盖率越接近于 1，意味着服务贸易政策的自由化程度越高，服务贸易开放度也越高。在随后的研究中，研究者基于霍克曼指标的主旨思想，通过扩充信息来源[②]和改进评分标准，衍生出一系列针对不同部门的频度指数（Mattoo & Subramanian，1998；Colecchia，2001；周念利，2013），其中较具有权威性的是世界银行以及 OECD 发布的服务贸易限制

[①] 在霍克曼的指标构建思想中，如果承诺对特定部门的特定服务提供方式不作任何限制，得分为 1；如果对特定部门的特定服务提供方式列出具体的限制，得分为 0.5；如果未对特定服务部门的特定提供方式作任何承诺，得分为 0。GATS 列出 155 个互不重合的服务部门，每个部门的服务都可以以四种方式提供，因此，对应全部部门/方式，各成员国都有 155×4 = 620 个开放/约束因子。

[②] 信息来源主要是各国服务领域贸易和投资的有关法律、法规和政策文献，一些较为系统的相关问卷调查和访谈记录，以及国际组织、行业协会或咨询公司等的研究报告。

指数（the service trade restriction index，STRI）。

世界银行于 2012 年 6 月发布了服务贸易限制指数数据库，该数据库包含了 103 个国家[①] 2008～2010 年的相关政策信息，并且使用的信息均经过 OECD 和部分发展中国家的更新。世界银行 STRI 提供了金融（银行与保险）、电信、零售、运输及专业服务（会计与法律）等五大服务部门在"跨境交付""商业存在"和"自然人流动"三类服务贸易提供方式方面的信息，[②] 通过搜集得到的政策信息，利用五级分类法对不同服务部门和提供方式的政策进行打分，并赋予 0～100 之间的不同数值，得出相应的限制程度。然后，将初步得到的不同部门和提供方式的数据按照某种权重进行加总，最终得到总的服务部门限制程度。OECD 服务贸易限制指数数据库由经合组织于 2014 年 5 月发布，包含了截至 2013 年底包括中国在内的 40 个国家[③] 中 18 个服务部门的政策信息。针对每一个部门实施的评估包含：外资持股和其他市场准入条件限制、自然人流动限制、竞争障碍、监管透明度和行政要求、其他歧视性措施和国际标准等（见表 2－1）。OECD STRI 的构造过程与世界银行 STRI 基本相似，这里不再赘述。最终服务贸易限制指数的取值范围在 0～1 之间，1 表示完全不开放，而 0 表示完全开放。

表 2－1　　OECD 和世界银行服务贸易限制指数（STRI）的比较

STRI	国家数量	部门	限制服务贸易的措施
世界银行	103	金融服务业、电信、零售、运输、专业服务业（会计与法律）	对进入的法律形式的规定和外资股本的限制；许可证的限制和歧视性的许可证分配；对营运过程中的限制；管制环境的有关方面；专业服务业中对移民入境的规定和资格要求，等等

---

① 79 个国家是非 OECD 国家，24 个 OECD 国家，因此，该数据能够代表世界所有地区以及不同收入分组的国家。其中，OECD 国家的政策信息来自可获得的公共信息，包括贸易政策审议文件、国家提交到多哈回合谈判的文件、保险数据库、"对外国控股企业国民待遇例外"的报告以及对汇率安排及汇率限制的年度报告。非国家的数据收集通过调查问卷获得。

② 包括每个分部门的商业存在，金融、运输及专业服务的跨境提供以及专业服务中的自然人流动。

③ OECD STRI 数据库包含 34 个 OECD 成员国以及几个重要的新兴经济体（中国、巴西、印度、印度尼西亚、俄罗斯、南非）。

STRI	国家数量	部门	限制服务贸易的措施
OECD	40	会计、建筑业、工程、法律、电信、航空运输、海上运输、陆上运输、铁路货运、速递、分销、商业银行、保险、计算机、电影、广播、录音、建筑工程	对于国外所有者的限制和其他市场进入的限制；人员移动的限制；非歧视性的措施、标准和等价物；公共所有，公共企业的规模和范围；价格限制和市场行为管制；竞争壁垒；规则的透明度和许可证授予体系，等等

资料来源：作者通过对 OECD 和世界银行 STRI 官方说明的整理而得。

通过对数量工具法、价格工具法和频度工具法进行比较，可以发现现阶段使用数量工具法和价格工具法直接测度服务业开放程度的研究较少，而频度工具法使用较多。频度工具法的优点在于数据较容易获得，主要来源于减让表的承诺，能够反映一国绝对保护水平，便于国际比较。世界银行和 OECD 通过对信息来源、适用范围和评分体系设计上的改进，使得服务贸易限制指数的权威性得到了广泛认可，并被广泛运用于研究分析中。

2. 间接测算方法

除了直接指标法下，通过服务贸易限制指数近似表征服务业开放程度外，还可以通过服务贸易进出口、服务业 FDI 等间接指标直观反映服务业开放水平。事实上，服务贸易限制指数主要从政府开放政策的角度对国家及行业的服务业开放程度进行评判，虽然服务业开放是各国降低服务贸易壁垒和放宽服务业外资准入的动态过程，但是研究服务业开放产生的经济效应，必然要回溯到与经济相联系的服务贸易进出口、服务业 FDI 等贸易方式。事实上，即使直接指标法下一国服务业开放程度较高，但受制于经济发展水平、地理位置以及要素禀赋等因素的制约，该国跨服务贸易的数额可能较低，对经济的影响可能较小。因此，结合本书研究的主旨，必须将间接指标纳入服务业开放的分析中。

常用的间接指标包括服务贸易依存度、服务业 FDI 依存度（黄繁华，2000；樊瑛，2012；姚战琪，2015）。间接指标的优点在于数据量丰富，不仅可以进行横向国别比较，也可以进行纵向的历史比较，便于直观地反映一国服务业开放的动态进展和取得的成绩。此外，间接指标使用的数据直接来自国际组织或各国统计数据库，排除了直接指标中可能存在的计量回归误差和主观赋值差异，得到的结果较为真实。

2.2.4　本节简要文献评述

随着国际服务业合作逐渐成为全球经济合作的重要内容，服务业开放的相关问题受到越来越多的关注。关于服务业开放的决定因素、方式和历史进程已经得到较为深入的研究。理论界认为，一国或地区服务业开放主要是为了弥补本国服务市场要素缺乏、促进先进服务技术流入，但在具体实践过程中，出于政治因素考虑，多边框架下服务业开放进程仍然推进缓慢。合理地评价服务业开放程度，是各国调整服务业开放政策的出发点。已有的测度方法主要有基于主观打分或计量分析等方法对服务贸易壁垒进行量化的直接指标法，以及基于对服务贸易量统计的间接指标法。两种方法各有优劣。因此，在实际分析问题时，有必要将直接指标法和间接指标法相结合来对服务业开放程度进行系统评判。

2.3
服务业开放对技术进步影响的相关文献

早期学者在研究服务业时的关注点在于，服务业的开放是否可以和其他商品一样，对经济增长方面具有贸易利得影响。多年来，不同学者的研究给出的答案并不是一致的。理论上并不能明确服务贸易自由化可以给相应国家带来利得，因为贸易收益不仅仅单纯取自贸易本身，还受服务贸易方式、市场结构、要素禀赋等因素的影响（Helpman & Krugman，1985；Ethie，1982；Burgess，1995）。迪和汉斯洛（Dee & Hanslow，2002）、布朗等（Brown et al.，2002）学者则持不同的观点，他们通过构建 CGE 模型进行数理论证，得出的结论认为，不同区域的服务贸易自由化可以显著提升贸易国家的福利水平，这种贸易利得源自不同国家的比较优势。随着服务贸易的不断深化，关于服务业的研究也越来越深入，更多的具有建设性的服务贸易理论开始诞生。

2.3.1　服务业开放对技术进步影响的理论溯源

服务业开放对于经济发展的带动作用机制一直是理论研究的重要课题，不同的学者有不同的研究角度，主流的出发点主要从专业化分工、技术溢出和服务外包等视角展开。

1. 基于专业化分工视角

马库森（Markusen，1989）从专业化分工的角度分析了服务业开放对于经济增长的促进作用，他通过构建一个马库森模型来解释这个作用机制。这个模型是一个讨论生产性服务的模型，这个模型论证了服务贸易的开放可以给一国带来巨大的收益。该模型首先假设报酬递增是生产性服务函数的基本特征，在生产性服务部门的内部专业化或内部集聚之中，服务业的开放耦合了各生产要素和生产部门，最终提高了经济的活力，使得服务贸易的各方获利。马库森（2000）认为企业生产所需的差异性投入品生产具有规模报酬递增的特征，其差异性程度受到市场容量限制，会随着专业化投入或服务贸易的增加而上升，而仅仅运行最终品贸易是允许服务贸易的不完美替代的。马库森模型表明了促进服务业的开放带来巨大收益的可能性。

琼斯和科沃斯基（Jones & Kiezkowski，1988）认为，在生产性服务中，服务品可以起到最终降低生产成品的作用，为此，两位学者提出了产品模块化（production blocks）和服务关联（service links）的概念。他们认为，由于现代生产方式的专业分工程度越来越精细，并且区域之间的生产模块逐渐形成，由此衍生的运输服务、金融服务等需求越来越多。服务业行业具有规模经济的特征，即随着规模的扩大，服务行业的成本越来越低，这种成本特性也进一步促进生产模块的细分，如此形成一个良性循环。跨国服务贸易使得具有完全不同生产模块的区域，可以发挥自身的比较优势，进行服务贸易互换，进而降低生产成本，提高经济效益。

弗朗索瓦（Francois，1990）也从专业化角度论述了服务业开放所能带来的效应。他利用的工具是一个包含一个部门、两个国家和一个差异性产品的垄断竞争模型，运用该模型，他解释，随着社会的日益发展，规模报酬递增受到越来越多的与组织需求相关的因素影响。为了消除这种影响，引进生产性服务。服务业开放的程度提高，规模报酬递增可以持续实现，在这个过程中，消费者可获得更为丰富的消费种类，并且产品的价格也会不断地下降，这对于一个国家的福利有明显的改善。

2. 基于技术溢出视角

开放条件下，在专业分工细化过程中，企业生产有更广泛的选择范围，从而衍生更为复杂的组织形式。而更为复杂的组织形式又可以促进制造业精细化发展，带来更多的金融、电信、咨询等服务需求（Deardorff，2001）。众多服务需求必然导致更为多样的服务形式，而多样化的服务形式能够生产更多的知识，也能够增强知识的交流互换（Burgess & Venable，2004）。布赖因利希和克里斯库奥洛（Breinlich & Criscuolo，2011）通过分析相关数据，得出结论认为，服务贸易可以通过产业间的溢出效应提升生产效率。服务业对外开放不仅提升了产业内的专业化程度，而且也增强了产业之间的黏度，使得整个产业链条获益。米鲁多（Miroudot，2006）着重研究发展中国家和发达国家之间的服务业开放是否有助于带动发展中国家生产率的提高。研究发现，服务业的开放使得发展中国家有更多的接触国外发达国家先进管理理念和先进技术的机会。特别是在外商直接投资的情况下，一种新的技术很容易从母国过渡到一个新的国家，在过渡的过程中，发展中国家的企业加强了与发达国家的交流，可以享受技术的外溢效应。国内学者也同样注重服务业开放对国内生产率的作用。唐保庆等（2012）在借鉴南北贸易理论模型的基础上，研究了不同的服务贸易方式具有的不同的经济效应，他们主张不能单纯讲服务业开放，还应该注重服务业开放方式的研究。

3. 基于外包视角

从全球范围来看，经济开放程度的提高首先导致了制造业外包形式的出现，相应的研究制造业活动的外包与技能工人就业（人力资本）、工资和劳动生产率之间关系的文献较多，形成了较为丰富的理论和经验证据，代表性的文献有：芬斯特拉和汉森（Feenstra & Hanson，1999）研究了美国的制造业外包对工资和劳动力需求的影响，发现外包提升了劳动力的需求量。格罗斯曼和罗西 – 汉斯贝格（2008）认为，外包不仅会对就业产生影响，也会促进生产率提升，这将进一步影响就业。他们通过构建任务贸易模型（trade in task）得出结论：外包会导致生产率提高，进而提高本土出口部门工人的工资，由于生产力的提升所导致的边际劳动率的提高，也会促进企业增加就业。GRH 模型的启示在于，研究外包的就业效应时应将生产率效应纳入分析范式。赫迈尔斯等（Hummels et al.，2014）在 GRH 模型基础上，通过进一步将劳动力区分为熟练劳动力和非熟练劳动力，研究了制造业离岸外包对于就业的异质性影响。他利用丹麦数据发现，离岸外包可以促进以熟练劳动力为代表的人力资本积累和工资的提升，但降低了非熟练劳动力的福利。卫瑞和庄宗明（2015）研究发现，出口扩张是就业增加的主要驱动因素，劳动投入系数降低是抑制就业增加的主要因素，外包总体上不利于中国就业增加。其中，低技能劳动者受生产国际化的冲击最大，高技能劳动者受到的冲击可以忽略。

随着服务贸易可贸易性的增强以及交易成本、制度成本的降低，服务外包在全球范围内得到蓬勃发展，外包的内容逐渐由制造环节转向了服务环节（Markusen & Strand，2007）。从就业和劳动力生产率角度来看，学者们普遍认为服务外包对就业的影响因不同国家、不同行业而异。阿米替和魏（Amiti & Wei，2009）分析了材料外包和服务外包这两种不同途径的外包方式对就业市场的影响，他们发现外包的劳动生产率效应会因样本的选取而存在差异。跨国服务外包对制造业劳动力市场的影响是一个敏感且重要的问题。米歇尔和瑞科斯（Michel & Rycx，2009）发现外包不会对就业市场造成负面冲击，其中，材料外包没有对就业市场产生实质影响，服务外包虽然造成了就业损失，但正向生产率效应在很大程度上弥补了这部分损失。海曾等（Hijzen et al.，2011）认为，服务外包使离岸外包企业的就业率增长加快，而对工资的影响具有不确定性。

2.3.2　服务业开放对技术进步影响的实证研究

理论界对服务业开放与技术进步之间关系的研究比较多。在实证研究方面，理论界研究的数据来源往往具有多样性，有的学者进行跨国数据之间的比较，有的学者聚焦于某一特定国家（如中国）进行研究。

1. 跨国层面实证研究

在跨国层面的研究中，学者们发现，服务业开放大多可以促进开放国生产率的增长。阿诺德等（Arnold et al.，2011）对捷克斯洛伐克的生产率进行了单独的研究，研究发现，制造业生产率提高的重要原因在于服务贸易开放程度的提高。乔瓦克和李（Javorcik & Li，2008）研究表明，罗马尼亚零售服务业的外商直接投资也对本国制造业生产率的提高有明显的带动作用。费尔南德斯和保诺夫（Fernandes & Paunov，2012）以南美洲国家智利为研究对象，结果表明，生产性服务业 FDI 极大地提高了智利当地的制造业水平，也促进了制造业的发展。生产性服务业带来了技术溢出效应，不仅提高了当地企业的技术水平，也提高了管理水平。

近年来，国内学者对服务业开放与生产率提高之间关系的实证研究越来越多，他们主要利用跨国面板数据进行论证。陈启斐和刘志彪（2015）基于 2000～2011 年 47 个国家 25944 组双边服务贸易数据，测算了进口服务贸易的技术溢出强度。他们的测算结果表明，进口服务贸易的开放有助于东道国生产效率的提高，这种效率的提高主要源自技术的外溢效应。另外，他们的研究还指出，进口服务贸易外溢效应的发挥并不是没有条件，一个重要的条件是控制服务偏好。李强（2014）通过对跨国面板数据的实证分析发现，生产性服务贸易自由化的确能够带来东道国生产率的提高；与此同时，他的研究还表明，贸易自由化对东道国生产率的提高并非是均质的，而是呈现出不同的差异性。唐保庆等（2011）通过对全球 90 多个国家的服务贸易数据进行分析，得出结论认为，不同方式下服务贸易进口对东道国产生的经济效应具有差异性。他们的测算方法使用的是 LP 方法，通过这个方法得出的结果显示，技术密集型的服务业贸易能够改善东道国的全要素生产率，而劳动和资本密集型的服务业贸易对全要素生产率的促进作用并不明显。谢慧和黄建忠（2015）的研究结果表明，放开服务业管制，将有助于提升东道国的制造业全要素生产率，这个结论适用于不同的国家。华广敏（2013）运用随机前沿函数模型，探讨 OECD 国家中服务业开放和各国技术效率的关系。研究结果表明，在当代国际贸易体系下，服务业开放对不同国家技术效率的影响是不同的，处于国际贸易价值链条低端的发展中国家并没有因为服务业的开放而获得明显的技术效率改善。而与此同时，处于发展阶段的新兴国家由于其接受新技术的愿望较强，外来技术的耦合度更高，这些国家的技术效率改进比较明显。

2. 聚焦于中国的实证研究

针对中国服务业开放对技术进步影响的研究相对起步较晚，但目前来看，也积累了部分成果。樊秀峰和韩亚峰（2013）通过价值链视角对两者的关系进行了实证检验，他们的分析结果也倾向支持服务贸易自由化，但生产性服务贸易对不同类型制造业的技术溢出的影响并不是均质的，而是具有偏向性，服务业开放更偏向于提升知识密集型制造业的技术进步和生产率。张艳等（2013）构建了一系列的指数体系，包括服务业 FDI 渗透率、服务贸易进口渗透率、服务业 FDI 地区渗透率、服务业开放指数，通过这个指数体系对服务业开放与制造业生产效率之间的关系进行实证检验，他们得出的结果与韩亚峰（2012）类似，即服务贸易自由化虽然对我国制造业的生产率有所提高，但对不同要素集中类型的制造业的影响是不同的。两位学者的理论提示中国在服务业贸易开放的时候要适当注意开放的领域和范围。陈启斐和刘志彪（2014）通过构建生产性服务进口的多边模型，分析了生产性服务进口对一国制造业技术进步的提升作用。他们的结论认为，服务业进口并不是在任何阶段都能促进一国制造业水平的提高，而是只有当本国的制造业发展到一定水平，具备接受外国先进技术和管理理念的时候，服务业对外开放才能发挥其技术溢出效应，带动本国制造业水平的提升。他们的研究结论具有很强的政策指导意义，服务贸易对外开放不能盲目推进，而是首先要练好自身的"内功"，然后才能更好地利用外来技术发展本国的制造业。刘舜佳和王耀中（2014）基于非物化型知识的空间属性将线性结构的科－赫尔普曼（Coe－Helpman）模型在空间维度扩展为具有非线性结构的科－赫尔普曼－德宾（Coe－Helpman－Durbin）模型，这个模型运用的数据是中国 31 个省 1992～2011 年 20 年的面板数据，他们的实证结果表明，服务贸易非物化型知识在首次溢出中并没有提高服务进口地的生产效率，而是在第二次溢出中才发挥其提升进口地以及毗邻地全要素生产率和制造业水平的作用。作为世界上最大的发展中国家，中国开始加速融入全球价值链，在积极承接发达国家发包的同时，中国也出现了制造业跨国服务外包的现象，并以生产者服务的离岸外包为主导（孟雪，2012）。姚博和魏玮（2013）以中国为样本得出了不同结论，他们认为，我国在参与国际分工的过程中，材料外包对生产率的提升作用要显著大于服务外包。

2.3.3　本节简要文献评述

内生经济增长理论以及服务贸易理论主要从专业化分工、技术溢出等角度阐述了服务业开放对技术进步的影响，同时也就服务业开放与生产率增长的关系进行了大量的实证研究，其中既有对跨国数据的比较研究，也有对单个国家、地区或行业的研究。此外，以中国为研究对象的实证分析也成为近年来研究的热点，国内学者结合中国数据对经典理论进行了大量实证检验，得出了较多符合中国国情的结论。总体来看，国内外现有文献丰富了服务业开放和技术进步的研究内涵，但仍存在进一步挖掘的空间，主要包括以下几点。

第一，现有研究对于服务业开放的技术进步效应的研究主要从理论层面进行检验。实证研究中多把服务业开放度与生产率纳入计量模型中，考察两者之间的关系。但专门分析服务业开放对制造业技术进步影响机制的研究较为缺乏。如今，无论是全球范围内还是中国本土地区，服务业开放力度均呈现不断深化的趋势，那么，打开服务业开放促进我国制造业技术进步机制这一"黑箱"就显得十分重要。

第二，聚焦于中国的实证研究大多关注服务业开放与技术进步关系的检验，且多采用时间序列或服务贸易流量数据作为衡量服务业开放程度的指标，无法全面地衡量服务业开放程度以及服务业开放对制造业的影响渗透程度，使得所得结论的严谨性受到质疑。

第 3 章

服务业开放对制造业技术进步
影响机制的理论分析

本章将在考察服务业开放方式和技术进步效应的基础上，通过理论模型分析得出服务业开放对开放国制造业技术进步的影响路径，并结合不同服务贸易提供方式下服务业开放的特征，深入分析它们在影响路径中的作用机制，进而为后文对影响机制的实证分析提供坚实基础。

3.1
服务业开放方式和技术进步效应

3.1.1 服务业开放方式及分类

服务业开放已成为各国经济开放的焦点和难点，与服务业开放直接关联的是各国服务贸易。因此，对服务业开放方式的分类必须结合对服务贸易提供方式和服务业开放壁垒的分析。

1. 基于服务贸易提供方式的分类

根据 GATS 中相关分类标准，国际服务贸易主要有四种提供方式。方式一，跨境交付（cross border supply），指从一成员方领土内向另一成员方消费者提供服务的方式；方式二，境外消费（consumption abroad），指在一成员方领土内向来自另一成员方的消费者提供服务的方式；① 方式三，商业存在（commercial presence），指一成员方的服务提供者在另一成员方领土内设立商业机构，在后者领土内为消费者提供服务的方式；② 方式四，自然人流动（movement of personnel），指一成员方的服务提供者以自然人的身份进入另一成员方的领土内提供服务的方式。③

服务贸易不同提供方式下的数据统计，对于真实评估服务贸易规模以及各国服务贸易的主要特征具有重要作用。理想的状态是将每一服务贸易部门均按照上述四种方式进行分类统计，但是，目前 WTO 大多数成员能提供的服务贸易统计，只有根据 IMF 的国际收支统计手册规定的国际收支统计（balance of payments，BOP）。BOP 统计主要反映跨境的服务贸易情况，较好地反映了方式一（跨境交付）、方式二（境外消费）和方式四（自然人流动）的提供数量；而方式三（商业存在）的提供数据较少涉及。现阶段，商业存在方式主要表现为服务业 FDI，而服务业的国际直接投资非常活跃，已经占到全球 FDI 流量的 60%（樊瑛，2010）。因此，准备评估商业存在方式下的服务贸易情况是十分必要的。部分 OECD 国家为统计服务业 FDI 数额，还进行外国附属机构服务贸易统计（foreign affiliates trade in services，FATS）。④ FATS 统计是投资基础上的贸易统计，反映的是

---

① 如中国公民在其他国家旅游、留学或享受国外医疗服务等。方式一（跨境交付）和方式二（境外消费）有时很难分辨。例如，在金融服务中，一国消费者从另一国保险公司购买一份保险，是根据购买保险合同行为发生地决定服务贸易模式归属，还是根据理赔行为发生地决定服务贸易模式归属？有些 WTO 成员为了避免出现歧义，在其服务贸易具体承诺减让表中加入"征求"（solicitation）字样，一旦出现无法区分方式一还是方式二的情况，首先归类为方式一。

② 方式三（商业存在）的形式非常多样，包括公司、合资企业、合作企业、合伙企业、代表处、分支机构等，有时，方式三会作为方式一的有效补充。例如，国外母公司提供服务后，国内子公司往往还需要提供相应配套便利服务（母公司提供银行批发、再保险服务、审计和咨询服务，需要海外子公司在当地通过方式三提供配套服务）。

③ 方式四（自然人流动）可以有两种形式。一种形式是和方式三（商业存在）结合在一起的，包括服务提供商雇用外籍雇员，最常见的是跨国公司内部的人员流动，例如，母公司的工程师调任海外子公司任职，这种形式在 GATS 管辖范围内通常适用于经理、业务主管、专家等高级管理或专业人员。第二种形式是单纯的自然人流动，有可能这个自然人本身就是服务提供商，出现在国外市场提供专业服务，例如，咨询专家，或者外国公司派出的谈判人员，出国签订或履行服务合约。

④ FATS 统计反映外国附属机构在东道国发生的全部商品和服务交易情况，包括与投资母国之间的交易，与所有东道国其他居民之间的交易，以及与其他第三国之间的交易，核心是非跨境商品和服务交易。

非跨境服务交易的情况（主要对应商业存在），可以在一定程度上弥补 BOP 统计的缺陷。

需要指出的是，考虑到数据的可获得性以及理论和实证分析的可验证性，本书将跨境交付、境外消费、自然人流动三种贸易方式合并归为跨境服务贸易方式下服务业开放，将商业存在归为服务业 FDI 方式下服务业开放。①

2. 基于服务贸易壁垒的分类

在多边贸易自由化的推动下，各国顺应时代发展趋势不断调整开放政策，服务业开放逐渐成为对外开放政策调整的重点。与制造业开放类似，一国政府对其他国家服务业进入本国时也会设置障碍，这就表现为服务业开放的壁垒（也称服务贸易壁垒）。因自身服务产业的自然垄断、信息不对称、契约密集等一系列特征，加之政府维护本国政治文化独立和国家安全、增强本国服务业竞争力等一系列需求，使得服务业开放受到更加强烈的政策干预。此外，与货物贸易壁垒不同，服务贸易的对象往往是无形的且不宜储存运输，使得各国政府无法采取关税壁垒方式对本国服务业进行保护。因此，非关税壁垒方式在服务贸易壁垒中更加常见，且不易让人察觉。②

服务业开放进程本质上就是不断消减和降低服务贸易壁垒、加快国内服务业规制改革，进而促进服务要素自由流动。理论上认为，服务贸易壁垒增加了服务要素成本，降低了服务效率和服务提供质量，不利于消费者福利最大化。目前，针对服务贸易壁垒的特殊性和多样性，主要分类方法有基于数量的限制性措施、基于价格的限制性措施、许可证或资质要求，以及进入分配与通信网络或系统的歧视性限制；按照限制对象划分的人员移动壁垒、服务产品移动壁垒、资本移动壁垒和开业权壁

---

① 这种分类方法多见于国内学者的研究中，如姚星（2009）、宋丽丽（2013）等。

② 服务贸易不像货物贸易那样可以真切地"看到"货物跨越边境，并可由海关记录下相关内容。由于服务产品本身的非实体性，导致服务贸易的发生往往是"无形"的，而不是"有形"的。因此，有关服务贸易的统计数据不像货物贸易的统计数据那样容易统计。

垒（李凌和杨先赟，2008）。① 因此，必须针对不同类型的服务贸易壁垒，采取多种服务业开放方式，完善服务贸易方面的法律法规，放松国内服务业规制，减少服务提供商市场准入，并结合具体国情，有步骤地开放服务业。

3.1.2 服务业开放的技术进步效应

服务业开放的技术进步效应是指开放条件下服务业对开放国制造业技术进步产生的影响。追溯服务业开放的技术进步效应，离不开分析服务业对制造业技术进步的作用机理。在此基础上，本书将通过静态与动态分析相结合的方法，系统论述服务业开放的技术进步效应。

1. 服务业促进制造业技术进步的机制

服务尤其是生产性服务，作为生产过程中中间投入服务的主要来源（Grubel & Walker，1989），决定了服务业与制造业之间天然的产业关联。基于扁平化、归核化等战略，现代制造业企业在生产过程中需要消耗大量的生产性服务，以满足技术衔接和效率提升的诉求。在这个过程中，制造业更加倾向于将诸如金融、财务、法律、营销等服务环节外包给专业服务企业。随着生产性服务业专业化分工水平的不断提升，服务业对于制造业技术进步的促进作用也更加明显。服务业促进制造业技术进步的机制包含以下几种。

一是降低生产和交易成本。服务业中生产性服务业为制造业注入了大量可编码、标准化的服务活动，促使制造业专注于核心的生产活动，并不断扩大生产规模，进而产生内部规模经济。这种内部规模经济降低了制造业生产的平均成本，使得专业化方式利用要素的生产方式得以实现，提高

---

① 人员移动壁垒包括对外国劳工进入本国服务市场所做出的限制性政策，即移民限制以及各种烦琐的出入境手续。服务产品移动壁垒通常包括政府行为、知识产权保护、不公平的技术标准、产品数量上的限制、产品质量要求提高等方面。资本移动壁垒主要有外汇管制、浮动汇率和投资收益汇出的限制等三种类型，其中外汇管制是最主要的一种手段，可以起到保护本国新兴工业、发展民族经济的作用。开业权壁垒也称生产创业壁垒，即一国一方面允许其他国家的投资者在本国境内设立生产经营机构；另一方面又对其设立的生产经营机构各方面进行限制，例如，机构选址、出资形式，等等。

了制造业的生产效率。同时，生产性服务业与制造业的产业联系主要表现为"客户—供应商"关系，这种天然属性有助于二者长期稳定合作，有效降低市场交易成本，进而促进制造业生产效率的提升。

二是产业价值链升级。服务业中生产性服务业普遍具有差异化、高知识密集等特征，在嵌入制造业生产活动的过程中，一方面，先进知识和技术会沉淀在最终商品中，成为最终商品增值的主要来源；另一方面，最终商品的差异化程度会随着诸如研发、设计、营销等差异化服务要素的导入而提升，这将提升制造业的市场控制能力、技术水平，大幅度提升制造业附加值和国际竞争力。

三是促进技术创新。制造业技术进步离不开研发投入引致的技术创新，而研发本质上就是生产性服务。近年来，制造业企业研发外部化特征日益明显，从外部购买研发服务，进而实现技术知识的有效积累和高效利用，日益成为制造业重要的技术创新范式。事实上，从发达国家的经验来看，美日等国制造业企业外部科研投入的数量占比已超过80%（罗立彬，2010），研发服务正成为生产性服务业的重要组成部分。

四是促进市场机制更好地发挥资源配置作用。生产性服务业与制造业技术进步的关系不仅仅体现在其对制造业生产效率和技术创新的直接影响上，也体现在其促进市场机制更好地发挥资源配置的功能上。商品市场和要素市场的高效运转离不开生产性服务。发达的零售业、物流业可以显著促进商品流通和交易；发达的人力资源管理、金融等生产性服务业也是要素市场（主要包含资本市场和劳动力市场）合理配置要素资源的重要载体和表现。因此，生产性服务业的发展有利于更好地发挥市场机制的资源配置作用，为制造业技术进步营造良好的市场环境。

2. 服务业开放的技术进步效应——静态分析

新古典增长理论认为，开放型经济下，贸易或FDI是促进经济增长的主要方式，这两种方式带来的规模经济效应不仅加速了资本形成（Rodrik，1988），也提升了资源配置效率。此外，通过货物贸易或FDI开放也将加快本国技术进步、提高要素生产率，从而促进经济增长（Barrow & Martin，1995；Grossman & Helpman，1989）。针对服务业开放而言，由于服务业开放和服务贸易很大一部分发生在发达国家之间，并且许多服务企业都是在非完全竞争的市场条件下进行经济活动的，这些事实意味着服务部门的产业内贸易水平较高。因此，传统比较优势在服务贸易领域的适用性受到质疑。全球价值链的形成促使部分学者们将研究视角转入生产分散化问题，并尝试将生产分割理论融入服务贸易中，论证了作为制造业生产投入的生产性服务业开放对经济所产生的一系列经济效应（Jones & Kierzkowski，1988；Deardorff，2001）。迪尔多夫（2001）指出，无论服务贸易成本降低的规模如何，均能够促进生产碎片化的产生，生产碎片化（fragmentation）使得各国可以利用自身的比较优势，进行更为精细的专业化分工，获得更高的收益，实现全球资源配置的最优化。①

静态分析主要考量封闭和开放两种不同条件下，服务业开放和服务贸易对于一国专业化分工水平的影响。由于技术水平越高的企业，其专业化水平往往较高，因此，可以将专业化分工看作技术进步的重要体现。服务业开放条件下一国获取的服务种类、数量以及质量将得到极大丰富，凭借与制造业的天然产业关联，可以有效推动生产部门专业化分工和规模经济水平，进而改变企业的技术选择。本书借鉴弗朗索瓦（1990）的专业化分工模型，在服务贸易理论框架下，对服务业开放的技术进步效应进行静态分析。

弗朗索瓦（1990）强调，作为中间投入的服务要素成本是生产部门专业化程度的重要决定因素，因此，服务部门开放程度的提高可以促进生产部门的专业化，提升生产部门技术水平，从而带来更多的收益。他利用的工具是一个包含一个部门、两个国家和一个差异性产品的垄断竞争模型，研究发现，随着社会的日益发展，规模报酬递增受到越来越多的与组织需求相关的因素影响。为了消除这种影响，需引进生产性服务。服务业开放的程度提高，规模报酬递增可以持续实现，在这个过程中，消费者可获得更为丰富的消费种类，并且产品的价格也会不断地下降，这对于一个国家的福利有明显的改善。假设存在两个国家同时生产一种差异化产品，生产

① Deardorff A. V.. Fragmentation in Simple Trade Models [J]. *North American Journal of Economics & Finance*, 2001, 12（2）: 121 – 137.

过程中需要两种生产要素：熟练劳动力（H）和非熟练劳动力（L）。企业使用熟练劳动力提供诸如工程、管理、规划、信息处理等相关间接生产服务，熟练劳动力提供的服务品按照函数 $S = H$ 进行。企业的生产成本取决于其选择的生产技术即专业化程度，不同的生产技术可表示为 $v = 1, 2, \cdots,$ n，n 数值越大，所代表的生产技术越复杂，专业化程度越大，成本也就越高。假设专业化程度提高所带来的规模经济被生产过程复杂性（v）提高所造成的服务成本增加所抵消，那么，企业生产技术、生产规模与包络曲线的形态将如图 3 - 1 所示。

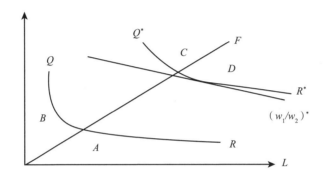

图 3 - 1　生产技术、生产规模与包络曲线

图 3 - 1 显示出两种生产技术条件下包含等产量点的包络曲线（envelope curve）。此时存在两种极端情况：企业只进行一项基本活动 R，或企业达到最高专业化水平 Q。包络曲线具有位似性且表现为规模报酬递增，即使投入价格比是固定的，生产技术也会随生产规模的变化而发生位移。沿着 F 线从点 A 到点 C，生产的专业化程度在提高，同样沿着 QR 线从点 A 到点 B，专业化程度也在提高。在 $Q^* R^*$ 上的与点 A 处所使用技术相对应的点将位于点 C 的右下方，如点 D。

不同的消费者对产品种类的喜好存在差异，假定为兰开斯特（Lancaster）偏好，在对称均衡中，每种产品的价格相等，每种产品的需求弹性与可获得品种数 n 有关，并且需求弹性的均衡值对于所有品种是一样的。

在封闭经济条件下，专业化水平、企业的生产规模和产品种类数的决定由图 3 - 2 得出。假定 L 和 H 等比例增长，则企业生产的种类和产量也会等比例增长，直观表现为图中 BB 曲线右移到 $B'B'$ 曲线，但 ZZ 曲线和

OV 曲线则保持不变。这一增长的结果是产品种类、企业生产规模和生产过程专业化水平的提升。

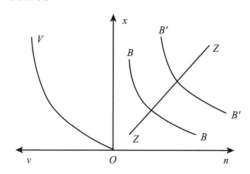

图 3 - 2　封闭均衡下的制造业专业化分工水平

在开放条件下，假定存在两个国家：本国和外国。两国的偏好、生产技术以及服务要素数量均相同。两国之间的唯一差距在于要素禀赋的差异，设定为 $S/L > s/l$，外国用小写，本国用大写。完全自由的贸易条件下，自由进入就像仲裁机制，两国要素价格最终将均等化。服务业开放降低了服务贸易壁垒，使服务贸易从零到达正水平，这方面的影响可用图 3 - 3 进行分析。在要素约束的生产方面，由于服务进口，生产的要素束总量会增加。要素束生产中的效率收益产生市场规模效应，BB 曲线向 $B'B'$ 移动反映了这一效应。ZZ 曲线不一定。s/l 和 S/L 比例的变化导致本国 Ov 曲线移动到 Ov'，外国 OV 曲线移动到 OV'。在服务进口国，曲线 Ov 和 BB 相继移动，导致外国专业化水平从 OV_0 提高到 OV_1，专业化程度越高，意味着服务进口国生产率有所提升。

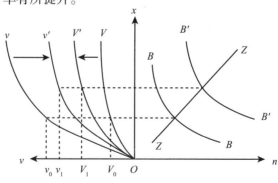

图 3 - 3　开放均衡下的制造业专业化分工水平

基于以上分析，结合弗朗索瓦模型，本书认为，适用于生产过程中的专业化水平取决于企业内部生产规模、市场容量限制、服务要素成本。与封闭经济相比较，开放条件下，经济增长或向贸易均衡移动，相伴的是产品价格的下降、消费者可得产品种类的增加以及生产过程专业化程度和技术水平的逐步提升。

3. 服务业开放的技术进步效应——动态分析

从动态角度分析，服务业开放在带来国外服务要素流入的同时，也产生了知识和技术外溢，不仅改变了开放国服务要素的数量、种类和价格，也将通过服务业与制造业的产业关联促进开放国制造业的技术进步。

（1）跨境服务贸易方式下服务业开放的技术进步效应。

跨境服务贸易开放主要通过服务贸易进口、国际技术贸易及人员流动等渠道产生技术外溢。本书通过构建数量模型，力图体现进口服务品的数量、种类和价格效应等对进口国制造业生产效率的影响。通过对赫尔普曼等（2009）中间品贸易模型进行拓展，首先假设制造业企业的生产函数形式柯布－道格拉斯（Cobb－Douglas）函数：

$$Y = \phi K^{\alpha} L^{\beta} \prod_{i=1}^{N} S_i^{\lambda_i} \qquad (3.1)$$

其中，K 和 L 分别代表企业生产所需的资本和劳动要素投入；S_i 为用于生产的中间服务品；ϕ 为技术进步为希克斯中性的全要素生产率；λ_i 为生产过程中中间服务品投入的比重。由于服务品的异质性特征，这里假定 λ_i 对于不同的中间服务品是不相同的，并且加总后的中间服务品投入比重 $\lambda = \sum_i \lambda_i$。

服务业开放条件下，制造业企业生产所需的中间服务品一部分由本国服务业企业生产，另一部分将由国外服务业企业提供。此时假定全部中间投入品 M_i 的生产函数形式为 CES 函数[①]：

$$S_i = \left[(B_i S_{iF})^{(\rho-1)/\rho} + S_{iD} \right]^{\rho/(\rho-1)} \qquad (3.2)$$

―――――――――

① 这里生产函数形式的选择借鉴了戈德堡等（Goldberg et al., 2010）构建的中间品生产函数。

其中，S_{iF}为进口的国外服务业企业生产的中间服务品，S_{iD}为本国服务业企业提供的中间服务品。ρ（$\rho > 1$）为中间服务品的替代弹性，且ρ越大，替代弹性越大，国外中间服务品和国内中间服务品的差异越小。S_{iF}和S_{iD}对应的价格分别为P_{iF}和P_{iD}。B_i为效率参数，假定$B_i \geq 0$。[①] 对于式（3.1）中制造业企业生产效率ϕ，本书假定其为中间服务品种类n和数量S_{iF}的函数，即：

$$\phi = \phi(n, S_{iF}) \qquad (3.3)$$

此函数的隐含意义是，制造业企业通过服务品进口提升了中间服务品的集约和扩展边际。服务业开放程度越高，进口中间服务品所蕴含的技术溢出效应越大，越有助于企业通过学习、模仿等途径提高生产效率。ϕ对于n和S_{iF}是严格单调递增且凹的，将式（3.2）和式（3.3）代入式（3.1），可得制造业生产函数：

$$Y = \phi(n, M_{iF}) K^{\alpha} L^{\beta} \prod_{i=1}^{N} \left\{ \left[(B_i S_{iF})^{(\rho-1)/\rho} + S_{iD}^{(\rho-1)/\rho} \right]^{\rho/(\rho-1)} \right\}^{\lambda_i} \qquad (3.4)$$

此时：

$$P_i = \begin{cases} \left[P_{iD} + (P_{iF}/B_i)^{1-\rho} \right]^{1/(1-\rho)} & n > 0 \\ P_{iD} & n = 0 \end{cases} \qquad (3.5)$$

P_i为中间服务品价格指数。当服务业不开放时，企业只使用国内中间服务品（$n = 0$），此时$P_i = P_{iD}$；当服务业开放时，企业同时使用进口和国内中间服务品（$n > 0$），其价格P_i可以根据式（3.2）成本最小化条件得出，此时$P_i = \left[P_{iD} + (P_{iF}/B_i)^{1-\rho} \right]^{1/(1-\rho)}$。为便于下文分析，本书将国内中间服务品价格指数标准化为1，则：

$$P_i = \begin{cases} \left[1 + (P_{iF}/B_i)^{1-\rho} \right]^{1/(1-\rho)} & n > 0 \\ 1 & n = 0 \end{cases} \qquad (3.6)$$

当存在国内中间服务品与进口中间服务品的竞争时，$P_i < 1$[②]，此

---

① 考虑到中国服务业企业国际竞争力普遍较弱的现实，通过进口获得的中间服务品质量往往优于国内中间服务品，因此，假定$B_i \geq 0$。

② 由$B_i > 0$且$\rho > 1$可以推导。

时，企业使用全部中间服务品的价格指数会比单纯使用国内中间服务品时低，并且 P_{iF} 越小，企业使用全部中间服务品的价格指数越低，对企业的生产越有利。企业使用进口中间服务品 i 带来的成本下降百分比可表示为：

$$c_i = \frac{\ln[1 + (P_{iF}/B_i)^{1-\rho}]}{p-1} \tag{3.7}$$

在式（3.1）给定的柯布 - 道格拉斯生产函数形式下，企业用于购买中间服务品的总支出为：

$$M = \prod_{i=1}^{N} P_i^{\lambda_i/\lambda} \prod_{i=1}^{N} S_i^{\lambda_i/\lambda} \tag{3.8}$$

将式（3.8）与式（3.1）和式（3.5）联立并取对数，则有：

$$\ln Y = \alpha \ln K + \beta \ln L + \lambda \ln S + \sum_{i=1}^{n} \lambda_i c_i + \ln\phi \tag{3.9}$$

其中，$\ln K$、$\ln L$ 和 $\ln S$ 分别代表了资本、劳动和中间服务品对总产出的贡献，企业的全要素生产率 TFP 可以表示为：

$$TFP = \ln Y - \alpha \ln K - \beta \ln L - \lambda \ln S = \sum_{i=1}^{N} \lambda_i c_i + \ln\phi \tag{3.10}$$

其中，$\sum_{i=1}^{N} \lambda_i c_i$ 测度的是企业使用进口服务品所引致的 TFP 水平提升。服务业开放条件下，进口中间服务种类越多，企业在此项采购支出越少，具体支出为 $\lambda_i c_i$。将式（3.3）和式（3.7）代入式（3.10），得到制造业企业全要素生产率的函数形式为：

$$TFP = \frac{1}{\rho-1} \sum_{i=1}^{N} \lambda_i \ln[1 + (P_{iF}/B_i)^{1-\rho}] + \ln\phi(n, S_{iF}) \tag{3.11}$$

其中，$\ln\phi(n, S_{iF})$ 为进口中间服务品对全要素生产率的"间接"贡献，即技术溢出效应。可以发现 $\ln[1 + (P_{iF}/B_i)^{1-\rho}] = (\rho-1)c_i > 0$，又由于 $\phi(n, S_{iF})$ 是关于 n 递增的，因此，随着 n 的增加，式（3.11）中的 TFP 会增加。由此，服务业开放条件下，制造业企业生产效率会随着进口服务品种类的增加而提高，即 $\partial TFP/\partial n > 0$。

由于 $\phi(n, S_{iF})$ 是关于 n 递增的，所有 $\partial TFP/\partial S_{iF} > 0$。即服务业

开放条件下，制造业企业生产效率会随着进口服务品数量的增加而提高。

由式（3.6）可知 c_i 是关于 P_{iF} 的减函数，即 TFP 会随着国外进口中间服务品与国内中间服务品相对价格 P_{iF} 的降低而上升，这体现出进口中间服务品的价格效应。这也说明，随着服务业开放程度的提高，中间服务品市场竞争程度的加剧会降低中间服务品的相对价格，进而提升制造业企业的全要素生产率。

（2）服务业 FDI 方式下服务业开放的技术进步效应。

科科（Kokko，1992）指出，FDI 的技术溢出效应主要表现为示范效应、竞争效应、人员培训效应和产业关联效应。服务业 FDI 开放对制造业产生的技术进步效应主要表现为竞争和示范效应、前向产业关联效应和后向产业关联效应。

① 竞争和示范效应。从竞争效应来看，服务业开放会引致服务业 FDI 流入，东道国服务业市场会随着服务业跨国公司的进入而显著提升市场竞争度，进而刺激服务内资企业采用新技术或加大现有资源整合力度以改善生产效率。我国一些重要服务行业，如银行业、保险业和零售业等，存在着较严重的行业垄断，跨国服务企业来华投资在一定程度上消除了垄断，有利于这些行业的市场结构优化。但是，如果市场竞争过于激烈，内资服务企业会逐渐失去市场份额甚至出现盈利下降，进而危及东道国服务企业的生存。事实上，这种竞争效应的负面作用也为东道国有步骤地放开服务外资准入政策提供了依据。从示范效应来看，服务业内资企业在同具有竞争优势的服务业跨国公司接触和竞争的过程中，会通过模仿、"干中学"等手段吸收跨国公司带来的市场策略、管理经验等非物化技术（周文博等，2013），提升自身在市场上的生存能力和创新能力，进而提高服务生产水平。此外，服务业跨国公司为维护其自身技术优势，也将不断加大对于新技术的研发力度，从而引致新的示范溢出。

② 前向产业关联效应。服务业 FDI 企业通过向下游东道国制造业企业提供高品质的生产性服务，刺激了东道国企业产品质量及生产效率的提升。里韦拉－巴蒂斯（Rivera－Batiz，1992）以商务服务业部门为考察对

象，发现商务服务部门的 FDI 有利于提高下游产业（尤其是制造业）的生产效率。费曼德斯和保诺夫（Femandes & Paunov，2008）研究发现，服务业 FDI 对智利制造业企业的生产率产生了较为积极的影响。江小涓（2008）通过对外资设计公司与本土制造业企业竞争力关系的研究，认为外资设计公司促使本土企业吸收新的经营理念、经营手段，提高了本土企业的生产效率和技术创新能力，缩短了本土企业创建自主品牌的时间，同时加快了本土企业进入国际市场的步伐。

③ 后向产业关联效应。一部分服务业（主要是生产性服务业）会购买上游东道国制造业企业的产品，而为了满足服务业 FDI 企业对中间产品质量的严格要求，东道国企业必须努力提升自己的生产效率和技术水平，这就引致了服务业 FDI 对上游东道国制造业企业生产的技术溢出。以零售业为例，国外零售业巨头的进入，迫使作为供应商的制造企业出于降低风险、利用大型零售商分销渠道拓宽市场的考虑，也积极展开竞争。同行业的竞争使得只有质优价廉、最具竞争力的供应商才能得以生存，因此，制造商面临着提高效率同时降低价格的激励。

3.2
服务业开放对制造业技术进步的影响路径

在服务业开放背景下，发展中国家制造业通过服务业对外开放的专业化分工、技术溢出等一系列经济效应，为制造业摆脱结构低端、资源约束以及获取技术进步的后发优势，实现创新驱动型经济发展提供了新的机遇。

3.2.1　制造业技术进步的影响因素分析

对于技术进步的具体原因，主流经济学主要从要素供给层面进行分析，后来发展起来的内生经济增长模型主要是从知识资本、人力资本和制度质量等方面展开的（见图 3 - 4）。

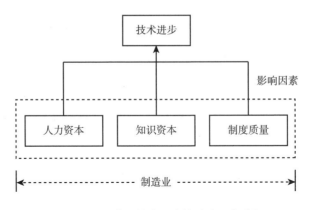

图 3－4 制造业技术进步的影响因素分析

1. 人力资本

经典的经济理论认为，推动经济增长的生产要素有三类，即土地、劳动力和资本。其中，资本无论是在马克思主义经济学还是在西方经济学中，均被视为最基本范畴之一。资本泛指一切投入再生产过程的有形资本和无形资本，其中，无形资本主要包含人力资本和知识资本。贝克尔（Becker，1964）的人力资本理论为技术进步投入要素的界定提供了新思路。他指出，技术水平的提高不仅体现在生产设备等物质资本存量增加上，更主要的是体现在人力资本存量增加上。现有的研究已经表明，技术的产生、应用和传播不单纯是物的产生与扩散，更重要的是通过人力资本使技术能量增值，进而人力资本在技术进步各阶段（技术创新、技术溢出）都起着决定性作用。

制造业技术进步的路径主要包含自主创新、技术引进和模范性创新三种类型，而不同类型技术进步路径的选择皆受到人力资本水平高低的直接影响。采取自主创新的技术进步路径，必然要求大量的地区与行业人力资本相匹配，因为，只有当人力资本达到一定的水平时，才能积累足够的研发人员禀赋，进而在拥有自主专利的新技术的研发创新环节占据竞争优势。历史经验已经表明，以美、日、德等为代表的自主创新前沿国家在人力资本方面普遍具有较强的基础和竞争优势。人力资本水平和规模是吸收国外技术溢出能力的重要表征，人力资本水平越高，对于新技术的吸收学习能力越强（Nelson & Phelps, 1966）。因此，采用技术引进和模仿式创新类型技术进步路径，也需要技术进步地区和行业拥有较为雄厚的人力资本水平。许（Xu, 2000）认为，人力资本在发挥对于技术吸收的影响作用时，具有"临界值"（threshold effect）特征，即只有当人力资本水平超过某个临界值时，发展中国家才能有效地对先进技术进行吸收和模仿，此时，相对发达国家的技术转移效果也更加显著。模仿与自主创新是否能够成功实现，都取决于本国是否拥有相应的人力资本存量。此外，环境规则、本土市场规模等当前我国制造业的重要特征变量，也是通过人力资本影响制造业生产率水平的（蒋伏心等，2013；陈丰龙和徐康宁，2012）。本书的研究对象主要基于中国，庞大的低技能劳动力人群是我国的重要特征。研究显示，我国现有整体人力资本足以支撑有效技术模仿，但尚未达到全面支撑自主创新的条件（余永泽，2012）。随着"人口红利"的逐渐丧失，合理配置制造业各行业的劳动力数量，加快人力资本积累，进而加快技术进步，是全面实施自主创新战略过程中不容回避的问题。

2. 知识资本

自加尔布雷斯（Galbraith, 1969）提出知识资本概念以来，对知识资本的内涵和分类研究不断深化发展。斯图尔特（Stewart, 1997）在《知识资本：组织的新财富》一书中认为，"知识资本是知识、信息和经验等进行财富创造的知识要素"，并对知识资本与技术进步的关系进行了分析。知识资本是独立于人力资本、物质资本的另一种资本形式。在技术进步过程中，人力资本是主体，物质资本是客观体现，而知识资本是沟通人力资本与物质资本的桥梁。格里利克斯（Griliches, 1998）提出，企业内生增长主要依赖于知识资本投资驱动和创新，企业市场价值主要由有形资本（劳动力、物质资本）和无形的知识资本共同决定。

从知识的形成和积累的原因来看，主要存在两种认知：一是认为知识来源于物质投资，是企业在物质资本投资过程中资本积累的副产品（Arrow, 1962）；二是认为知识是研发活动的结果，有意识"生产"而得。企业为获取垄断利润，将不断增加新产品的研发，这就需要新知识、新技术的支撑，在这个过程中，知识积累被有意识地主动完成。尽管研发过程中知识生产存在不确定性，但一般来说，对研发的投资越大，知识积累就越多，所预期技术水平的提升幅度也越大。从知识形成的两种路径看，单个企业通过生产投资和自主研发获得的知识，会通过行业内的学习效应和产业链的作用带动整个产业的技术进步。

3. 制度质量

新制度经济学认为，制度影响着一国为了获得新机遇重组生产和重新分配的动力，所以，与知识资本和人力资本积累相比，制度对于技术进步更具有决定性作用。制度安排会影响资源要素的配置方式和效率，进而最终影响技术进步。以往，学者常将国内生产率增长归结为企业技术研发和人力资本增长，以及从贸易、外资中所获得的技术溢出，进而忽视制度变迁对技术进步的贡献。事实上，国内研发和技术引进要充分发挥作用，必须植根于制度变迁，单纯的研发和溢出无法完全解释生产率的提高，自主研发和技术引进对技术进步的贡献也可能部分来自制度质量提升。

现有的研究已经表明，市场的竞争机制、政府的管制机制、法律环境等制度会影响一个地区的技术进步。如果一个地区的创新环境、市场环境、法制环境等综合环境较优良，该地区选择以自主研发为主的技术进步路径会得到较大的环境支持和保护，有利于技术创新投资与自主创新产出的良性循环，并通过其正反馈机制加强了这种技术进步路径的循环演进。技术创新成果具有公共品属性，易被剽窃、模仿，良好的法律制度和知识产权保护会消减创新成果被无偿占用的风险。

因此，作为提高制造业技术进步的主要途径，自主创新、技术引进和模仿式创新都依赖良好的制度环境对技术研发、传播乃至市场化的有效保护。

3.2.2 影响路径考察

通过对技术进步决定因素的回顾和总结，结合服务业开放特征、方式和经济效应，不难发现：目前，服务业开放对于技术进步的影响主要是在传统服务贸易框架下展开，伴随着生产分割方式的兴起，制造业企业将制造环节和服务环节外包的生产方式对技术进步的促进作用也逐渐被学术界关注。信息和运输技术的迅猛发展以及全球贸易壁垒的降低正在改变生产组织形态，企业可以在不损失专业化收益的条件下，利用不同生产要素的价差，将生产过程中的服务环节在全球范围内进行分割。基于此，本书在参考 GRH（2008）任务贸易模型和张艳等（2013）著作的基础上，系统讨论服务业开放对制造业技术进步的影响路径。

1. 基本模型

制造业企业在生产过程中将本应由自己完成的任务工序转移给外部企业提供，此时制造业企业就成为发包方。假设企业在生产过程中主要面临两类任务工序：制造任务和服务任务。制造任务需要低技能工人来完成，用 L 表示；服务任务需要受过更多教育或培训的高技能工人来完成，用 H 表示。当然，可能还有其他少量任务由其他生产要素完成，如资本或其他类别的劳动，为便于分析，本书沿用 GRH（2008）的分析范式，对此忽略不计。企业最终生产函数对于这两种要素投入采用柯布 – 道格拉斯函数形式，且满足规模报酬不变：

$$Y = AH^{\alpha}(L)^{1-\alpha} \tag{3.12}$$

其中，A 代表企业全要素生产率（TFP）。以往考察服务业开放对制造业影响的研究中，常将全要素生产率作为外生给定变量，本书沿袭这种研究范式，考虑 A 外生给定情况下服务业开放对制造业企业全要素生产率的影响。假设企业生产所需的服务投入是连续的（continuum），将所有子任务的集合标准化为区间 [0，1]，任意 $i \in$ [0，1] 代表一个子任务。企业为产生一单位服务投入需要完成一系列子任务，而这些子任务之间是对称且互补的，每个任务都必须且仅需被完成 1 次。这一假定用数学公式表述为 $H = \min |h(i), i \in [0，1]|$。

服务业开放条件下，服务任务的选择范围不仅局限于本国服务企业，也可延伸至国外服务企业。如果服务任务由内置式生产方式的"全能企业"（制造业企业自身的职能部门）来完成或外包给本国服务企业，则可以称为"国内服务采购"；如果服务任务作为贸易对象交给国外服务企业完成，则称为"国际服务外包"。新制度经济学的交易成本理论认为，企业对特定投入品或投入工序流程需考虑是通过市场从外部采购还是在企业内部制造的问题，不断扩大外包工序流程会面临交易成本上升的约束。在开放经济条件下，制造业企业采用国际服务外包方式还将面临额外的贸易成本约束，因此，这里假定外国服务业企业生产率更高，且提供服务的种类更多、质量更优。①

假设在国内采购服务任务，则 1 单位高技能劳动可以生产 1 单位子任务 i；如果采用国际服务外包，1 单位高技能劳动可以生产 $\lambda > 1$ 单位的子任务 i。基于交易成本理论，企业开展国际服务外包会承担外包成本，假设服务任务 i 的外包成本为 $\beta t(i)$。由于服务贸易限制的存在，所有子任务都面临一个共同外包成本，即 $\beta > 1$。$t(i)$ 连续可微，按照难易程度排序，$t(i)$ 是 i 的减函数，即 i 越大越容易被外包。依据上述假设，制造业企业的任意子任务 i 都面临国内服务采购或国际服务外包的方式选择。如果子任务 i 选择国内服务采购，则需雇用 1 单位高技能劳动，将两国高技能工人工资标准化为 1，② 则服务任务 i 的单位成本为 1。如果子任务 i 选择国际服务外包，则需雇用 $\beta t(i)/\lambda$ 单位劳动，此时服务任务 i 的单位成本为 $\beta t(i)/\lambda$。企业面临的选择转化为成本问题：当 $\beta t(i)/\lambda < 1$ 时，从国外采购服务；当 $\beta t(i)/\lambda > 1$ 时，从国内采购服务。假定任务 0（即外包成本最高的任务）永远在国内服务采购，而任务 1（外包成本最低的任务）永远国际服务外包。由于 $\beta t(i)/\lambda$ 是 i 的单调递减函数，则必然存在唯一的 $\delta \in (0, 1)$ 使得 $\beta t(\delta)/\lambda = 1$。此时，对任意 $i \in [0, \delta]$ 在国内采购，而任意 $i \in [\delta, 1]$ 被国际外包。

在最优采购决策下，H 投入单位成本为：

$$C = \int_0^\delta 1 \, \mathrm{d}i + \int_\delta^1 \frac{\beta t(i)}{\lambda} \mathrm{d}i = \delta + \frac{\beta}{\lambda} \int_\delta^1 t(i) \, \mathrm{d}i = \delta + \int_\delta^1 \frac{t(i)}{t(\delta)} \mathrm{d}i \qquad (3.13)$$

由于 $t(i)$ 是减函数，所以，对于 $\int_\delta^1 \frac{t(i)}{t(\delta)} \mathrm{d}i$ 中都有 $t(i) < t(\delta)$，因此：

---

① 服务业企业的核心竞争力来源于特定要素，马库森（2009）将企业特定要素定义为知识服务型资产，并且这种资产和服务是发展中国家所缺少的，并以此解释了发达国家和发展中国家在技术上存在差异的原因。本书的研究出发点从中国出发，因此假定跨国服务外包的接包方企业有更高的生产率水平较符合现实情况。

② 若假设高技能劳动工资不同，则下面的分析只相差一个固定常数。

$$C = \delta + \int_{\delta}^{1} \frac{t(i)}{t(\delta)} \mathrm{d}i < \delta + \int_{\delta}^{1} 1 \mathrm{d}i = \delta + (1 - \delta) = 1 \qquad (3.14)$$

如果只能在国内采购服务任务，则 H 投入的单位成本为 1。因此，服务投入的单位成本会因服务业开放条件下国外采购服务选择的出现而降低。进而考虑服务业开放对企业生产率的影响。在本章的设定中，β 刻画了服务业开放程度，随着服务业不断开放，β 将下降。过低的服务业开放程度也会增加国外服务提供者的进入成本，提高服务外包成本。近些年，中国采取一系列服务业开放措施，不断放宽服务业外资准入条件，大力消减服务贸易壁垒。如试行"负面清单"管理、取消最低资本要求、加强知识产权保护、减少人员流动壁垒、打造新型网络平台等。

将 C 关于 β 求导，注意到 δ 是 β 的函数，此时：

$$\frac{\mathrm{d}C}{\mathrm{d}\beta} = \frac{\mathrm{d}\delta}{\mathrm{d}\beta} + \frac{1}{\lambda} \int_{\delta}^{1} t(i) \mathrm{d}i - \frac{\beta}{\lambda} t(\delta) \frac{\mathrm{d}\delta}{\mathrm{d}\beta} = \frac{1}{\lambda} \int_{\delta}^{1} t(i) \mathrm{d}i + \left[1 - \frac{\beta}{\lambda} t(\delta) \right] \frac{\mathrm{d}\delta}{\mathrm{d}\beta}$$

$$(3.15)$$

根据 δ 定义式以及包络引理，可得 $1 - \frac{\beta}{\lambda} t(\delta) = 0$，从而：

$$\frac{\mathrm{d}C}{\mathrm{d}\beta} = \frac{1}{\lambda} \int_{\delta}^{1} t(i) \mathrm{d}i > 0 \qquad (3.16)$$

这个结果意味着在 *TFP* 外生条件下，服务业开放会降低企业服务任务外包的单位成本，激励制造业企业开展国外服务外包。

技术进步的一个重要表现是较高的劳动生产率，那么服务业开放是否加快了制造业投入中劳动生产率的提升呢？根据制造业企业柯布－道格拉斯生产函数 $Y = AH^{\alpha}L^{1-\alpha}$，可以得到制造业投入的边际生产率：

$$\frac{\mathrm{d}Y}{\mathrm{d}L} = (1 - \alpha) A \left(\frac{H}{L} \right)^{\alpha} \qquad (3.17)$$

由成本最小化约束可得：

$$\frac{H}{L} = \frac{\alpha \omega_L}{(1 - \alpha) C} \qquad (3.18)$$

其中，ω_L 是低技能工人工资率。当 β 下降时，C 下降，进而导致 H/L 上升。由于两种劳动的互补性，企业生产中高技能劳动力相对于低技能劳动力的占比将提升，这也表现为整体就业中人力资本水平的提高，最终导致制造投入边际生产率 dY/dL 上升。

2. 全要素生产率内生情况

接着，在遵循前人研究的基础上，本章尝试将全要素生产率的决定内化，A 是企业内生决定的知识资本 k 以及企业面临的制度质量约束 ϕ 的函数，即 $A = A(k, \phi)$，并考虑这种情况下服务业开放对制造业全要素生产率的影响。假设企业面临一条向下倾斜的需求曲线：

$$q = B \cdot p^{-1/(1-v)} \tag{3.19}$$

这里考虑一个内生 TFP 的拓展 $C-D$ 生产函数，以考察服务业开放对 TFP 的影响。设生产函数为：

$$q = A(k, \phi) H^\alpha L^{1-\alpha} \tag{3.20}$$

其中，k 为企业用以增加全要素生产率的知识资本投入，ϕ 为企业的制度质量，制度质量越高，制度约束对于新技术的研发和应用就越小。① $A(k, \phi) > 0$ 为内生的全要素生产率。相对于改变研发投入，制度变迁是一个较为漫长的过程，为贴合实际情况，首先就 ϕ 不变（即 $\bar{\phi}$ 为常数）的情况进行分析。

假定 $A'(k, \bar{\phi}) > 0$，$A''(k, \bar{\phi}) < 0$。这意味着，随着知识资本投入的不断增大，虽然其边际效果递减，但 TFP 会不断上升。单位成本函数为：

$$\psi = \theta \frac{C^\alpha \omega_L^{1-\alpha}}{A(k, \bar{\phi})} \tag{3.21}$$

其中，ψ 为常数。在给定的 k 和 $\bar{\phi}$ 下选取最优产量来最大化利润。下面反向来解这个问题。首先，对于给定的 k 和 $\bar{\phi}$，企业最大化利润为：

$$\max_{q \geqslant 0}(p - c)q \tag{3.22}$$

通过一阶条件得到最优产量以及相应的利润：

---

① 制度质量也具有经济成本，较高的制度质量会提高企业的生产和研发效率，进而降低企业成本。但是，在制度变迁过程中，也需要付出试错成本。下文中企业研发成本用 k 表示，制度质量成本用 ϕ 表示。

$$q = \left[\frac{\upsilon A(k,\bar{\phi})}{\theta C^{\alpha}\omega_L^{1-\alpha}}\right]^{1/1-\upsilon} \tag{3.23}$$

$$\pi = \xi \cdot \left[\frac{A(k,\bar{\phi})}{C^{\alpha}\omega_L^{1-\alpha}}\right]^{\upsilon/(1-\upsilon)} \tag{3.24}$$

其中，ξ 为一常数。选择最优知识资本投入提高 TFP：

$$\max_{k\geqslant 0}(\pi - k - \bar{\phi}) = \xi \cdot \left[\frac{A(k,\bar{\phi})}{C^{\alpha}\omega_L^{1-\alpha}}\right]^{\upsilon/(1-\upsilon)} - k - \bar{\phi} \tag{3.25}$$

为满足此问题的二阶条件，$\upsilon < 0.5$，由一阶条件可得：

$$\xi\frac{\upsilon}{1-\upsilon}\frac{A'(k^*,\bar{\phi})}{A(k^*,\bar{\phi})^{\frac{1-2\upsilon}{1-\upsilon}}} = (C^{\alpha}\omega_L^{1-\alpha})^{\upsilon/(1-\upsilon)} \tag{3.26}$$

k^* 是 C 的函数，对式（3.26）两边同时对 C 求导，可得：

$$\text{sign}\left(\frac{\partial(k^*,\bar{\phi})}{\partial C}\right) = \text{sign}\left\{A''(k^*,\bar{\phi})A(k^*,\bar{\phi}) - \frac{1-2\upsilon}{1-\upsilon}(A'(k^*,\bar{\phi}))^2\right\} \tag{3.27}$$

由于 $A''(k^*,\bar{\phi}) < 0$，则 $\text{sign}\left(\frac{\partial(k^*,\bar{\phi})}{\partial C}\right) < 0$，因此，$\frac{\partial(k^*,\bar{\phi})}{\partial C} < 0$。

这就是说，当任务的单位成本下降时，企业的知识资本投入会上升。那么，当服务业开放时，β 的下降如何影响内生 TFP？

$$\frac{\mathrm{d}TFP}{\mathrm{d}\beta} = \frac{\mathrm{d}A(k^*,\bar{\phi})}{\mathrm{d}\beta} = A'(k^*,\bar{\phi})\frac{\partial(k^*,\bar{\phi})}{\partial C}\frac{\mathrm{d}C}{\mathrm{d}\beta} \tag{3.28}$$

显然，$\frac{\partial(k^*,\bar{\phi})}{\partial C} < 0$。由前文公式推导可知 $A'(k^*,\bar{\phi}) > 0$ 且 $\frac{\mathrm{d}C}{\mathrm{d}\beta} > 0$，因此可知：

$$\frac{\mathrm{d}TFP}{\mathrm{d}\beta} < 0 \tag{3.29}$$

新制度经济学开创性地将制度作为供给要素引入经济增长的分析中，为分析制度质量对技术进步的影响提供了理论基础。在转型期的中国，制度约束问题十分严重，例如，许多国有企业受市场垄断和地区保护等，使其缺乏竞争意识和实现技术进步的动机，从而缺乏从开放型经济中进行自主创新或"二次创新"的动力。民营企业虽然活力较强，但受制于不完善的市场经济，也很难获取加大研发投入的融资渠道。因此，制度质量约束对开放国制造业技术进步有着重要影响，忽略制度因素会导致本书的研究结论存在偏误。接着，本节从制度质量 ϕ 可变的实际，探讨服务业开放对企业全要素生产率的影响。

假定 $A'(\bar{k},\phi)>0$，$A''(\bar{k},\phi)<0$。这意味着，随着制度质量的不断优化，知识资本投入会带来 TFP 的不断上升。此时选择最优制度质量来提高 TFP：

$$\max_{k\geqslant 0}(\pi-\bar{k}-\phi)=\xi\cdot\left[\frac{A(\bar{k},\phi)}{C^{\alpha}\omega_L^{1-\alpha}}\right]^{\upsilon/(1-\upsilon)}-\bar{k}-\phi \qquad (3.30)$$

借助前文的分析思路，也可以得到：

$$\operatorname{sign}\left(\frac{\partial(\bar{k},\phi^*)}{\partial C}\right)=\operatorname{sign}\left\{A''(\bar{k},\phi^*)A(\bar{k},\phi^*)-\frac{1-2\upsilon}{1-\upsilon}(A'(\bar{k},\phi^*))^2\right\}$$
$$(3.31)$$

此时，$\frac{\partial\phi^*}{\partial C}<0$，当 H 任务单位成本下降时，企业的制度质量会提升，因此：

$$\frac{\mathrm{d}TFP}{\mathrm{d}\beta}=\frac{\mathrm{d}A(\bar{k},\phi^*)}{\mathrm{d}\beta}=A'(\bar{k},\phi^*)\frac{\partial(\bar{k},\phi^*)}{\partial C}\frac{\mathrm{d}C}{\mathrm{d}\beta} \qquad (3.32)$$

显然，

$$\frac{\mathrm{d}TFP}{\mathrm{d}\beta}<0 \qquad (3.33)$$

综上所述，结合本节的理论模型，本书认为，服务业开放对开放国制造业技术进步的影响路径有三个。

路径一：服务业开放通过促进制造业人力资本积累，促进制造业技术进步。服务业开放促使制造业企业重新分配资源，集中进行更有效率的生产，增加了企业对技能劳动工人的需求，通过提升人力资本积累水平以及促进总体劳动工人的边际生产率，来提升制造业生产率水平。

路径二：服务业开放通过促进制造业知识资本积累，来促进制造业技术进步。服务业开放会改变制造业企业对于研发创新投资的行为决策，在优化了创新资源配置效率的同时，加快了企业知识资本积累，提升了企业的技术创新能力，进而加快制造业技术进步步伐。

路径三：服务业开放通过提升制造业发展环境的制度质量，促进制造业技术进步。服务业开放将促进开放国服务业制度与国际制度对接，推动开放国国内制度变革。以中国为例，通过服务业开放，一方面，将倒逼国内不合理的部门规则加快改革；另一方面，随着国内规则的完善，将从更广泛的意义上规范竞争以及完善知识和产权保护等，这将促进新技术传播，进而提升我国制造业技术水平。

图3-5可以直观地反映出，服务业开放通过知识资本积累效应、人力资本积累效应和制度质量提升效应，对开放国制造业技术进步中的知识、人力资本、制度等因素产生影响，进而加快开放国制造业技术进步。

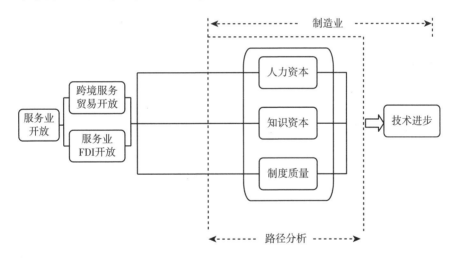

图3-5　服务业开放对开放国制造业技术进步的影响路径分析

3.3
服务业开放影响制造业技术进步作用机制

以上分析已经指明，服务业开放将通过影响制造业技术进步过程中的人力资本、知识资本和制度质量等因素，进而起到加快制造业技术进步的作用。本节立足于服务业开放的两种主要方式，系统阐述不同服务业开放方式对制造业人力资本、知识资本和制度质量的作用机制。

3.3.1 服务业开放的人力资本积累效应

本节理论模型的构建主要是为了厘清服务业开放如何影响制造业人力资本积累。人力资本积累不仅是技术进步的重要影响因素，也是技术进步的重要表现。服务业开放条件下，开放国制造业企业外购高端服务要素的成本进一步得到降低，促使企业生产方式发生根本改变，跨国服务外包的新型组织方式得以兴起，进而对开放国就业市场产生了深远影响。本书认为，人力资本动态积累过程本质上体现为就业市场总量和结构的变化，目前已有学者将服务要素跨国流动与制造业就业相结合来研究。鉴于此，本书在新贸易理论框架下构建了一个两阶段的博弈模型，系统地将服务业开放、制造业生产率与制造业就业等因素纳入理论模型，进而引申出服务业开放的人力资本积累效应。

1. 服务业开放对制造业人力资本积累影响的基本模型

（1）生产和服务中间品获取。

基本模型存在两个阶段，在第一阶段，劳动工人的工资水平由企业的用工需求和员工的供给意愿共同决定；在第二阶段，服务业开放条件下，企业依据利润最大化原则，选择是否采用进口服务的生产方式。

假设一国经济系统存在产品和就业两个市场。其中，产品的生产部门有两大部类：X 部门生产同质商品，Y 部门生产异质商品。劳动力 L 是同质性生产要素，同时作用于两部门的生产。X 部门无论在产品市场还是在就业市场，均处于完全竞争状态。由于产品 X 的规模报酬不变，X 部门不会进行外包。Y 部门处于垄断竞争状态，在劳动力雇佣时面临搜寻匹配成本。从企业成本角度来看，企业在进入市场之前会面临成本决策，一旦进入市场需承担进入成本 F_e，这时企业需要通过和工人进行议价决定工资率，进而雇用工人。进入垄断市场的企业还需支付固定成本 F_d，依据利润最大化原则确定商品价格与产量。Y 部门生产单位产品需要进口一系列的服务，假设服务业对外开放程度越高，服务外包指数 $z \in [0, 1]$ 就越大。遵循利默尔和斯托尔珀（Leamer & Storper，2001）的假定：服务外包的编码性不同，低维度的服务外包是可以编码的，高维度的服务外包则是默会的（tacit information），需进行"面对面"的交流（face to face relationship）才可以完成。奥特尔等（Autor et al.，2003）认为，较之 z 较高的非常规外包环节，z 较低的常规外包环节蕴含的技术含量较低，更容易被企业发包出去。

假定生产函数为线性：$q = \varphi N (\varphi)$。其中 φ 表示生产率水平，$N (\varphi)$ 表示生产率为 φ 的企业的就业函数。根据对称性原则，Y 部门中企业的生产函数和外包方式相同，每个环节的服务外包需要 α 比例的劳动力来完成，$\alpha N (\varphi)$ 可以完成任何一个环节的服务外包。当服务外包环节的劳动力数量固定时，α 就意味着每个企业外包环节的就业份额。服务外包的成本可以分为直接成本和额外成本。直接成本即劳动力用工成本，用 $\alpha N (\varphi) \omega_F$ 表示。其中，ω_F 外生给定，代表国外工人的工资。额外成本从两个维度考虑。其一是监督和管理成本 $t (z)$，且 $t'(z) > 0$，服务业对外开放会导致服务外包规模的增加，格罗斯曼和罗西–汉斯贝格（2008）认为，随着服务外包以及贸易国之间距离的增加，监管成本也会上升。由于服务可贸易性的限制，并非所有服务品都可以进行外包生产，这里假定 $\lim_{z \to 1} t(z) = \infty$。其二是制度成本。虽然现阶段服务业对外开放程度不断提升，但在某些敏感领域，如金融服务、通信服务等涉及国家安全的服务性行业，外包的成本依然较高，即 $\beta > 1$。因此，服务外包 z 的边际成本为 $\beta t(z) \alpha N(\varphi) \omega_F$。

（2）劳动力市场。

从工人角度来看，假设工人会首先在 Y 部门找寻工作，而没有在 Y 部门找到工作的人会进入 X 部门。这是因为 X 部门处于完全竞争状态，优先选择进入 Y 部门的工人，即使在没有获得工作岗位的情况下，也可以无成本地进入 X 部门。X 部门向工人支付的工资率为 ω_X。从企业角度来看，企业为获得合适的劳动力会支付一定单位的搜寻成本，雇用工人和企业之间谈判议价，按照纳什均衡原则分享利润，当工人要价过高时，企业会重新进入劳动力市场搜寻工人。考虑到再搜寻过程中企业面临着生产延迟的时间成本、厂房租金成本等因素，企业再搜寻成本会高于搜寻成本，这导致企业不会轻易解雇工人。

企业决定雇用工人的总数为 N，其中国内工人数为 N_D，剩余 $N_D - 1$ 的工人已经接受企业工资。企业和工人的目标函数为：

$$\max_{\omega_D} \theta \ln(\omega_D - \omega_X) + (1 - \theta)\ln\left[\prod_{OP}(N_D) - \prod_{OP}(N_D - 1)\right]$$

(3.34)

$\theta \in [0, 1]$ 是外生给定的工人议价能力，$1 - \theta$ 是企业的谈判议价势力。企业决定雇用工人的总数 N 以及国内工人数 N_D。当企业和工人谈判成功，并签订合同时，企业可以获得 $\prod_{OP}(N_D)$ 的利润，否则企业获得 $\prod_{OP}(N_D - 1)$ 的利润。

在垄断竞争条件下，假设 p 为产品价格，q 为产品，c 为企业生产一单位产品的边际成本，ω 为工人工资，N 为企业雇用工人总数，N_D 为雇用国内工人总数。企业利润最大化目标是：

$$\max_{p} \prod_{OP} = pq(p) - c[q(p), \omega]$$

(3.35)

$$\text{s.t.} \quad c[q(p), \omega] = \omega N_D(q) + [N(q) - N_D(q)]\beta t[z(q)]\omega_F$$

(3.36)

$$\frac{\partial c[q(p), \omega]}{\partial \omega} = N_D(q)$$

(3.37)

$\beta t[z(q)]\omega_F$ 表示服务外包的边际成本，将式（3.37）代入式（3.35），可得：

$$pq'(p) + q(p) - \frac{\partial c[q(p), \omega]}{\partial q}q'(p) = 0$$

(3.38)

对式（3.35）求导，得到一阶最优条件：

$$\prod_{OP}'(\omega) = \frac{\partial p^*}{\partial \omega}\left\{p^*q'(p^*) + q(p^*) - \frac{\partial c[q(p^*), \omega]}{\partial q}q'(p^*)\right\} - \frac{\partial c[q(p^*), \omega]}{\partial \omega}$$

(3.39)

根据包络定理，结合式（3.38），进一步得到：

$$\prod{}'_{OP}(\omega) = -\frac{\partial c[q(p^*),\omega]}{\partial q} = -N_D(q) \tag{3.40}$$

在式（3.34）中，企业的剩余利润为：

$$\prod{}_{OP}(N_D) - \prod{}_{OP}(N_D - 1) = \frac{\varphi(p-c)}{1-z^*} = \frac{\prod_{OP}(N_D)}{N_D} = \pi_{OP} \tag{3.41}$$

将式（3.41）代入式（3.34）中，可得：

$$\max_{\omega_D}\theta\ln(\omega_D - \omega_X) + (1-\theta)\ln\pi_{OP} \tag{3.42}$$

根据式（3.40），子博弈纳什均衡解为：

$$\omega_D = \eta\pi_{OP} + \omega_X, \eta = \frac{\theta}{1-\theta} - \varepsilon_{n\omega} \tag{3.43}$$

当 θ 增加或劳动需求弹性（$\varepsilon_{n\omega}$）减少时，η 会提高。

在本节中，工人工资会随着生产率的提高而增长，这与巴德和斯劳特（Budd & Slaughter，2004）的研究结论相一致。

（3）消费需求。

本书的消费者偏好参考梅里茨和奥塔维亚诺（Melitz & Ottaviano，2008）的拟线性（quasi - linear）消费偏好形式，这样可以让我们更好地分析服务外包对生产率的提升作用。假设经济中有 L 单位劳动力，消费偏好为：

$$U = q_x + (\rho\int_{i\in I}q_i\mathrm{d}i) - [\frac{1}{2}\gamma\int_{i\in I}(q_i)^2\mathrm{d}i] - [\frac{1}{2}\lambda\int_{i\in I}(q_i\mathrm{d}i)^2] \tag{3.44}$$

其中，i 表示部门 Y 生产产品的种类，q_x 和 q_i 分别表示同质品 x 和异质品 i 的消费量。ρ 表示同质品 x 和异质品 i 之间的替代弹性，γ 表示不同异质品之间的替代弹性，λ 表示部门 X 和部门 Y 之间的替代弹性。由于不完全替代性，单个企业面临着垄断竞争的市场环境。依据利润最大化原则，可以计算出消费者反需求函数：

$$p_i = \rho - \gamma q_i - \lambda Q_Y \tag{3.45}$$

Q_Y 表示消费者购买 Y 部门所有产品的数量，进一步修改为产品 i 的需求函数：

$$L(q_i) = \frac{\rho L}{\lambda V + \gamma} - \frac{L}{\gamma} p_i + \frac{\lambda V}{\lambda V + \gamma} \frac{L}{\gamma} \overline{P_Y} \tag{3.46}$$

其中，V 表示消费者能够购买的所有商品种类，$\overline{P_Y} = \frac{1}{V} \int_{i \in I} p_i di$ 是 Y 部门产品的平均价格。进一步可以推测价格上限，一旦价格超过上限，产品的需求和利润都会降为零：

$$p_{max} = \frac{\gamma \rho}{\lambda V + \gamma} + \frac{\lambda V}{\lambda V + \gamma} \overline{P_Y} \tag{3.47}$$

（4）服务业开放对制造业服务来源的影响。

由于部门 Y 中存在一系列生产差异性产品的企业，产品的价格可以通过隐函数给出：

$$D(p): -\frac{L}{\gamma} p + q + \frac{L}{\gamma} c - q \frac{\eta}{\eta + 1} = 0 \tag{3.48}$$

式（3.48）意味着服务外包成本是决定产品价格的关键因素，解出企业的最优价格点：$\dfrac{\mathrm{d}p}{\mathrm{d}\varphi} = -\dfrac{L}{\gamma} p + q + \dfrac{L}{\gamma} \left[\dfrac{\eta \varphi p + \omega_X}{\varphi(1 + \eta)} c - q \dfrac{\eta}{\eta + 1} \right] = 0$。进一步得到 $\dfrac{\mathrm{d}p}{\mathrm{d}\varphi} = -\dfrac{\partial D / \mathrm{d}\varphi}{\partial D / \mathrm{d}p}$，其中 $\dfrac{\partial D}{\mathrm{d}\varphi} = -\dfrac{L}{\gamma} \left[\dfrac{\omega_X}{\varphi^2(1 + \eta)} \right]$，$\dfrac{\partial D}{\mathrm{d}p} = -\dfrac{L}{\gamma} \dfrac{2}{(1 + \eta)}$，因此 $\dfrac{\mathrm{d}p}{\mathrm{d}\varphi} = -\dfrac{\omega_X}{2\varphi^2} < 0$。由于需求函数是拟线性的，价格随着生产率的提高而下降，因此存在唯一 φ^*。这里 φ^* 是企业生产率的临界值，当 $\varphi < \varphi^*$ 时，企业会退出生产；但满足 $\varphi \geqslant \varphi^*$ 时，企业会保持生产，获取非负利润（non-negative profits）。此时，$p(\varphi^*) = p_{max}$ 并且 $\prod(\varphi^*) = 0$。此外，该部门企业会借助国外较低的服务成本而获得价格优势。由于外包需要支付固定成本 f_o，一旦企业选择外包，企业将相对成本较高的服务环节规避的同时也必须承担固定成本。这就意味着，企业是否进行服务外包，取决于自身生产率。存在服务外包的临界值 φ_0^*，满足：

$$\begin{cases} \text{进行服务采购} & \varphi_0^* < \varphi \\ \text{不进行服务采购} & \varphi^* < \varphi < \varphi_0^* \\ \text{退出市场} & \varphi < \varphi^* \end{cases} \tag{3.49}$$

当企业生产率超过服务外包的临界值时，企业会一直进行服务外包，直到服务外包和本国生产成本相等，不存在套利条件。即 $\beta t(z^*)\omega_F = \omega_D$。

对于进行服务外包的企业而言，平均工资为：

$$\omega = \beta T(z^*)\omega_F + (1 - z^*)\omega_D; \ T(z^*) = \int_0^{z^*} t(z)\,\mathrm{d}z$$

$$(3.50)$$

因此，企业总成本为：

$$TC[q(\varphi)] = \omega(\varphi)N(\varphi) + f_O = \frac{\omega(\varphi)q(\varphi)}{\varphi} + f_O \quad (3.51)$$

企业边际成本为：

$$c(\varphi) = \frac{\omega(\varphi)}{\varphi} \quad (3.52)$$

此时，关键变量 π_{OP}、ω_D、c 可以被求解出：

$$\pi_{OP} = \frac{\varphi p - \beta T(z^*)\omega_F - (1 - z^*)\omega_D}{(1 - z^*)(1 + \eta)} \quad (3.53)$$

$$\omega_D = \frac{\eta\varphi p - \eta\beta T(z^*)\omega_F - (1 - z^*)\omega_X}{(1 - z^*)(1 + \eta)} \quad (3.54)$$

（5）服务业开放对制造业工人工资的影响。

假定服务外包满足技术变化松弛条件（TSE）。由式（3.53）可以得到，对于出口企业而言：

$$\frac{\partial \pi^M}{\partial \beta} = \frac{-T(z^*)\omega_F + (\partial z/\partial\beta)\mathrm{TSE}}{(1 + z^*)(1 + \eta)} + \frac{(\partial z/\partial\beta)\pi_{OP}}{1 + z^*} < 0 \quad (3.55)$$

由式（3.54）在结合式（3.55）的基础上，可以得到：

$$\frac{\partial \omega^M}{\partial \beta} = \eta\frac{\partial \pi_{OP}^M}{\partial \beta} + \omega_X < 0 \quad (3.56)$$

随着服务业开放程度的提高，跨国公司加大服务外包力度，跨国公司的工资会上升。对非出口企业而言：

$$D(p,\beta): -\frac{L}{\gamma}p + q + \frac{L}{\gamma}\left[\frac{\eta\varphi p^D + \omega_X}{\varphi(1 + \eta)}\right] - q\frac{\eta}{\eta + 1} = 0 \quad (3.57)$$

根据隐函数定理:

$$\frac{\mathrm{d}p}{\mathrm{d}\beta} = -\frac{\partial D/\mathrm{d}\beta}{\partial D/\mathrm{d}p^D} \tag{3.58}$$

$$\frac{\partial D}{\partial \beta} = \frac{1}{1+\eta}\frac{\partial q}{\partial \beta}, \frac{\partial D}{\partial p^D} = -\frac{2L}{\gamma(1+\eta)} \tag{3.59}$$

因此,

$$\frac{\partial p^D}{\partial \beta} = \frac{\partial q/\partial \beta}{2L/\gamma} > 0 \tag{3.60}$$

根据式(3.53),当 $z^* = 0$ 时,可得非出口企业利润率,将其对 β 求导,可得:

$$\frac{\partial \pi_{OP}^D}{\partial \beta} = \varphi\frac{\partial p^D/\partial \beta}{1+\eta} > 0 \tag{3.61}$$

利用式(3.43)对 β 求导,可得:

$$\frac{\partial \omega^D}{\partial \beta} = \eta\frac{\partial \pi_{OP}^D}{\partial \beta} + \omega_X > 0 \tag{3.62}$$

即随着服务业开放程度的加深,非出口企业工资会下降。通过前面理论模型推导可以发现,服务业开放改变了制造业企业开展跨国服务外包的成本,不仅影响着企业的生产率和获利水平,也对劳动力就业总量和结构产生重要影响,进而改变人力资本积累过程。一般而言,开展跨国服务外包的企业的获利水平要明显高于不开展跨国服务外包的企业。当服务业开放程度不断提升时,服务外包的成本显著下降,导致开展跨国服务外包的企业逐渐增加,进而逐步改变制造业整体的生产方式和组织结构。本节余下部分将深入分析跨境服务贸易开放和服务业 FDI 开放对开放国制造业人力资本积累的影响。

2. 跨境服务贸易方式下服务业开放的人力资本积累效应

(1)工资价格信号引致人力资本积累。

跨境服务贸易开放条件下,跨国服务外包成本的降低促使制造业企业将服务任务外包给国外提供商。理论分析已表明,跨国服务外包的生产方式会增加此类企业支付给工人的工资报酬,这就对整个行业中的高技能工人产生了较强的吸引力，促进这类技能型工人向开展跨国服务外包企业流入，这就产生了所谓的工资价格信号机制。这种工资价格信号差异极大地改善了劳动力要素配置的效率，加快了跨国服务外包企业的人力资本积累过程。随着跨境服务贸易开放进程的深入，跨国服务外包企业的数量在整个行业中将逐步增加，最终将改善整个制造业行业的生产率和收入水平。工资价格信号差异也会对国外高端人力资本流入产生积极作用。以自然人流动的跨境服务贸易方式为例，作为理性的经济人，国外高端人才必然选择最有利于实现个人经济利益最大化和事业发展的居住地。事实上，大多数出国留学的专业技术人员选择了收入相对较高、工作和生活条件相对优越的发达国家或地区。随着我国跨国服务外包企业收入水平的提高，国外人力资本的流入规模和质量也将不断提升。

（2）专业化分工引致人力资本积累。

跨境服务贸易开放的专业化分工效应会提高制造业企业的核心专注度，通过将服务环节外包给国外服务业企业，提高了制造业企业密集从事的制造环节的技术含量，这在一定程度上激发了制造业企业对专业高端人才的需求。此外，跨境服务贸易开放所实现的收入增加会放松劳动力教育、培训投资的信贷约束，进一步提高劳动供给质量（陈开军和赵春明，2014）。

（3）中间品技术溢出引致人力资本积累。

跨境服务贸易开放的产业间技术溢出，也会提高我国制造业中从事高端服务活动（策划、营销等）劳动力的专业化技能水平。通过对溢出技术的学习和吸收，从事此类业务的人力资本质量将得到显著提升，这有利于传统制造业行业向现代化产业转变。

3. 服务业 FDI 方式下服务业开放的人力资本积累效应

服务业跨国公司提供的服务大多是一些以知识技术以及人力资本密集型为主的生产者服务，一般包括技术知识、诀窍与营销、组织管理专业。大部分包含有专业教育、职业培训或经验，这使得服务业跨国公司在提供服务时有意识或无意识地对东道国形成了人力资本积累效应。这种效应主要体现在以下几方面。

（1）人才本土化战略形成的人力资本积累。

由于各国对自然人移动的限制较为严格，人力资本从较为丰裕的母国向东道国流动的方式较难实现。为了缓解人才困境，进而保持在东道国服务市场的竞争优势，服务业跨国公司普遍运用培训的手段，加强对供职于本企业中东道国人员技能水平的提升。这就使得服务业跨国公司与东道国高端人才的雇佣关系较为稳定。在这个过程中，东道国员工的经验和技能水平将得到大幅度提升，不仅提高了东道国服务业的整体人力资本水平，也为制造业中相关服务环节生产提供了潜在的高技能劳动力。事实上，服务业跨国公司在经营过程中会逐渐雇用东道国人员替代外方人员，这将促进东道国员工技术水平的提高。

（2）产业关联形成的人力资本积累。

随着服务业跨国公司的大量涌入以及东道国制造业服务外包意识的逐渐加强，越来越多的本国制造业企业将生产流程外包给具有较强竞争优势的国外服务业跨国公司。供职于东道国制造业企业内部从事服务环节的员工的技能，也会随着与服务业外资企业的合作交流而得到极大提升，这也会增加东道国制造业企业人力资本存量。

3.2.2　服务业开放的知识资本积累效应

知识资本的表现形式主要有 R&D 资本存量和授权专利数量（Griliches，1986）。克雷蓬等（Crépon et al.，1998）指出，直接决定生产率的是创新产出（专利等新发明和新知识）而非 R&D 投入，这意味着，如果创新成果不能进行有效的转化，R&D 投入对全要素生产率的作用效果将会大打折扣。因此，研究如何提升以授权专利数量表征的知识资本更具有现实指导意义。知识资本植根于企业的研发过程，其产生和积累来自企业内部研发投入与接受外部溢出两个方面。一般来说，企业对研发创新的投入越高，对技术资源的整合能力越强，知识资本积累的速度和数量就越高。从中国现实情况来看，为顺利实现制造业转型升级进而在国际产业分工格局重塑的博弈中争夺优势地位，制造业企业必须从对劳动力、资源和环境的透支中走出来，依靠创新驱动达到"中国制造 2025"的战略目标。随着服务业开放程度的加深，制造业企业向国外获取服务要素资源的成本和限制逐渐降低，这为我国加快知识资本积累，跨越与发达国家制造业制成品之间的"技术差距"和"质量差距"，推动"中国制造"向"中国创造"转变提供了难得的机遇。

1. 跨境服务贸易方式下服务业开放的知识资本积累效应

（1）贸易补充效应。

穆勒和森克尔（Muller & Zenker，2001）认为，生产性服务提供了大量专业的技术、知识和人力资本，是制造业企业自主创新的产业支撑，也是增强企业创新能力的催化剂。制造业企业的知识资本积累不仅包含新知识、新技术的创造过程，也包含将其转化成新产品进而产生经济绩效的过程。服务业开放致使国外高端服务要素进口的成本下降，在为本国制造业提供专业化的中间性服务过程中，进口服务内涵的人力资本和知识资本也借由开放渠道被导入制造业技术创新过程中，极大地丰富了企业创新的要素资源。本土市场高级生产性服务种类和质量的丰富和提高，进一步激励了制造业企业将不擅长的非核心服务环节外包给国外专业化的服务提供商，促使企业将更多的资本和精力专注于核心能力自主创新，有利于提高制造业企业的创新能力和活动效率，进而加快知识资本形成的过程。

（2）"干中学"效应。

一方面，高技术含量服务品的进口在一般情况下可能蕴含着一定程度的技术溢出效应，通过"干中学"途径引致示范—模仿—创新的学习路径，加快制造业企业技术创新过程（傅强等，2011），进而不断丰富知识资本的数量。自中国加入WTO后，服务贸易进口壁垒大幅度削减，多样化的进口服务品得以涌入中国市场，这为我国制造业采用"干中学"方式吸收进口服务品的技术溢出提供了大量机会，有力地提升了制造业知识资本积累的速度。

（3）创新风险消减效应。

从中国现实情况来看，"出口引致进口"的贸易方式使得中国制造业企业局限于国际价值分工的低端环节。这样做虽然规避了技术创新带来的风险，但极不利于知识资本积累。与以中间品贸易为权重衡量的国际研发外溢相类似，服务业开放引致的跨境服务贸易进口流动也会形成研发外溢，部分国外服务业产生的技术进步将固化于服务品中，通过国际市场交易和产业关联需求，这些服务品会流入上下游制造业企业。后者通过产业关联间接获取由生产性服务业技术创新所引发的新的创新机会，从而有助于降低制造业技术创新面临的风险，提高优质知识资本形成的概率。

（4）利润低端化效应。

伴随着以跨国公司为主导的全球生产网络的不断拓展，服务品生产也呈现出"碎片化"特征（于诚等，2015），从中国参与全球分工的模式以及服务贸易特征模式来看，服务业开放很有可能对中国制造业企业的创新活动造成不可忽略的负面影响。国外高技术服务品的大规模流入可能会因跨国服务业企业的技术垄断以及不对称索价而冲击本国服务市场，增加制造业企业的采购成本，造成企业出口净利润长期低端化锁定，进而导致大量采购国外服务品的本国制造业企业无法积累足够多的利润作为创新研发投入的资金来源，抑制知识资本的有效积累。

2. 服务业 FDI 方式下服务业开放的知识资本积累效应

相对于垂直专业化生产，生产分割更加具有效率（Naghavi，2008）。服务业 FDI 的流入为制造业企业的生产分割提供了新选择，即将原本属于自己完成的非核心服务环节，甚至研发环节外包给服务业跨国公司。服务业 FDI 可以有效地将生产环节和研发环节联系起来，进而降低研发资源的搜寻成本以及转化成本。基于此，本书借鉴格罗斯曼和哈特（Grossman & Hart，1986）的产权模型，将服务业 FDI 纳入生产部门和研发部门进行分析。

假设一个经济体中存在 n 种最终消费品，消费者的效应函数采用 CES 形式：

$$U = \int_0^\infty e^{-\rho t} n N(t) \, \mathrm{d}t \tag{3.63}$$

其中，$\rho > 0$，表示消费者的时间偏好。

$$N(t) = \left[\int_0^n n(i)^\beta \mathrm{d}i \right]^{1/\beta} \tag{3.64}$$

消费者效应最大化需考虑跨期消费问题，采用欧拉方程加以解决。假设消费者支出函数为 $E(t)$，则 $\dfrac{\dot{E}}{E} = R(t) - \rho$，其中 $E(t) = P(t)N(t)$。

$P(t) = \left[\int_0^n p(i)^{\beta/(1-\beta)} \mathrm{d}i\right]^{(1-\beta)/\beta}$，$p(i)$ 代表 i 的价格指数，$P(i)$ 代表加总价格指数。

假定总需求函数 $Y(t) = \dfrac{E(t)}{P(t)^{-\beta/(1-\beta)}}$，产品 i 的需求函数 $n(i) = Y(t)p(t)^{\beta/(\beta-1)}$。

经济系统中有两个部门：生产部门和中间服务部门；两种要素：劳动力和知识。知识由中间服务部门研发生产，知识不仅可以提高生产率，还可以增加产品差异化程度。生产部门在生产过程中都需要有知识进行匹配，在生产分割中需要对于中间品的知识和对于最终品的知识。企业可以通过直接购买知识的方式，选择中间服务品或生产最终品。不同的生产过程需要的知识分别为 m 和 s。

假定 R&D 存在"干中学"效应，创新的成本分别为 k_m/f 和 k_s/f。服务关联有助于降低研发成本，但也面临着额外搜寻成本，只有服务商与制造业生产厂商匹配成功时，生产过程才能有效开展，即通过服务业 FDI 将研发环节的新知识和生产环节匹配。匹配函数设定为 $f(\dot{s}, \dot{m})$。$\dot{s} = \mathrm{d}s/\mathrm{d}t$，$\dot{m} = \mathrm{d}m/\mathrm{d}t$，表示生产部门与中间服务部门的知识增长率。两部门在均衡时不会存在多余厂商。生产部门和中间服务部门分别搜寻到各自匹配厂商的概率为 $g(\dot{m}/\dot{s}) = sf\mathrm{d}i \cdot f(\dot{s}, \dot{m})/\dot{s}$ 和 $g(\dot{m}/\dot{s})/\dot{m}/\dot{s}$，因此，服务业 FDI 有助于降低搜寻成本来提升匹配概率。匹配成功后，中间服务厂商按照议价能力（利润份额）ω 进行利润分配，两者的利润函数分别为：

$$\pi_s = (1 - \omega)p_s x_m \tag{3.65}$$

$$\pi_m = \omega p_s x_m - x_m \tag{3.66}$$

在均衡时，产品数量为 $x_m = A(\beta\omega)^{1/(1-\beta)}$，价格为 $p_s = 1/\beta\omega$。

由此，可以进一步得出各自的预期利润：

$$\pi_s^e = g(r)(1 - \omega)A(\beta\omega)^{\beta/(1-\beta)} \tag{3.67}$$

$$\pi_m^e = (1 - \beta)\frac{g(r)}{r}\omega A(\beta\omega)^{\beta/(1-\beta)} \tag{3.68}$$

将式（3.68）代入总需求函数，可得：

$$Y(t) = \frac{E(t)}{v(\beta/\lambda)^{\beta(1-\beta)} + f(\beta\omega)^{\beta(1-\beta)}} \tag{3.69}$$

L_s 为中间服务部门雇佣劳动数，v/k_s 表示部门的劳动生产率，δ 为折旧率。此时，中间服务部门创造的知识为：

$$\dot{f} = g(m/s)\dot{s} - \delta f，其中\ \dot{s} = fL_s/k_s，\dot{m} = fL_m/k_m$$

随着"干中学"效应的发挥，知识的积累程度在不断增加，创新成本也在不断下降，新产品价格会降低。假定 J 是新产品价格，在完全竞争条件下，$J_s = k_s/f$，$J_m = k_m/f$。此时，创新速率为 $\dfrac{\dot{j}_m}{J_m} = \dfrac{\dot{j}_s}{Js} = \dfrac{\dot{f}}{f}$。

若中间服务部门借资研发，利率为 R。无套利情况下，资本市场均衡时，

$$R = \frac{\pi_s^e}{J_s} - \frac{\dot{f}}{f} - \delta \tag{3.70}$$

整个经济系统中，就业总人口为 $L = L_s + L_m + fx_m = k_s\dfrac{\dot{s}}{f} + k_m\dfrac{\dot{m}}{f} + fA(\beta\omega)^{1/(1-\beta)}$。

在均衡时，$f\pi_s^e/k_s = f\pi_m^e/k_m$。

此时，

$$r = \frac{k_s(1-\alpha)\omega}{k_m(1-\omega)} \tag{3.71}$$

式（3.71）表明，生产部门和中间服务部门的知识创新必须按照固定比例进行。在平衡增长路径上，$\dot{f}/f = g_f$，$\dot{E} = 0$。

综合以上各式可得：

$$L = \frac{k_s + rk_m}{g(r)}(g_f + \delta) + \alpha\omega E \tag{3.72}$$

均衡条件下知识生产的速度为：

$$g = g(r)(1-\omega)\frac{L}{k_s} - \rho\omega\alpha - \delta = sfdi(1-\omega)\frac{L}{k_s}f(\dot{s},\dot{m})/\dot{s} - \rho\omega\alpha - \delta \tag{3.73}$$

$$\frac{\partial g}{\partial sfdi} = (1-\omega)\frac{L}{k_s}f(\dot{s},\dot{m})/\dot{s} > 0 \tag{3.74}$$

由于知识创新速度为议价能力 ω 和就业量 L 的增函数，因而研发成本 k_s 越低，知识创新速度越高。

综上所述，可以很明显地看出，服务业 FDI 的流入加快了东道国制造业的知识资本积累速率。具体来看，随着外资准入政策的逐渐放宽，服务业外资已成为流入我国外资中的主体，这也为发挥"干中学"效应提供了重要载体。生产性服务业 FDI 企业进入东道国后与当地要素发生关联，其提供的服务更具"当地化""适宜化"特征，因而更容易发生服务的溢出现象（Segerstorm，2000），加速了技术创新资源在网络内部的耦合，进而带动了网络内制造业企业在技术开发、产品设计以及管理等诸多方面创新绩效的提升。服务业 FDI 会带来国外的软技术，降低搜寻适宜研发要素的成本，提升创新速率。此外，服务业开放不仅有利于本地下游制造业企业获得原先需要进口才可获取的高级生产性服务（APS），还有利于企业通过服务业 FDI 途径得到无法通过进口很好获取的各种配套服务以及售后服务，从而为知识资本积累提供了较好的软件基础。

但不应忽视的是，目前中国制造业企业的服务外部化进程明显滞后于发达国家，制造业企业服务外包意识不强且往往局限于将内部非核心的服务环节外包出去，而核心的研发环节主要通过企业内部研发完成，这将造成服务业 FDI 促进效应的低水平发挥，不利于制造业企业知识资本的大幅度提升。

3.2.3　服务业开放的制度质量提升效应

从制度层面来看，我国制造业技术进步的相对缓慢很大程度上是因为不合理的制度安排阻碍了市场组织的发育和市场环境的规范，尤其是当前中国改革进入深水区，继续依靠内部力量撬动制度变革的阻力重重（樊纲等，2011；吴敬琏和张春霖，1994；金碚，2010）。开放条件下，国内制度的完善和变革是影响该国生产组织形式、贸易模式及贸易自由化进程的重要因素（Krisha & Levchenko，2009；郭界秀，2013），而开放型经济的发展在深化内外要素联系的同时，对动态贸易利益乃至制度变迁产生了深远影响（Rodrick，2000）。自我国加入 WTO 以来，服务业开放不断深入，不断为我国制度变革输入外部动力，诱使国内相关制度发生变迁。本节着眼于论述服务业开放促进技术进步的制度质量提升机制，主要从跨境服务贸易开放和服务业 FDI 开放两方面分析相关作用机理。

1. 跨境服务贸易方式下服务业开放的制度质量提升效应

货物贸易自由化的制度溢出效应已成为理论界重要的前沿焦点，其中主流的观点有"改进说""恶化说"和"条件说"。借鉴货物贸易理论的研究视角，本书认为跨境服务贸易开放对开放国制度质量的影响主要体现在三个方面。

（1）有利于增加专业化分工程度，激发制度改善动力。

前文对服务业开放的技术进步效应的分析已经指出，服务贸易自由化会加深开放国的专业化分工程度，获得规模经济和比较优势利益，这为改善开放国制度安排提供了可能。阿德斯和特利亚（Ades & Tella，1997）指出，总体贸易开放度的提高对于一国产业内部制度安排具有推动作用，贸易开放将产生改革倒逼压力，进而支持一国制度依赖部门的专业化发展，从而改善一国的制度质量。服务品生产、交易和消费具有高度制度或契约密集型特征（Blanchard & Kremer，1997），因此，跨境服务贸易开放势必对服务贸易比较优势的形成影响更大，这将促使开放国加大本国服务部门制度改革的力度。同时，制度质量会存在向上的竞争压力。列夫琴科（Levchenko，2004）认为，制度环境较差的国家将会在贸易竞争中处于下风，为了避免本国厂商因缺乏制度支持而破产，政府和贸易主体都有动力去改善制度质量，此时，两国为获得在产生租金部门上的比较优势，最大程度获取贸易利得，将彼此进行竞争。因此，跨境贸易开放后，贸易双方改善本国制度的投入将会不断增强，通过政府制定和修改法律、法规和政策等改变企业主体行为，以至达到可实现最优水平。

跨境服务贸易开放的专业化分工效应也将提高企业的核心专注度，进而激发企业对专业高端人才的需求，增加高技能工人的工资收入，扩大其政治参与度和社会影响力。阿西莫格鲁和鲁滨逊（Acemoglu & Robinson，2006）的研究指出，贸易自由化引致的技能偏向型技术进步会增加高技能工人的收入份额，有效保障了劳动合约的执行力。

（2）有利于加快建设与国际接轨的制度体系，有利于制度学习和借鉴。

贸易自由化进程产生了一系列新的国际规则，促使经济主体审慎制定新的政策选择，并改变政策执行预期，从而对经济政策产生新约束（Bates & Krueger，1993）。《服务贸易总协定》将最惠国待遇原则普遍应用于服务贸易和知识产权保护领域，有效地促进了新知识和新技术的创新和传播。

跨境服务贸易是制度学习的有效途径，使经济主体有机会学习和借鉴贸易伙伴国的制度，进而促进制度质量提升。在制度环境较差的国家或地区，政府可通过借鉴贸易伙伴的优良制度，淘汰不合理的贸易规则，设立新的贸易规则，进而降低贸易成本。例如，我国新型自贸区的建设就是在充分吸收了发达国家制度经验的基础上，采取措施破除准入后的隐形贸易壁垒和政策障碍，通过扩大金融、文化、航运、商贸、专业、社会等领域的跨国服务外包合作，激励海关、商检、国税等部门协调创新监管模式，建立公平、开放、透明的市场法律等一系列规则。此外，制度也保护文化、风俗等非正式制度，文化、技术等服务贸易对一国文化、道德有着更深刻直接的影响。从这个角度来说，跨境服务贸易开放对一国制度设计和创新起着根本作用。

（3）有利于加快我国培养和发展市场经济体系，逐步完善市场机制。

跨境服务贸易开放度的提高使我国企业更广泛地参与全球价值链分工和国际市场竞争，为我国引入竞争、供需和风险等核心要素。一方面，要求我国加快建立和完成产业市场化运行机制，促使地区竞争机制、法律保护机制建立和完善，这意味着政府要逐渐放弃对经济运行的直接干预，更多地采取市场化手段调控市场；另一方面，倒逼我国企业按照国际标准、管理体系以及市场规律不断深化市场化改革，着力提升自身经营水平和国际竞争力（桑百川，2008），逐步变成符合市场经济体制的合格市场主体。

按照 WTO 原则体系中的国民待遇原则，国内民营服务企业将更多地参与过去国有服务企业垄断的市场区域，例如，金融市场、交通运输市场、信息市场等服务市场。政府也将逐步建立健全市场决定价格机制，包括放开价格管理权限，推进交通、电信等服务领域价格改革，加速要素价格市场化进程。这些都有助于提高资源配置效率，加强市场的高效运行，真正发挥市场的主体作用。

2. 服务业 FDI 方式下服务业开放的制度质量提升效应

服务业 FDI 开放和引入是我国对外开放战略的核心内容，随着服务业 FDI 的开放，不仅引入规模和质量不断提升，服务业外资因其比较优势而成为我国外在制度供给主体，肩负着我国市场化改革的重要使命。

（1）有利于加快高端服务业所有制结构变迁，打破市场垄断。

非国有制经济结构的深化和完善是我国现阶段制度转型的重要导向，而外资作为非国有制经济的有效构成，发挥着重要作用。加入 WTO 之后，服务业外资作为我国非国有经济的有效构成，其比重逐年攀升，2001 ~ 2014 年我国服务业外资占外资比重从 24% 提升到 61.9%。随着服务业开放程度的逐渐加深，服务业 FDI 主要通过竞争、示范和模仿效应提升国内企业的经营理念和管理水平，并通过并购或合营手段，改变国内企业的所有制结构，促使国内企业逐渐转变为具备现代企业制度的市场主体。

我国市场化改革进程中，服务业改革相对滞后，集中表现在高端服务业领域（如银行、电信、电力、通信等行业）中较高的垄断程度。2015 年中国服务业 500 强名单中，前 10 名全是银行、电力等垄断部门。陈凯（2008）认为，产生这种现象与我国服务业领域较高的进入门槛和较狭窄的市场准入范围有直接关系。服务业 FDI 开放为我国服务业引入充分竞争的同时，也降低了服务业的进入壁垒。基于国民待遇原则，国内私有企业也可以进入高端服务业领域，这极大削减了原有国有企业的垄断特权，有助于提高我国高端服务业的国际竞争力以及对制造业的服务支撑能力。以金融业为例，服务业外资进入为我国金额体系注入了新的活力，直接发挥了带动作用，深刻影响了我国金融制度的创新和完善。[①]

（2）有利于深化政府改革和职能转变，推动法律、法规标准化进程。

服务业 FDI 的选址因素主要包括东道国的商务环境和制度规则，这迫

---

① 例如，外资银行的进入加剧了我国金融市场的竞争力度，有助于银行业竞争度的提高和金融服务质量的改善，丰富了企业融资渠道和金融创新产品，极大地缓解了我国制造业中普遍存在的资金短缺问题。大型跨国公司以金池的形式注入我国银行债权资产运营，降低金融系统风险的同时提高利润，同时大型跨国公司的直接进入为我国金融体制带来了优质的客户群，使金融体制与金融制度更加稳定地运行。

使东道国政府不断完善知识产权保护制度，不断深化改革。戴维斯和诺斯（Davis & North，1995）认为，外资流入能缩短制度创新的发明时间。卡马特（Kamath，1994）进一步指出，FDI 政策变革将会导致产权体现和法律变革，如法律、规则等。当前，为了吸引外资，中国中央和地方政府都不断削减服务业进入壁垒，努力完善法律法规来规范市场竞争秩序，积极营造公平竞争的市场环境。

第 4 章

中国服务业开放与制造业
技术进步的现状分析

本章将从历史维度回顾我国服务业开放所做出的探索和收获的成果，进而把握中国服务业对外开放下一步的大致方向。由于服务业开放本身是一个相对抽象的概念，具体将结合直接指标法和间接指标法对我国服务业总体、分行业开放程度进行了特征描述，并进行了跨国比较，以便能够较为全面、真实地反映我国服务业开放发展的情况。此外，本章基于全要素生产率维度，利用 DEA – Malmquist 指数法对我国制造业技术进步的基本状况进行了全面评估和分析。

4.1
服务业开放历史演进与特征

4.1.1 中国服务业开放的历史演进

中国服务业开放贯穿于改革开放进程中，尤其是加入 WTO 后十几年间，我国服务业开放进程明显加速，对外开放的领域、力度以及合作对象都在不断地深化和拓展，开创了对外开放的新局面。从时间维度来看，中国服务业开放大致可分为三个阶段：有限开放阶段（1979～2001 年）、扩大开放阶段（2002～2006 年）和全面开放阶段（2007 年至今）。

1. 有限开放阶段（1979～2001 年）

1979 年，随着《中华人民共和国中外合资经营企业法》的通过，外资进入我国的合法性得到确立，服务业对外开放也由此开始。经济发展的阶段性特征决定了服务业在我国经济中的重要性并未得到较好体现，由此导致服务业整体开放水平远远落后于工业。虽然在旅游、餐饮、部分房地产开发等个别服务业领域已逐步开放，但大多数服务业领域对应外商投资的限制非常严格，甚至完全禁止。整个 20 世纪 80 年代，我国服务贸易占世界服务贸易的比重仅达到 1% 左右。1991 年之后，伴随着服务业占 GDP 比重的不断提升，中国开始采取试点开放与逐步开放相结合的方式，加快服务业对外开放。一方面，中国开始重视国际服务贸易谈判，积极参与制定 WTO《服务贸易总协定》。1991 年，中国就对银行、航运、旅游、专业服务和广告灯行业的市场开放做出了初步承诺。另一方面，中国国内政策也积极出台了一批促进服务业对外开放的指导意见和法律法规。例如，1995 年《外商投资产业指导目录》及修订本对服务业外商投资的限制都有所放宽；1997 年，党的十五大进一步提出"有步骤地推进服务业的对外开放"。综合来看，这一阶段中国服务业市场的外资开放领域已包含金融、保险、交通运输、房地产、教育等十几个部门，服务业开放水平有所提高，但对金融、电信、交通运输的限制依然较大。

2. 扩大开放阶段（2002～2007 年）

随着 2001 年我国加入 WTO，在践行《服务贸易总协定》规则的过程中，我国服务业对外开放水平继续提高。从协议遵守和推行角度来看，我国基本上履行了加入议定书的开放承诺。在服务贸易提供的四种方式中，我国对跨境交付和境外消费的承诺开放力度相对最大，而对于商业存在和自然人流动的限制则较为严格（樊瑛，2012）。商业存在和自然人流动两种模式中，有超过一半的部门承诺有保留开放，少于一半的部门则"不做承诺"，这种差别化政策措施广泛存在于我国不同属性的服务行业和企业之间。究其原因，主要是由于中国服务业中金融业、信息服务业、社会服务业等高端服务业与国际水平差距较大，全面开放可能会造成外资垄断，进而危及本国服务业生存。因此，在 21 世纪初期，中国在商业存在与自然人流动两个领域实行有保留的"国民待遇"原则，采取的开放步骤也是较为谨慎的。这一阶段我国服务业开放不仅仅局限于 WTO 多边框架范畴，也逐渐加大了自主开放的力度。中国香港、澳门特别行政区作为单独关税区，被赋予了单独缔结条约的地位，签订了一些被认为具有准国际协议要件的贸易协议。

3. 全面开放阶段（2008 年至今）

加入 WTO 以来，随着我国全面改革的领域和力度的不断深化，我国服务业不断放宽贸易范围、经营地域和外资注册资本等限制，并筹划进一步放宽外资股权限制。这一阶段，我国坚持以更加积极的心态主动增加服务业开放部门，在某些领域服务业开放度甚至超过了一些发达国家的承诺水平。在践行 WTO 规则的基础上，我国也在积极探索合适的开放路径，一方面，积极主导或加入区域服务业开放协议，加强与世界的联系；另一方面，加快新型自贸区建设的步伐，不断尝试制度创新。

（1）统筹 FATs 服务业开放合作（双边或区域协议维度）。

由于多边谈判中各国传统与非传统利益纷繁复杂，导致 WTO 多哈回合谈判主导的贸易自由化进程表现出缓慢态势，作为次优的区域贸易自由化反而受到青睐。双边或区域贸易自由化协定（FTAs）协议国成员利益一致性较多且政治妥协弹性较大，因而大部分双边或区域贸易自由化协定在"市场准入"和"国民待遇"承诺方面的开放力度都有所提升，FTAs 整体表现出"GATS＋"的特征（Fink & Molinuevo，2008；Chaudhuri et al.，2011）。就我国服务业而言，在已签署的一些 FTAs 中，不仅超越了 WTO 对我国服务业开放的标准和水平（WTO＼GATS＋），也做出了因自贸协定合作对象而异的服务业开放承诺。

在加入 WTO 的同时，我国就已开始了双边或区域对外开放，积极探索中国自贸区战略布局中的服务业开放步骤。2008 年全球金融危机后，伴随着我国经济新常态特征的基本确立与贸易保护主义的逐渐抬头，统筹多边、双边和区域开放合作是我国新一轮对外开放的一个重要特点。一是启动多边、双边自由贸易区谈判。例如，2013 年，我国启动了中美、中欧投资协定谈判，加快准入"前国民待遇＋负面清单"规则的制定实施；2014年，我国在 APEC 会议上提出构建亚太自贸区路线图，正式启动中国—东盟自贸区升级版谈判；2015 年，中韩自由贸易协定、中澳自由贸易协定正式生效。此外，我国也积极参与区域全面经济伙伴关系协定（RCEP）谈判。截至 2015 年底，我国与东盟、巴基斯坦、智利、新西兰、新加坡、瑞士、韩国、澳大利亚等国签署的区域贸易安排均涵盖了服务业开放内容，并不同程度地新增和深化了服务业部门开放承诺（见表 4－1）。二是开展形式多样的区域经济合作。近年来，我国积极推动区域经济合作，如参与并推动上海合作组织、泛东北亚区域等区域合作组织，并继续深化服务贸易领域开放。自 2013 年习近平主席提出共同建设"丝绸之路经济带"和"21 世纪海上丝绸之路"（以下简称"一带一路"）的倡议构想以来，"一带一路"倡议取得了实质性进展，中央提出设立亚洲基础设施投资银行、丝路基金等一系列实质性的重大举措，并且积极推动世贸组织框架下的服务贸易协定、政府采购协定、信息技术协定等谈判。

表 4－1　　我国已签署的部分双边或区域自贸协定中有关服务业开放的安排

协议方	自贸协定	签订时间	协议安排主要内容
中国—东盟	《中国—东盟自贸区（服务贸易协议）》《关于实施中国—东盟自贸区（服务贸易协议）第二批具体承诺的议定书》	2007 年 2011 年	承诺根据加入世界贸易组织（WTO）的承诺，对商业服务、电信、建筑、分销、金融、旅游、交通等部门的承诺内容进行了更新和调整。同时，第二批具体承诺还进一步开放了公路客运、职业培训、娱乐文化和体育服务等服务部门
中国—新西兰	《中国—新西兰贸易协定》	2008 年	新西兰在商务、建筑、教育、环境等 4 大部门的 16 个分部门做出了高于 WTO 标准的承诺；中国在商务、环境、体育娱乐、运输等 4 大部门的 15 个分部门做出了高于 WTO 标准的承诺。新西兰将为中医、中餐厨师、中文教师、武术教练、中文导游等 5 类职业提供工作许可
中国—智利	《中智自贸区服务贸易协定》	2008 年	中国的计算机、管理咨询、房地产、采矿、环境、体育、空运等 23 个部门和分部门，以及智利的法律、建筑设计、空运等 37 个部门和分部门将在各自 WTO 承诺基础上向对方进一步开放

协议方	自贸协定	签订时间	协议安排主要内容
中国—新加坡	《中国—新加坡自由贸易协定》《中国和新加坡关于双边劳务合作的谅解备忘录》	2008 年	在 WTO 服务贸易承诺表和中国—东盟自贸区《服务贸易协议》市场准入承诺清单的基础上，中方承诺包括：承诺新方在华设立股比不超过 70% 的外资医院；认可新加坡两所大学的医学学历
中国—巴基斯坦	《中国—巴基斯坦自贸区服务贸易协定》	2009 年	在各自对世贸组织承诺的基础上，中方将在分销、教育、环境、运输、娱乐文化、体育 6 个主要服务部门的 28 个分部门对巴基斯坦服务提供者进一步开放
中国—瑞士	《中国—瑞士自由贸易协定》	2013 年	中国与欧洲国家签订的第一个自贸协定，其在服务贸易中新增了最惠国待遇条款，同时对金融、证券业的开放和合作做出了单独规定
中国—韩国	《中国—韩国自由贸易协定》	2015 年	参照《服务贸易总协定条款》，中国在韩国关注的法律、建筑、环境、体育、娱乐服务和证券领域方面，做出进一步开放承诺。同时，双方也就电影、电视合拍及出境游做出相应安排
中国—澳大利亚	《中国—澳大利亚自由贸易协定》	2015 年	澳大利亚同意中方以负面清单方式开放服务部门，成为首个对中国以负面清单方式做出服务贸易承诺的国家

资料来源：作者整理。

（2）加快对港澳台服务业开放。

我国内地与港澳地区《关于建立更为紧密经贸关系的安排》（CEPA）①的签署和实施，为促进内地与港澳服务业合作及双边服务贸易发展起了重要的制度性作用。根据各年 CEPA 协议及其补充协议，服务贸易开放已涉及法律、计算机、建筑、房地产、医疗、视听、摄影等重要领域。例如，在金融方面，内地持续扩大开放银行、证券等核心业务，积极研究基金产

---

① 包括内地与香港特区政府签署的《内地与香港关于建立更紧密经贸关系的安排》、内地与澳门特区政府签署的《内地与澳门关于建立更紧密经贸关系的安排》。

品互认为香港人民币投资产品和资产管理业务的发展开拓新领域，不断加强两地金融合作及便利贸易投资的措施。2014 年内地与香港签署了《内地与香港 CEPA 关于内地在广东与香港基本实现服务贸易自由化的协议》，该协议的签署以广东为试点，为后期实现内地与香港全面服务贸易自由化积累经验。

2010 年，海峡两岸关系协会会长陈云林与台湾海峡交流基金会董事长江丙坤在重庆签署了《海峡两岸经济合作框架协议》（ECFA），为两岸经贸关系制度化、自由化和正常化提供了特殊经济合作安排。ECFA 以早期收获清单文本之表述方式，率先推动服务业市场准入。在早期收获清单中，大陆开放给台湾的非金融服务项目有 10 项，金融服务项目 3 项。其中，大陆在金融服务和计算机、研发服务及医疗服务方面都给予了台湾更多的市场准入便利。2013 年，两岸在上海签署《海峡两岸服务贸易协议》，双方开放承诺共 144 条，涵盖商业、通信、建筑、分销、环境、健康服务、运输、金融等 11 个大类 100 多个服务行业，内容包含放宽市场准入、取向股权限制、放宽经验范围、下放审批权限及为市场准入提供便利等。该协议涵盖行业类别之广、开放力度之大远超大陆已签署的类似协议，这为两岸之间最终实现服务贸易自由化奠定了基础。

（3）探索新型自贸区等开放形式。

2008 年金融危机后，我国建设开放型经济新体制的任务更加紧迫，以高水平的对外开放倒逼深层次结构性改革成为我国的战略重点。面对复杂多变的国际国内环境，新一轮开放更加强调积极主动的开放战略。服务业的开放涉及境内和边境开放，而境内开放就是指将国内经济活动的法律法规与国际接轨（张二震和戴翔，2014）。

从我国具体实践来看，主要有两种方式：一是在特定行政区域服务业开放中，不断加大特定开放对象（具体产业）的开放力度。深圳前海深港现代服务业合作区、横琴新区、北京市服务业扩大开放综合试点、海南国际旅游岛等已享有不同的服务业开放政策。例如，2012 年，我国成立深圳前海深港现代服务业合作区，支持合作区实行创新力度更大的先行先试政策，着力将合作区打造为粤港服务贸易自由化的先行地。其中主要包括建设我国金融业对外开放试验示范窗口，[①] 加强法律事务合作，在深港两地教育、医疗等方面开展合作试点，加强电信业合作等内容。成立北京市服务业扩大开放综合试点，通过鼓励北京在科学技术服务、互联网和信息服务、文化教育服务、金融服务、健康医疗服务六大现代服务领域放宽市场准入、改革监管模式等手段，积累在全国可复制、可推广的经验。2016年，国家相继批复在天津、上海等 10 个省市和江北新区、两江新区等 5 个国家级新区开展服务贸易创新试点工作，提出依托大数据、云计算等新技术加快服务贸易模式创新；促进技术贸易、金融、中医药服务贸易领域加快发展。二是在原有海关特殊监管区类型服务业开放中，划出一定的区域范围实施与国际接轨的服务业开放政策，营造平等准入的市场环境。2013 ~ 2015 年中国（上海）自由贸易试验区、中国（广东）自由贸易试验区、中国（天津）自由贸易试验区、中国（福建）自由贸易试验区的建设，实际上就是我国主动开放、以开放促改革的集中体现。服务业开放是四个自贸区的重要内容，而四个自贸区在服务业开放领域也各有侧重点。扩大服务业开放是上海自贸区的重要任务，通过探索建立准入前国民待遇和负面清单、政府审批的"负面清单"管理模式，调整外商投资政策，为积累可复制、可推广经验铺平道路；充分利用福建自贸区对台优势，进一步扩大与台湾地区在通信、旅游、运输服务、建筑、商贸领域的开放；在广东自贸区着力率先实施对港、澳地区的开放；在天津自贸区通过服务业开放服务京津冀一体化协同发展。

需要指出的是，自主开放与我国改革进程紧密相连，涉及的难点与遇到的阻力也较协议开放更为巨大。从开放重点来看，金融、电信、运输、专业服务等敏感服务行业的市场准入和配套改革，不仅关系着我国服务业跨越式发展战略能否实现，也影响到我国继续全面深化改革的大局。因此，要实现"以我为主，主动地参与国际经贸规则制定"的战略目标，必须依赖更大力度的服务业自主开放。

---

① 在涉及经济安全的金融服务领域，支持前海在金融改革创新方面先行先试，不仅积极推进前海金融市场扩大对中国香港开放，支持在 CEPA 框架下适当降低中国香港金融企业在前海设立机构和开展金融业务的准入条件，而且允许前海探索拓宽境外人民币资金回流渠道，配合支持中国香港人民币离岸业务发展，构建跨境人民币业务创新试验区。

4.1.2　中国服务业开放的主要特征与开放程度测算

随着服务业对外开放程度的不断加深，学者们逐渐关注对我国服务业开放程度的科学评价。借鉴霍克曼数量工具法，使用加权赋值对分行业和分贸易方式在"入世"承诺及改进具体承诺条款进行评估时发现，当前我国服务业承诺开放水平数值虽然较发达国家仍有一定差距，但在发展中国家中已经属于最高（樊瑛，2012；姚战琪，2015）。在提供方式中，对于跨境交付和境外消费的限制较为宽松，但对于商业存在和自然人流动的限制则较为严格（详见附录1）。相对于货物贸易，服务贸易部门开放的深度和广度仍然不够。但是，由于主观赋值权重的不同以及缺乏与别国数据的横向比较，上述研究结论的权威性仍然受到较大质疑。有鉴于此，结合前文中对现有测度服务业开放水平方法的介绍，本书将采用直接和间接指标法相结合的分析方法，对加入WTO以来我国服务业的开放发展进行系统的业绩评估。直接指标法的业绩考量主要利用较为具有权威性的世界银行和OECD提供的服务贸易限制指数并加以分析；间接指标法则主要分析了我国服务贸易贡献度和依存度、服务业FDI依存度。

1. 基于服务贸易限制指数的分析

（1）对世界银行服务贸易限制指数的分析。

本节首先采用世界银行STRI方法衡量我国整体和各部门服务业开放的程度，该指数着重考虑一国政策对待外国服务提供者和国内服务提供者的区别，便于对给定部门开放程度进行跨国比较。目前来看，服务贸易限制指数数据库较好地满足了政策制定者、谈判代表、研究人员和私人部门的强烈需求，在政策改革、国际谈判以及服务贸易政策的定量分析方面发挥了重要作用（Borchert et al.，2012）。在STRI数据库收录的103个国家信息中，STRI指数在（5，15）区间段的国家数为15个，（15，20）区间段的国家数为15个，（20，30）、（30，50）和（50，90）区间段的国家数分别为32个、24个和10个，较低的服务贸易限制指数代表较高的开放程度，各国服务贸易限制指数分布表明大部分国家的服务业开放程度较高（见图4-1）。其中，中国 STRI 指数值为 36.6，分值相对较高，显示当前我国整体服务业开放度仍然不高，在全球国家中处于中下游水平（详见附录 2）。

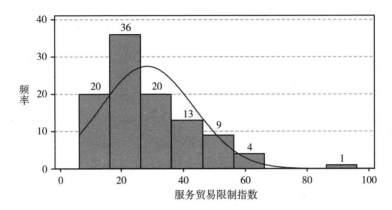

图 4 - 1　103 个国家整体服务贸易限制指数的频率分布
资料来源：世界银行 STRI 数据库。

通过对各国 STRI 与人均 GDP 的拟合值进行分析，可以发现 STRI 与人均 GDP 总体呈现反向关系，即人均 GDP 较高的国家，服务贸易限制指数越低，服务业开放程度越高（见图 4 - 2）。值得注意的是，亚洲近年来发展较快的国家（如印度）和石油丰富的海湾国家（如卡塔尔、科威特）虽然人均 GDP 较高，但是这些国家的服务业表现出较为严厉的限制政策。同时，一些最贫穷的国家（如厄瓜多尔）服务业则十分开放。

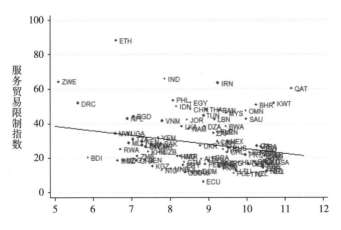

图 4 - 2　服务贸易限制指数与人均 GDP 拟合散点

资料来源：Borchert I. , Gootiiz B. , Mattoo A. . Policy Barriers to International Trade in Services：Evidence from a New Database ［J］. *World Bank Economic Review*, 2012, 28（1）.

服务的异质性不仅导致不同国家服务业各部门的开放程度不同，也导致相同服务部门在不同国家的开放程度存在广泛差异。由图4-3可以看出，服务业分部门开放程度在各个国家都具有一定的规律性，即除海湾国家（GCC）外专业服务部门的STRI值均是最高。世界银行考察的专业服务部门主要包含法律和会计服务，主要指组织或个人应用相关专业知识和专门知识，按照客户的需要和要求，为客户提供法律和会计方面的服务。这类服务主要涉及的提供模式包括自然人流动和商业存在，一方面，国家间自然人流动的限制往往较大；另一方面，这些涉及国家安全和意识形态等敏感领域，商业存在的限制程度也较高，这就使得专业服务部门在各国的开放程度普遍偏低。运输部门涉及航空运输、海运、公路运输与铁路运输，其中，各国和地区铁路运输限制指数较大而海运限制程度较小，但总体上运输部门的整体限制较严厉。我国运输部门STRI值为19.3，在国别比较中该值较小，表明我国运输部门的开放程度已经非常高。发达国家电信产业基础较好，技术较为先进，具有较强的竞争优势，因此，OECD和欧盟的电信部门开放程度较高。相对而言，发展中国家的电信基础设施较为薄弱，国内电信部门可能会因为电信部门的大规模开放而退出市场，进而危及整个国民经济的安全。因此，电信部门限制程度普遍较高。我国电信部门STRI值为50，仅次于专业服

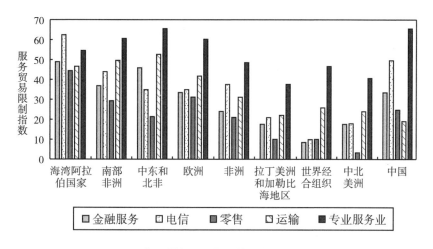

图4-3 各国服务业分部门的服务贸易限制指数

资料来源：世界银行STRI数据库。

务部门，开放程度明显偏低。各国和地区金融服务部门的开放情况与电信部门相似。零售部门的 STRI 值普遍较小，表明各地区零售服务业开放程度较高。

（2）对 OECD 服务贸易限制指数的分析。

为对我国服务业开放程度进行更加全面的对比，本书依据 OECD 服务贸易限制指数数据库的相关数据，整理得到 2013 年中国乃至全球主要经济体的服务业分部门 STRI。与世界银行 STRI 相比，OECD STRI 涵盖的服务部门更加全面，对世界银行 STRI 是有益的补充。从具体数值来看，中国服务业各部门 STRI 均大于总体均值，大部分高于金砖国家均值（详见附录3）。

结合各经济体分部门 OECD STRI 指数来看（见图4-4），中国在建筑业和计算机部门开放程度较高，这两个部门 STRI 数值位于各经济体相应部门 STRI 的平均值。究其原因，现阶段中国建筑业外资准入条件较低，取消了外资进入的股权限制。具体来看，相关的壁垒主要体现在对自然人流动的限制和监管的透明度方面。计算机服务在中国是属于受鼓励的外国直接投资类别。从监管措施的种类来看，计算机服务的贸易壁垒主要体现在对外资准入的限制、对自然人流动的限制和监管透明度方面，这三类措施的限制程度大体相当。

服务贸易限制指数分值最高的领域主要集中在速递服务、航空运输、电信服务、法律和商业银行。主要原因在于，速递业务属于禁止外国投资的领域，此外还存在大量的竞争障碍，以及较低的监管透明度。电信业则涉及国家信息安全和国有企业垄断等问题，相应地，中国在这些部门的服务贸易限制远远高于平均值。航空运输业的限制主要在于外资控股比重，我国规定该部门外资控股比例不得超过49%。另外几大类限制措施的壁垒程度相对不高。我国监管部门对于商业外资银行准入的限制较为严格，对外资银行的经营范围、持股比例都有严格限定，但随着2015年修改后的外资银行管理条例实施，准入门槛和经营范围等限制已大大降低，决策层对金融开放展现审慎而积极地态度。总体来看，OECD服务贸易限制库中反映的中国服务业各部门开放情况与世界银行数据库所反映的基本一致。

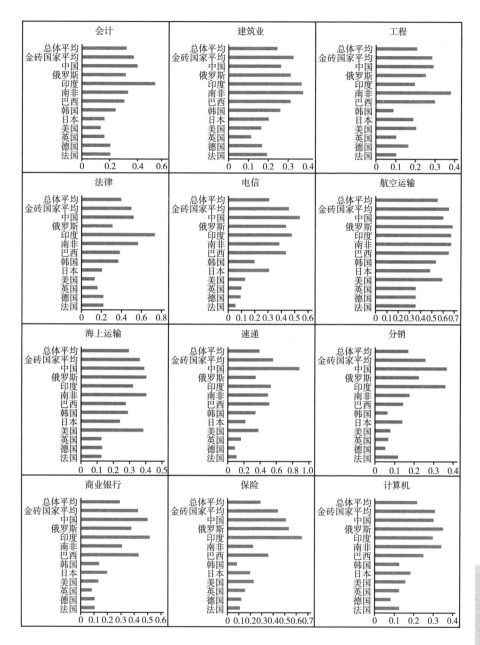

图4－4 各国分行业服务贸易限制指数对比

资料来源：根据 OECD 服务贸易限制指数数据库搜集整理。

2. 基于间接指标分析

（1）中国对世界服务贸易贡献度及服务贸易依存度。

改革开放以来，我国服务贸易总体增长速度较快，但自1992年开始，各年份服务贸易均处于贸易逆差状态，且逆差额不断扩张。2014年我国服务贸易逆差已达1599亿美元，为世界第一大贸易逆差国。其中，运输服务、旅游、保险服务、专利权利使用费和特许费等行业是主要的贸易逆差行业（见图4-5）。

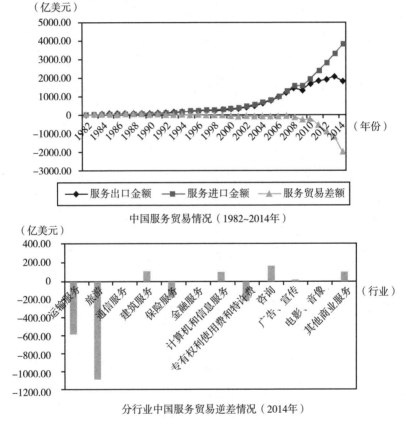

中国服务贸易情况（1982~2014年）

分行业中国服务贸易逆差情况（2014年）

图4-5 中国整体及分行业服务贸易情况

资料来源：联合国贸发会议数据库、《中国统计年鉴（2015）》。

服务贸易开放度的衡量主要从服务贸易依存度和服务贸易竞争力指数

两个层面考量。① 从服务贸易依存度来看，2000～2007 年，服务贸易总体依存度处于上升趋势，这反映出服务贸易在我国经济中的地位不断增强的事实。2008 年后，服务贸易也受到了金融危机的不利影响，总体依存度和出口依存度都出现了大幅度下降，2014 年分别为 5.46% 和 1.78%，但对进口依存度的影响则较不明显（见表 4－2）。对比 2014 年世界服务贸易依存度，不难发现我国远远落后于世界平均水平。

表 4－2　　　　　　　　　　　　我国服务贸易依存度

年份	2000	2005	2006	2007	2008	2009	2010	2011	2012	2013	2014
中国服务贸易依存度（%）	5.48	6.92	7.02	7.12	6.67	5.67	6.00	5.58	5.56	5.68	5.46
服务贸易出口依存度（%）	2.50	3.26	3.35	3.45	3.21	2.54	2.82	2.43	2.25	2.22	1.78
服务贸易进口依存度（%）	2.98	3.67	3.67	3.67	3.46	3.12	3.18	3.16	3.31	3.47	3.68
服务贸易竞争力指数	-0.09	-0.06	-0.05	-0.03	-0.04	-0.10	-0.06	-0.13	-0.19	-0.22	-0.35

资料来源：历年《中国贸易外经统计年鉴》。

从服务贸易竞争力指数②来看，我国服务贸易国际竞争力日趋恶化，近年来这种趋势更为明显。2000～2014 年间，我国服务贸易竞争力指数均为负值，且呈现不断扩大的趋势。通过与其他国家的横向比较可以发现，虽然我国服务贸易增长较快并且出口市场占有率较之其他发展中国家有一定的优势，但服务贸易在全球的竞争力不仅低于美国、欧盟等发达国家，也低于印度等发展中国家。以 2014 年为例，我国出口市场占有率为 0.9%，在世界服务贸易市场中占据重要地位，但该年服务贸易竞争力指数为

① 相应的计算公式为：服务贸易依存度＝[服务贸易出口额(国家或地区)＋服务贸易进口额(国家或地区)]/GDP(国家或地区)；服务贸易竞争力指数＝(服务贸易出口额－服务贸易进口额)/(服务贸易出口额－服务贸易进口额)。

② 贸易竞争力指数，即 TC（trade competitiveness）指数，是国际竞争力分析时比较常用的测度指标之一。该指标作为一个与贸易总额的相对值，剔除了经济膨胀、通货膨胀等宏观因素波动的影响，即无论进出口的绝对量是多少，该指标均在 -1～1 之间。其值越接近于 0 表示竞争力越接近于平均水平；该指数为 -1 时表示该产业只进口不出口，接近于 -1 表示竞争力越薄弱；该指数为 1 时表示该产业只出口不进口，越接近于 1 则表示竞争力越大。

-0.227，数值仅优于巴西（见表4-3）。

表4-3　　　　　　　2014年主要国家与组织服务贸易依存度对比

国别与组织	服务贸易依存度	出口市场占有率（％）	竞争力指数
中国	5.68	0.9	-0.227
巴西	5.60	0.2	-0.378
韩国	17.83	0.5	-0.027
印度	13.27	0.7	0.090
美国	7.02	3.0	0.204
欧盟	21.11	8.6	0.087

资料来源：根据 UNCTAD 网站数据计算。

（2）中国服务贸易国际竞争力的进一步考察。

① 服务贸易出口技术含量测度方法与数据处理。

2008年全球金融危机以后，国际分工正在悄然发生变化，其中，服务贸易已经超过货物贸易成为各国占领新国际分工制高点的关键。而且，研究发现，服务业也越来越精细化分工，"碎片化"产业组织方式发展迅速，在服务业的不同环节同样具有"高端"和"低端"之分。

为了表述和刻画我国服务业国际竞争力依旧较低的现象，我们参照豪斯曼特等（Hausmannet et al.，2005）提出的关于制造业出口技术含量的近似测度法，计算我国高端服务业出口的技术含量。出口技术含量的计算最早由豪斯曼特等（2005）提出，之后拉尔（Lall，2005）、樊纲等（2006）、罗德里克（Rodrik，2006）等分别从行业分类、要素密集度、贸易方式等层面对该指标进行了一定的改进。本书参考董直庆（2010）的方法，但利用服务贸易细分行业的出口数据，构建出口贸易种类——出口国家两维度之间的出口测算技术含量指标。

首先，计算技术服务贸易出口分项中的亚类技术含量（TSI），公式如下：

$$\text{TSI}_k = \sum_j \frac{e_{jk}/E_j}{\sum_j (e_{jk}/E_j)} Y_j \tag{4.1}$$

其中，E_j 是国家 j 的服务业出口总额；e_{jk} 是国家 j 服务业行业各分项 k 的出口额；Y_j 是国家 j 的人均 GDP，以衡量国家的要素禀赋程度。因此，式（4.1）包含与传统制造业比较优势理论相一致的经济学原理，即经济发展程度较低的国家由于低工资的成本优势，提供技术含量低的服务产品出口；而科技水平先进、人力资本优势更加显著的高工资国家，则出口高技术含量的服务产品。

一国总的服务出口技术含量 ET 由所有的细分服务业行业的分项加成而得：

$$ET = \sum_k \frac{e_k}{E} \text{TSI}_k \tag{4.2}$$

其中，e_k 是一国服务业各分项 k 的出口额，E 为该国总的服务贸易出口额。

对式（4.1）进行适当修正，我们可以得到进口服务技术含量：

$$ET = \sum_k \frac{m_k}{M} \text{TSI}_k \tag{4.3}$$

中国及其他国家[①]的服务贸易出口总额及各行业的分项数据，均来自联合国贸易与发展组织的服务业进出口贸易统计数据库（UNCTD）。UNCTD 服务贸易统计分类的分项包括 10 类：旅游和与旅游相关的服务，交通运输服务业，建筑和相关工程服务业，通信服务，金融服务业，保险业，计算机和信息服务业，版税和许可证费用，其他商业服务，个人、文化和娱乐服务。其中，我们将通信服务、保险业、金融服务业、计算机和信息服务业、版税和许可证费用定义为高端服务业。

服务贸易需要进行价格指数平减。中国香港的出口品大都属于来自大陆的转口贸易品，因此，香港出口品价格指数在一定程度上就是中国进出口贸易价格指数的替代（Thorbecke & Smith，2010）。故采用香港出口品价格指数进行平减，数据来自 IFS 数据库，均以 2005 年四个季度的平均值作为基期。

② 服务业出口和进口技术复杂度。

由式（4.1）、式（4.2）可以看出，一国服务产品出口的技术复杂度

---

① 按照戴翔（2012）和万红先（2012）的方法，本书选取在全球服务贸易中份额较大的（2011 年时总共占比 84%），且在样本区间内具有连续统计的 28 个国家，用于计算中国的服务贸易出口技术含量。

由两方面因素决定，一是产品内部的价值链攀升，即由低复杂度分类产品向高复杂度分类产品升级；二是"宏观"层面下所隐含的一国服务贸易出口的结构复杂度。根据式（4.1）和式（4.2），我们可以计算出 1998～2012 年中国高端服务业的出口和进口技术含量。从中可以发现，虽然这期间我国服务业出口技术含量持续提高，每年增加速度达到 6.33%，但与服务业进口的技术含量相比，增长率仍然较低，因此，进出口之间的技术含量差距在不断扩大（见图 4 - 6）。

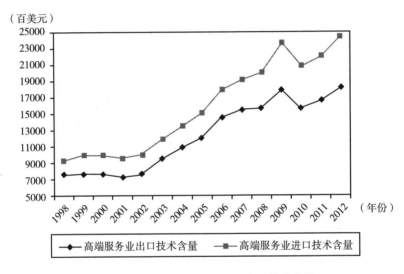

图 4 - 6　中国高端服务业的进出口技术含量

资料来源：由作者计算而得。

与整体服务业相比，虽然高端服务业出口技术含量较高（见图 4 - 7），但我们发现，在样本期间，整体服务业进出口技术含量差距并不如高端服务业的大，也就是说，虽然我国高端服务业技术含量不断上升，但相较于其他传统服务业，其与发达国家之间的技术差距在不断扩大。或者说，在"片段化"的服务业国际分工中，我国分工地位并没有明显上升，一直处于被"低端"锁定的境地。这表现出我国在参与全球服务业国际分工的过程中，与制造业相似，凭借着低成本的劳动力优势，依旧在低技术性服务出口上具有竞争力，因此，在追求"量"增的同时，我国服务贸易的价格条件却在不断恶化。

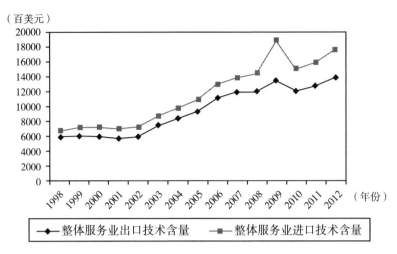

（百美元）

图4-7　中国整体服务业的进出口技术含量

资料来源：由作者计算而得。

　　仅从中国高端服务业出口技术含量的变化趋势来看，并不能充分地说明中国高端服务业在全球国际分工中的地位以及相应的国际竞争力的变化。这是因为，技术进步是个全球性的趋势，从世界范围来看，出口技术复杂度水平都在提升，而分工地位是一个相对的概念。因此，我们按式（4.1）计算，进行国际比较。

　　从表4-4可以看出，中国服务业出口技术含量与美国差距较大，1998～2012年间，尽管出口技术含量有微弱的进步，但整体处于世界中等水平以下。与印度、俄罗斯等新兴国家相比，在高端服务业发展上不具有明显的竞争优势，甚至还比较落后。中国高端服务业"高—低"背离的现象表明，在服务业同样存在"碎片化"国际分工的背景和趋势下，发达国家的跨国公司有可能不断将相对"低端"的服务环节外包给中国，将"核心"和"高附加值"的环节留在投资母国。

　　③ 不同技术复杂度服务业行业的国际贸易情况。

　　首先，我们计算出1998～2012年全球服务贸易各出口部门的复杂度分值（见表4-5）。从计算结果来看，无论是运输、旅游等低端服务部门，还是金融服务、计算机和信息服务等高端服务部门，都呈现出逐年上升的趋势。但从增速的变化来看，金融服务、版权和许可证以及计算机和信息服务均不具有更高的出口复杂度数值，而且增速变化也同样较快。这也揭示出，在技术含量方面，高端服务部门比传统服务部门有更快的技术进步和发展潜力。

表4－4　　　中国及世界其他国家（地区）服务业出口技术含量变化　　　单位：%

1998 年				2012 年			
国家（地区）	技术含量	国家（地区）	技术含量	国家（地区）	技术含量	国家（地区）	技术含量
美国	100	印度	71.00	美国	100	印度	78.51
中国	57.24	韩国	62.39	中国	63.48	韩国	65.48
英国	82.44	中国香港	70.11	英国	78.21	中国香港	75.60
德国	70.21	俄罗斯	61.19	德国	78.20	俄罗斯	62.37
法国	74.13	中国台湾	66.72	法国	70.18	中国台湾	72.57
日本	68.39	马来西亚	63.41	日本	67.49	马来西亚	69.82
意大利	71.58	巴西	56.21	意大利	72.98	巴西	59.37
爱尔兰	73.19	泰国	59.28	爱尔兰	83.42	泰国	61.69
新加坡	68.01	土耳其	52.47	新加坡	81.28	土耳其	53.66

注：表中数据是与美国之比。
资料来源：由作者计算而得。

表4－5　　　　全球服务贸易分项出口复杂度（1998～2012 年）

年份	运输服务	旅游服务	通信服务	建筑服务	保险服务	金融服务	计算机和信息服务	版权和许可证	其他商业服务	个人文化和娱乐服务
1998	11271	8926	6011	13899	13090	18258	12332	20338	12285	10626
1999	12091	9028	6121	14211	13872	19992	15982	22891	12631	10021
2000	12203	9282	6090	14202	11790	20064	16190	23155	12959	10465
2001	11891	9245	6522	13362	13558	20279	15122	24699	13005	10360
2002	12522	9711	7365	13446	16411	27579	16047	25554	14664	10013
2003	14456	10897	8811	16413	20982	33164	19489	29145	17172	12088
2004	16847	12239	10190	18771	21961	37712	22912	32811	19369	14060
2005	18102	13154	12442	19352	22302	40327	23732	34043	20003	16260
2006	19588	14115	15042	20128	26112	43632	24590	35561	21286	27816
2007	22919	15481	17732	22800	28217	48830	26419	39541	24491	21051
2008	24610	16906	20517	24484	29009	51257	28464	41601	26691	23541
2009	21436	15228	17303	22474	26611	44765	24310	40089	24207	22622
2010	22544	16334	17525	22840	29070	46618	24777	41225	25253	23402
2011	24955	18166	19404	25735	28606	52356	25815	45641	27129	26659
2012	25364	19672	24088	25297	28624	50789	24159	40351	25872	32959

资料来源：由作者计算而得。

与制造业类似，根据1998～2012 年全球服务贸易分项出口复杂度的平均值，可以将服务业的出口产品分为低技术产品、中技术产品和高技术产品三大类。其中，高技术服务业行业包括金融、保险、版权与许可证、计算机与信息通信；中技术服务业行业包括个人文化娱乐和交通；低技术服务行业包括旅游和建筑业。按照此分类，以出口份额的比重来衡量服务贸易出口技术结构情况。结果显示：其一，虽然与1998年相比，中国服务贸易出口的整体技术水平有显著上升，出口技术的结构不断高端化，但依旧是低技术出口产品占比过大，高技术产品出口比重较大，依旧呈现出"尖宝塔"型。其二，进行国际比较后发现，中国服务品出口技术含量与发达国家差距较大，而与新兴经济体国家相比，也明显落后于印度等国。其三，从产品内部结构来看，传统服务业，如旅游和交通，依旧是中国服务贸易出口的主体，高技术含量的金融、保险、版权和许可证等明显偏弱，而以网络和信息技术为基础的新兴服务业与发达国家的差距更大。

（3）中国服务业外资开放度。

随着我国市场规模优势和政策扶持力度的不断提高，FDI大量流入我国服务业市场，FDI的结构发生了显著性变化。数据显示（见表4-6），自2011年开始，服务业FDI占FDI比重超过了50%，并呈现不断上升的趋势。2014年该值已攀升到61.97%的历史新高。服务业FDI占比提高是提高利用外资水平、优化利用外资结构的具体表现。本部分主要利用服务业FDI流入依存度来衡量服务业外资开放度。

表4-6　　　　　　　　我国服务业外资开放度分析

年份	FDI（亿美元）	服务业FDI（亿美元）	服务业FDI占比（%）	服务业FDI流入依存度（%）	FDI净流入占GDP比重（%）
2004	606.30	140.53	23.18	1.76	3.12
2005	603.25	149.14	24.72	1.59	4.93
2006	630.21	199.15	31.60	1.74	4.91
2007	747.68	309.83	41.44	2.05	4.85
2008	923.95	379.48	41.07	1.94	4.13
2009	900.33	385.28	42.79	1.71	3.35
2010	1057.35	499.63	47.25	1.87	4.60
2011	1160.11	582.53	50.21	1.75	4.53
2012	1117.16	571.96	51.20	1.49	3.59
2013	1175.86	662.17	56.31	1.49	3.76
2014	1195.62	740.96	61.97	1.43	3.62

资料来源：历年《中国统计年鉴》、世界银行数据库。

通过服务业 FDI 流入依存度,可以考察我国服务业 FDI 占国民经济的比重以及服务业开放程度。① 本部分计算了 2003～2014 年服务业 FDI 流入依存度,结果发现,虽然服务业 FDI 占比呈现逐年上升的趋势,但服务业 FDI 流入依存度则长期在 1.7 左右徘徊,近几年更呈现下滑趋势。与 FDI 流入依存度相比,服务业 FDI 流入依存度仍较小。这表明,现阶段服务业 FDI 对我国服务业增长和经济结构"服务化"的促进作用比较有限,中国服务业国际资本流动还有很大的开放和提升空间。

从服务业 FDI 流入的行业分布来看,2014 年服务业外资主要集中在房地产、住宿餐饮业以及租赁商务服务业,这些行业实际外商投资额占整体服务业外商投资比重分别达到 46.7%、12.8% 和 16.9%(见图 4 - 8)。通过分析不难发现,当前外资仍主要集中在房地产、住宿餐饮等消费性服务业,而生产性服务业外资占比仍然较小。该结果与分行业服务贸易限制指数得出的结果相类似,即分行业中服务贸易限制指数较大的行业,外资准入的门槛较高、限制也较大,相应的外资流入额也较少。

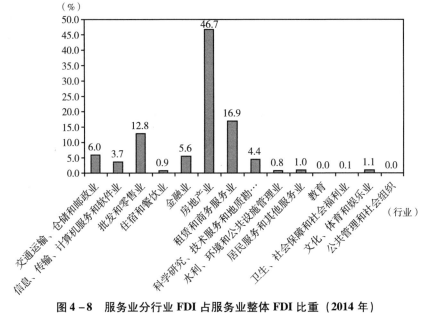

图 4 - 8   服务业分行业 FDI 占服务业整体 FDI 比重 (2014 年)

资料来源:《中国统计年鉴 (2015)》。

――――――――――

① 相应的计算公式为:服务业 FDI 流入依存度 = 服务业 FDI 流入额/服务业 GDP,该指标可以分析中国允许外国资本在何种程度上介入本国服务提供过程。

4. 2

制造业技术进步的测度

4. 2. 1　技术进步测度方法选择

从理论上来看，技术进步的内涵是指采取新知识、新技术或新工艺，通过对现有产品的生产工艺、相关配套服务进行更新升级或研究开发新产品，进而提高市场竞争力和产品占用率。熊彼特（Schumpeter）的创新理论从技术进步过程视角对技术进步做出了诠释，即完整的技术进步过程包含创意、创新和传播三个阶段。创意是指前所未闻或未知的新思想或新知识，它不仅包含信息，也包含对信息的理解和解释。创新是指对创意加以科学化和市场化，即对创意产生的知识加以开发，演化出科学发明，进而转化为新的有价值的市场产品。传播是将新产品或新技术工艺在市场上推广。

在实际问题分析中，学者们通常用索洛提出的全要素生产率及其增长率衡量技术进步，相应地对于全要素生产率的测度经历了不断发展和扩充。科学地度量制造业的技术进步水平是本书的一个研究重点，归根到底就是对制造业的全要素生产率（TFP）进行合理测度。目前关于全要素生产率的测算主要有两种方法。一种是参数分析法，其核心思想是利用经济增长率减去劳动增长率和资本增长率（即索洛余值），进而得出全要素增长率。但这种方法强烈依赖生产函数假定和计量方法选取的合理性，由此得到的 TFP 可能有偏（毛其淋和盛斌，2012）。另一种是基于非参数分析法。主要包括包络分析（data envelope analysis，DEA）衍生的 Malmquist 指数法，该方法不依赖于具体的生产函数形式，能够较为有效地避免测算误差，因而在最近的研究中得到广泛应用。基于此，本书采用 Malmquist 指数法来测算制造业各行业的全要素生产率，以期所测得全要素生产率结果的有效无偏。

使用 Malmquist 指数法的首要问题是确定投入和产出变量，针对制造业来说，产出变量主要是产业总产值，而投入变量主要有资本存量和劳动力投入量。制造业涵盖多个行业，将各行业作为基本决策单元，假定每个时期 t，第 k 个行业投入 n（$n = 1, 2$）种要素 $x_{k,n}^t$，得到 $m = 1, \cdots, M$ 种产出 $x_m^{k,t}$。DEA 模型中每一期固定规模报酬（C）和投入要素处置（S）条件下的参考技术被定义为：

$$L^t(y^t|C,S) = \{(x_1^t, \cdots, x_N^t) : y_{k,m}^t \leq \sum_{k=1}^{K} z_k^t y_{k,m}^t, m = 1, \cdots, M;$$

$$\sum_{k=1}^{K} z_k^t x_{k,m}^t \leq x_{k,n}^t, n = 1, \cdots, N; z_k^t \geq 0, k = 1, \cdots, K\} \qquad (4.4)$$

z 表示每一个基本决策单元（DMU）的权重。为估算 k 行业在 t 到 $t+1$ 时期之间的生产率，需解四个不同的线性规划：$D_0^t(x^t, y^t)$、$D_0^{t+1}(x^{t+1}, y^{t+1})$、$D_0^t(x^{t+1}, y^{t+1})$、$D_0^{t+1}(x^t, y^t)$。对于 $k = 1, \cdots, K$ 的行业有：

$$(D_0^t(x_k^t, y_k^t))^{-1} = \max \theta^k$$

$$\theta^k y_{k,m}^t \leq \sum_{k=1}^{K} z_k^t y_{k,m}^t (m = 1, \cdots, M)$$

$$\sum_{k=1}^{K} z_k^t y_{k,n}^t \leq x_{k,n}^t (n = 1, \cdots, N) \qquad (4.5)$$

$$z_k^t \geq 0 (k = 1, \cdots, K)$$

$(D_0^t(x_k^t, y_k^t))^{-1}$ 反映了 DMU 偏离技术前沿的距离，当该值接近于 1 时，说明处于技术前沿水平。如果将上式的 t 时期改写为 $t+1$ 时期，就可以得到 $D_0^{t+1}(x^{t+1}, y^{t+1})$ 的线性规划模型。同理可以得到，$D_0^t(x^{t+1}, y^{t+1})$ 和 $D_0^{t+1}(x^t, y^t)$ 的线性规划模型。Malmquist 指数是通过计算一个时间点上的效率相对于普通技术距离的比率，来计算两个时间点之间的全要素生产率的变化率（TFP）。由于距离函数为 $D_0^t(x^t, y^t)$，那么以 $t+1$ 时刻的技术为基准，从 t 到 $t+1$ 时刻 TFP 的变化指数为 $D_0^{t+1}(x^{t+1}, y^{t+1})/D_0^{t+1}(x^t, y^t)$；而以 t 时刻的技术为基准，从 t 到 $t+1$ 时刻 TFP 的变化指数为 $D_0^t(x^{t+1}, y^{t+1})/D_0^t(x^t, y^t)$。因此，Malmquist 指数定义为这两个指数的几何平均数，即：

$$M_0(x^t, y^t; x^{t+1}, y^{t+1}) = \left(\frac{D_0^t(x^{t+1}, y^{t+1})}{D_0^t(x^t, y^t)} \times \frac{D_0^{t+1}(x^{t+1}, y^{t+1})}{D_0^{t+1}(x^t, y^t)}\right)^{1/2} \qquad (4.6)$$

式（4.6）可改写为：

$$M_0(x^t,y^t;x^{t+1},y^{t+1}) = \left[\frac{D_0^t(x^{t+1},y^{t+1})}{D_0^{t+1}(x^{t+1},y^{t+1})} \times \frac{D_0^t(x^t,y^t)}{D_0^{t+1}(x^t,y^t)} \right]^{1/2}$$

$$\times \frac{D_0^{t+1}(x^{t+1},y^{t+1})}{D_0^t(x^t,y^t)} \quad\quad (4.7)$$

其中，式（4.7）右侧前半部分指 t 到 $t+1$ 时刻技术变化率的几何平均数，后半部分指 t 到 $t+1$ 时刻技术效率的变化。如果 $M_0(x^t,y^t;x^{t+1},$ $y^{t+1})>1$，则说明 TFP 进步；反之，则说明 TFP 倒退。用文字可表述为：全要素生产率的变化＝技术变化率的变化×技术效率的变化。

4.2.2　DEA - Malmquist 指数法下中国制造业全要素生产率测算及其分解

1. 行业归并与投入产出数据构造

采用 DEA - Malmquist 指数法需要注意对制造业进行合理分类。我国《国民经济行业分类标准》（GB/T4754）于 1994 年、2002 年、2011 年分别进行了三次大的修订，现行的行业分类标准是根据 2011 年版，其中制造业包括（H13 - H43）共 31 个中类。本书构造的制造业分行业数据根据该 31 个中类，借鉴陈诗一（2011）的行业分类方法①，将中国制造业各行业的名称统一为 28 个（见表 4 - 7）②。结合研究需要与数据的可获得性，本书将中国制造业全要素生产率的测度区间限定为 1991 ~ 2014 年。DEA - Malmquist 指数法的使用需要明确投入与产出变量。对于产出变量，本书采用各行业总产值表示，并以各行业工业品出厂价格指数折算为以

---

① 陈诗一. 中国工业分行业统计数据估算：1980 ~ 2008［J］. 经济学：季刊，2011（3）：735 - 776.

② 由于数值很小或序列较短，本书并未将工艺品及其他制造业废弃资源和废旧材料回收加工业纳入分析范围。需要指出的是，总体上，各种统计年鉴对于 1993 年后制造业分中类行业的数据报告较为完整（差别只是个别行业名称的变化），而 1992 年前数据与新行业分类的对应较差。1990 ~ 1992 年各行业数据对应中使用了较为笼统的食品工业和机械工业分类，其中，食品工业涵盖了农副食品加工业和食品制造业两个中类，机械工业则包括普通机械制造业和专用设备制造业两个中类，本书以 1993 年的构成比例把食品工业和机械工业的数据劈分到各个相应的分行业中。

1980 年为基础的不变价。对于投入变量中的资本存量，选取各行业固定资产净值，以 1980 年为基期对各年固定资产投资价格指数（p_{it}）进行平减。借鉴朱钟棣和李小平（2005）的计算方法，资本存量计算公式为 $K_t = K_{t_0} + \sum_{t_0}^{t} \Delta K_t / p_{it}$，其中 ΔK_t 为两期间固定资本净值之差。劳动力投入数据选取各行业全部从业人员年平均人数[①]。各行业总产值、固定资产净值、从业人员数来自历年《中国统计年鉴》《中国工业经济统计年鉴》《中华人民共和国 1995 年第三次工业普查资料汇编》（行业篇）；工业品出厂价格指数、全社会固定资产投资价格指数来自《中国统计年鉴（2015）》。

表 4 – 7　　　　　　　　中国制造业两位数行业代码、名称

序号	两位数代码	制造业分行业全称	序号	两位数代码	制造业分行业全称
1	H13	农副食品加工业	15	H27	医药制造业
2	H14	食品制造业	16	H28	化学纤维制造业
3	H15	饮料制造业	17	H29	橡胶制品业
4	H16	烟草加工业	18	H30	塑料制品业
5	H17	纺织业	19	H31	非金属矿物制品业
6	H18	服装及其他纤维制品制造	20	H32	黑色金属冶炼及压延加工业
7	H19	皮革毛皮羽绒及其制品业	21	H33	有色金属冶炼及压延加工业
8	H20	木材加工及竹藤棕草制品业	22	H44	金属制品业
9	H21	家具制造业	23	H45	普通机械制造业
10	H22	造纸及纸制品业	24	H46	专用设备制造业
11	H23	印刷业记录媒介的复制	25	H47	交通运输设备制造业
12	H24	文教体育用品制造业	26	H48	电气机械及器材制造业
13	H25	石油加工及炼焦业	27	H49	电子及通信设备制造业
14	H26	化学原料及化学制品制造业	28	H50	仪器仪表及文化办公用机械

资料来源：借鉴陈诗一（2011）的行业分类方法。

2. 结果分析

（1）制造业总体全要素生产率变化情况分析。

在搜集指标数据的基础上，本书使用 DEAP2.1 软件对 Malmquist 指数

---

① 2014 年各统计年鉴均未列出各行业全部从业人员年平均人数，本书利用各行业主营业务收入除以人均主营业务收入近似得到。

下1991～2014年我国制造业及其内部各行业全要素生产率指数（TFP）以及分解而得的技术变化率指数（TC）和技术效率指数（EC）进行测算，并揭示其变化规律。由表4-8和图4-9可以看出，1991～2014年我国制造业整体全要素生产率（TFP）变化趋势存在一定的波动性。分析不同阶段TFP以及TC、EC的变化率趋势，得出结论：从时间维度来看，1991～1999年，中国制造业全要素生产率总体呈现涨跌互现的波动上涨情形。一方面，随着改革开放步伐的加快，制造业国有企业垄断局面进一步被打破，企业活力得到释放，虽然制度变迁加剧了全要素生产率的波动，但一定程度上的市场经济要素配置方式保证了我国制造业全要素生产率的快速增长。另一方面，我国为加入WTO不断加大对外开放力度，外资的大量引入不仅有力地促进了制造业资本深化，也为技术进步导入了国外先进技术，保证了制造业全要素生产率的增长。2000～2007年，我国采取了积极的财政政策和货币政策共同实施的需求侧管理措施，经济总量保持着年均10%左右的高速增长，但制造业出现了生产能力部分过剩的情形，国企改革的停滞和资本过度深化进一步加剧了劳动力的低水平利用，加之不合理的科研支出以及一些深层次经济体制矛盾的积累，造成了高增长与全要素增长率回落共存的局面。2008年，我国制造业全要素增长率呈现下降趋势，这也与全球金融危机对实体经济的冲击密切相关。原有的增长平衡被打破，且体制机制间的矛盾日益加大，造成了我国制造业全要素增长率在近年来出现了缓慢下降的趋势。

表4-8　　　　　　　　1991～2014中国制造业总体TFP及其分解

年份	EC	TC	TFP
1991	1.475	0.761	1.122
1992	0.984	0.941	0.926
1993	1.119	0.891	0.997
1994	1.049	0.977	1.025
1995	0.890	1.044	0.929
1996	0.988	1.007	0.995
1997	1.186	0.947	1.123
1998	1.104	1.003	1.107

续表

年份	EC	TC	TFP
1999	1.301	1.160	1.509
2000	0.945	1.054	0.996
2001	0.960	0.860	0.826
2002	1.010	1.138	1.149
2003	1.053	0.878	0.925
2004	1.088	0.955	1.039
2005	0.923	1.135	1.048
2006	0.905	1.223	1.107
2007	0.960	1.109	1.065
2008	0.915	1.092	0.999
2009	0.947	1.200	1.136
2010	1.148	0.859	0.986
2011	0.929	1.135	1.054
2012	0.892	1.023	0.913
2013	0.933	0.918	0.856
2014	0.906	0.985	0.892
平均	1.020	1.025	1.046

资料来源：根据 DEAP 2.1 软件计算结果整理。

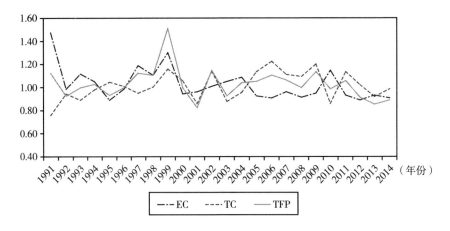

图 4 - 9　1991~2014 年中国制造业总体 TFP 及其分解

资料来源：根据 DEAP 2.1 软件计算结果整理。

从 Malmquist 指数的分解项来看，技术进步率指数（TC）和技术效率指数（EC）在大部分年份都是上升的，二者均值分别为 1.025 和 1.02，这说明近年来我国制造业各行业全要素生产率变化率均值的增长，主要是通过技术进步变化率和技术效率变化率的增长共同实现的。其中，技术变化对 TFP 的促进较大，但与技术效率变化的影响相差不多。这与邱爱莲和崔日明（2014）等大多数学者的研究结论一致。提高全要素生产率通常有两种途径，一种是通过技术变化改变技术水平，对应为较高的 TC 指数；另一种是通过生产要素的重组实现配置资源效率的提高，对应为较高的 EC 指数。考察 2004 ~ 2014 年这段时期，各年份我国制造业 EC 指数普遍低于 TC 指数，这说明当前制造业全要素增长主要依赖较快的技术变化引致的生产效率提升，而通过组织、生产、管理等方式提升生产率的作用较小，这可能与该时间段市场化改革迟滞等现象有关。

（2）制造业分行业全要素生产率变化情况分析。

从表 4 - 9 和图 4 - 10 可以看出，1991 ~ 2014 年我国制造业各行业平均 TFP、EC 和 TC 指数普遍都大于 1，表明大部分行业全要素生产率、技术变化率和技术效率均不断上升。TFP 指数年均小于 1 的行业有家具制造业和石油加工及炼焦业，而低于行业平均水平的还有食品制造业、饮料制造业、烟草加工业、服装及其他纤维制品制造、皮革毛皮羽绒及其制品业、木材加工及竹藤棕草制品业、造纸及纸制品业、文教体育用品制造业、化学原料及化学制品制造业、橡胶制品业、塑料制品业、非金属矿物制品业、金属制品业。可以发现，全要素生产率增长较慢的行业多为传统劳动或资源密集型行业，而这些行业也多为我国传统出口行业。原因主要在于这些行业技术效率指数过低，这表明我国优势行业不仅亟须进行传统技术的改造和升级，更应重视各类创新资源的集约化和高效化使用。普通机械制造业、专用设备制造业、交通运输设备制造业、电气机械及器材制造业、电子及通信设备制造业、仪器仪表及文化办公用机械制造业等行业为《中国制造 2025》行动计划中重点发展的高技术密集型行业，这些行业的全要素增长率指数明显高于其他行业，这主要得益于我国先进制造业发展战略。同时，我国在保证研发投入向这些重点领域行业倾斜的同时，也非常重视企业生产和创新效率的提升。但这些行业的 TC 指数普遍小于 EC

指数，说明这些行业的技术变化率相对较低。在现阶段，我国大多数先进制造业企业缺乏自主的核心技术、自主的知识产权，这已经极大地限制了中国从"制造大国"向"制造强国"的攀升，因此，必须加快自主创新。

表 4 - 9　　　　中国制造业分行业平均 TFP 及其分解

序号	行业	EC	TC	TFP
1	农副食品加工业	1.027	1.021	1.048
2	食品制造业	1.020	1.022	1.043
3	饮料制造业	1.023	1.015	1.038
4	烟草加工业	1.000	1.032	1.032
5	纺织业	1.023	1.023	1.047
6	服装及其他纤维制品制造	0.976	1.028	1.004
7	皮革毛皮羽绒及其制品业	1.018	1.013	1.031
8	木材加工及竹藤棕草制品业	1.017	1.026	1.043
9	家具制造业	0.986	1.012	0.998
10	造纸及纸制品业	1.007	1.024	1.031
11	印刷业记录媒介的复制	1.014	1.036	1.051
12	文教体育用品制造业	1.033	1.003	1.036
13	石油加工及炼焦业	0.902	1.065	0.961
14	化学原料及化学制品制造业	1.006	1.034	1.040
15	医药制造业	1.021	1.026	1.048
16	化学纤维制造业	1.068	1.065	1.138
17	橡胶制品业	0.997	1.018	1.015
18	塑料制品业	1.012	1.019	1.031
19	非金属矿物制品业	1.003	1.021	1.024
20	黑色金属冶炼及压延加工业	1.023	1.041	1.066
21	有色金属冶炼及压延加工业	1.034	1.028	1.064
22	金属制品业	0.999	1.024	1.022
23	普通机械制造业	1.050	1.025	1.076
24	专用设备制造业	1.041	1.018	1.060
25	交通运输设备制造业	1.067	1.025	1.094
26	电气机械及器材制造业	1.030	1.015	1.046
27	电子及通信设备制造业	1.127	1.011	1.140
28	仪器仪表及文化办公用机械制造业	1.062	1.013	1.076
	平均	1.020	1.025	1.046

资料来源：根据 DEAP 2.1 软件计算结果整理。

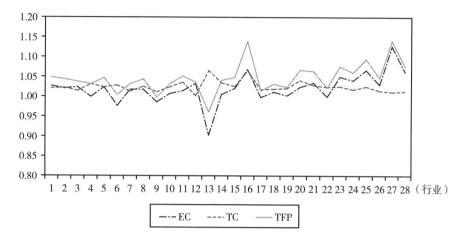

图 4 – 10　中国制造业分行业平均 TFP 及其分解

资料来源：根据 DEAP 2.1 软件计算结果整理。

4.3

服务业开放对中国制造业技术进步影响的经验分析

　　文献综述和理论分析部分已经表明，服务业开放会对以全要素生产率为表征指标的制造业技术进步产生积极影响，但二者之间的作用关系仍需要通过合理而可靠的实证检验加以确定。服务业开放与制造业技术进步之间可能存在双向因果关系，即服务业开放也可能提高我国制造业的全要素生产率水平，而随着制造业 TFP 的增长，我国制造业企业与服务业的产业关联度以及从国外采购服务要素的力度也会提高（尚涛和陶蕴芳，2009；陈启斐和刘志彪，2014），这也会影响我国服务业开放度。那么，我国服务业开放是否影响了制造业技术进步？制造业技术进步是否又进一步加快了服务业对外开放？本节对中国 16 个制造业分行业 2004～2014 年服务业开放和制造业技术进步指标构成的面板数据进行单位根检验、平稳性检验以及格兰杰因果关系检验，分析服务业开放与中国制造业行业 TFP 之间的关系，进而为下文实证层面的影响机制分析提供依据。

4.3.1 变量选取与数据说明

本节实证研究的变量主要涉及两个层面，即服务业开放层面和制造业技术进步层面，以下分别就各层面的变量选取及理由进行说明。

1. 关于制造业技术进步的度量

基于前文中的 DEA – Malmquist 指数法，本书仍将全要素生产率（TFP）作为制造业技术进步的替代指标。在我国 2003 年颁布的新版《国民经济行业分类与代码》中对制造业的行业分类进行了大规模调整，重新分类后的制造业子行业包含 30 个行业（编码为 H13 – H42）。结合研究的需要，本书将 30 个子行业与国家统计局绘制的投入产出表中制造业 16 个子行业进行归并。[①]

2. 关于服务业开放的度量

现有文献对服务业开放度的处理方法主要有两种：一是通过直接指标法对各国服务贸易政策开放进行打分；二是在间接指标法下，基于跨境服务贸易和服务业 FDI 两种服务贸易方式进行评判。本书的研究重点在于服务业开放对于开放国制造业的影响程度，而政策实施的结果主要通过服务贸易产生影响，因此采用间接指标法较为合适。基于以上考虑，本书构建了中国制造业的服务业开放渗透率指数（$service\_lib_{it}$），衡量服务业开放对制造业的影响渗透程度。在构建服务业开放渗透率指标时必须考量服务业与制造业的产业关联性，本书借鉴诺德（Arnold，2011）和张艳等（2013）

---

① 在 2002 年、2007 年的 42 部门投入产出表中，制造业一共有 17 个部门，其中，废弃资源和废旧材料回收加工业在 2002 年投入产出表中间服务投入为 0，为了保持前后一致，将其剔除，保留 16 个行业。最终确定的制造业行业为食品制造及烟草加工业（H13—H16），纺织业（H17—H18），皮革毛皮羽毛（绒）及其制品业（H19），木材加工及家具制造业（H20—H21），造纸印刷及文教用品制造业（H22—H24），石油加工、炼焦及核燃料加工业（H25），化工业（H26—H30），非金属矿物制品业（H31），金属冶炼及压延加工业（H32—H33），金属制品业（H34），通用和专用设备制造业（H35—H36），交通运输设备制造业（H37），电气机械及器材制造业（H38），通信设备、计算机及其他电子设备制造业（H39），仪器仪表及文化、办公用机械制造业（H40）以及工艺品及其他制造业（H41）。

的方法，采用下式计算中国制造业各行业中服务业开放渗透率：

$$service\_lib_{it} = \sum_k a_{ikt} liberalization_{kt} \tag{4.8}$$

其中，服务投入比例 a_{ikt} 根据 2002 年和 2007 年中国 42 个行业投入产出表计算得到。[①] i 代表 16 个制造业，k 是服务部门，t 代表时间。$liberalization$ 的衡量方法采用间接指标法（跨境服务贸易额与服务业 FDI）。考虑到世界银行、OECD 提供的服务贸易限制指数仅为一年截面变量，且仅对大的服务门类进行打分，由此得到的服务业 STRI 渗透率指数反映动态服务业开放的说服力较差，[②] 本书遂基于间接指标法进行测度。服务投入比例与跨境服务贸易进口额、服务业 FDI 的加权乘积分别为跨境服务贸易开放渗透率（st_lib）和服务业 FDI 开放渗透率（$sfdi\_lib$）。

跨境服务贸易开放渗透率（st_lib）的计算主要分为两个步骤。第一步是搜集服务业各行业跨境服务贸易进口数据（亿美元）。第二步是利用我国投入产出表，计算制造业各行业使用的跨境服务贸易额。必须指出的是，本书使用的跨境服务贸易数据来自联合国贸发会议数据库，该数据库将服务贸易分为运输、旅游、通信服务、建筑服务、保险服务、金融服务、计算机和信息服务、专利和特许费、其他商业服务、个人文化和娱乐服务、政府服务共 11 类，为与中国投入产出表中的服务部门相匹配，本书借鉴崔日明和张志明（2013）[③] 的分类方法（见表 4 - 10），最终整理形成9 大服务行业，并同时进行数据匹配。这里将 2001 年数据作为基期指数进行平减。服务业 FDI 开放渗透率（$sfdi\_lib$）的计算也是基于两步，与 st_lib 的计算方法类似，$liberalization$ 为经过基期指数平均后服务业 FDI 实际利用额（亿美元），选取 14 个服务业行业作为服务投入部门，最终测算出 2004 ~ 2012 年我国制造业各行业服务业 FDI 开放渗透率指数。服务业 FDI 的数据

[①] 由于本书考察的样本区间是 2004 ~ 2014 年，中间有 2002 年和 2007 年两次投入产出表的编制，考虑到服务业在工业行业生产中投入的变动，在计算服务部门开放对制造业行业的影响时，2004 ~ 2006 年数据使用 2002 年中国投入产出表进行系数加权，2007 ~ 2014 年数据使用 2007 年中国投入产出表进行加权。

[②] 当然，STRI 渗透率指数也具有一定的合理性，因为服务贸易限制指数是根据政策变化计算的数值，除非有大的政策变动，这一数值的变化不大。

[③] 崔日明，张志明. 服务贸易与中国服务业技术效率提升——基于行业面板数据的实证研究 [J]. 国际贸易问题，2013.

来自《中国统计年鉴》（2005～2015）。

表4-10   服务业行业分类归口

WTO	《国民经济行业分类》（1994）	《国民经济行业分类》（2003）
运输	交通运输仓储及邮电通信业	交通运输仓储和邮政业
旅游		住宿和餐饮业
保险、金融	金融保险业	金融业
通信与计算机服务	信息传输计算机服务和软件业	信息传输计算机服务和软件业
建筑服务	房地产业	房地产业
专有权利使用费、特许费和咨询	科学研究和综合技术服务业	科学研究技术服务和地质勘查业
电影和影像服务	教育文化艺术及广播电影电视业	文体娱乐服务贸易与文体娱乐业
政府服务	国家机关政党机关和社会团体、社会服务业	公共管理和社会组织
广告、宣传和其他商业服务		租赁和商务服务业

资料来源：崔日明、张志明（2013）。

3. 数据来源与变量统计性描述

鉴于我国服务业开放进程的明显加速主要发生在加入WTO后的这段时期，加之数据的可获得性，本书将研究的样本区间限定为2004～2012年。服务贸易进口总额来自联合国贸发会议数据库，服务业FDI额来自相关年份《中国统计年鉴》和wind数据库。由于原始数据均用美元统计，本书利用历年美元对人民币平均汇率将二者换算为人民币。以上数据的实证分析采用计量软件Stata 11，各变量的统计性描述见表4-11，主要变量之间的散点图见图4-11a、图4-11b。随着跨境服务贸易开放程度的提高，制造业TFP会出现不同程度的增加。

表4-11   各变量的统计性描述

变量	表示符号	样本数	均值	标准差	最小值	最大值
跨境服务贸易开放度	$lnst\_lib$	144	4.215	1.010	1.870	5.936
服务业FDI开放度	$lnsfdi\_lib$	144	2.223	1.00	−0.248	4.204
制造业全要素生产率	TFP	144	1.026	0.134	0.575	1.473

资料来源：根据Stata 11运算而得。

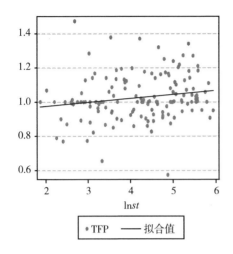 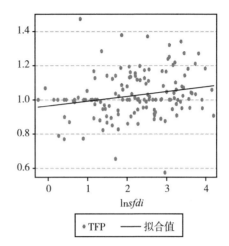

图 4 – 11a　跨境服务贸易开放与制造业 TFP　　**图 4 – 11b　服务业 FDI 开放与制造业 TFP**

资料来源：通过 Stata 11 运算而得。

4.3.2　模型的构建

为分析服务业开放对我国制造业 TFP 增长是否有影响，制造业 TFP 增长又是否反过来促进服务业开放度提升，此处建立格兰杰因果检验所需要的模型。

$$tfp_{it} = \sum_{p=1}^{s} \alpha_i tfp_{i,t-p} + \sum_{p=1}^{s} \beta_i \ln service\_lib_{i,t-p} + \varepsilon_{1it} \qquad (4.9)$$

$$\ln service\_lib_{it} = \sum_{p=1}^{s} \lambda_i \ln service\_lib_{i,t-p} + \sum_{p=1}^{s} \delta_i tfp_{i,t-p} + \varepsilon_{2it} \qquad (4.10)$$

$service\_lib$ 代表各行业的服务业开放渗透率指数，由跨境服务贸易开放渗透率（st_lib）和服务业 FDI 开放渗透率（$sfdi\_lib$）表示，为减少异方差，这里 $service\_lib$ 取自然对数。α、β、λ 和 δ 为方程中 $\ln service\_lib$ 和 TFP 各自的估计系数，i 为制造业行业个数，t 为研究年份。当 β_i 在整体上显著不为零时，服务业开放是制造业 TFP 的格兰杰原因；当 δ_i 显著不为零时，制造业 TFP 是服务业开放的格兰杰原因。

4.3.3　面板数据平稳性检验

为保证格兰杰因果关系检验，必须保证所选变量的平稳性，以避免回归结果存在"伪回归"现象①。因此，有必要对各面板数据进行平稳性检验，进而得到平稳序列。常用的面板数据平稳性检验方法有 LLC 检验（Levin，Lin & Chu，2002）、IPS 检验、ADF – Fisher 检验和 PP – Fisher 检验四种，这里将依次采用，相关结果见表 4 – 12。

表 4 – 12　　　　　　中国制造业各行业面板数据单位根检验结果

检验方法	水平数据			一阶差分数据		
	TFP	lnst_lib	ln$sfdi\_lib$	D（TFP）	D（lnst_lib）	D（ln$sfdi\_lib$）
LLC	10.006 (1.000)	– 1.623 (0.080)	– 1.542 (0.088)	– 6.546 (0.000)	– 16.448 (0.000)	– 15.714 (0.000)
IPS	19.060 (1.000)	3.423 (0.900)	– 1.529 (0.085)	– 4.123 (0.000)	– 12.576 (0.000)	– 12.496 (0.000)
ADP – Fisher	2.515 (1.000)	38.723 (0.989)	83.871 (0.070)	18.756 (0.000)	89.411 (0.051)	156.703 (0.000)
PP – Fisher	2.201 (1.000)	22.143 (1.000)	– 1.704 (0.099)	10.045 (0.000)	63.725 (0.000)	74.664 (0.000)

注：括号内的数值为 p 值，水平数据采用常数项和趋势项检验，一阶差分数据采用常数项检验。

表 4 – 12 中，分别对 TFP、lnst_lib 和 ln$sfdi\_lib$ 的水平数据和一阶差分数据做单位根检验。结果发现，各变量水平数据均未完全通过四种检验方法的检验，表明各变量水平数据均不是平稳的。各变量一阶差分数据则在四种检验方法下通过了平稳性检验，说明各变量的一阶差分数据显著拒绝"存在单位根"的原假设，即各变量均为一阶单整 I（1）序列。

4.3.4　面板数据协整检验

由于各变量满足一阶单整，接着进行协整检验以进一步验证变量之间是否存在长期稳定关系。基于稳健性考虑，这里采用佩德罗尼（Pedroni，

---

① 所谓"伪回归"现象，即有时数据的高度相关仅仅是因为二者同时随时间有向上或向下的变动趋势，并没有真正联系。这样，数据中的趋势项、季节项等无法消除，从而在残差分析中无法准确进行分析。

1999）和高（Kao，1997）提出的协整检验法，[①] 相关检验结果见表 4 – 13。

表 4 – 13　　　　　　TFP 与 ln*st_lib*、ln*sfdi_lib* 的协整检验结果

	Pedroni（1999）				Kao（1997）
	Panel ADF	Group ADF	Panel PP	Group PP	ADF
TFP 与 ln*st_lib*	– 2.688 （0.005）	– 2.428 （0.006）	– 1.141 （0.041）	– 0.569 （0.008）	– 4.569 （0.000）
TFP 与 ln*sfdi_lib*	5.425 （0.000）	8.875 （0.000）	2.158 （0.005）	4.356 （0.000）	4.547 （0.000）

注：括号内为 p 值。

分析表 4 – 13 可以发现，跨境服务贸易开放渗透率（ln*st_lib*）和制造业 TFP 在各自协整检验法下均通过了 5% 的显著性检验，表明拒绝"不存在协整关系"的原假设，这表明变量 ln*st_lib* 和 TFP 之间存在长期稳定关系；服务业 FDI 开放渗透率（ln*sfdi_lib*）和制造业 TFP 在各自协整检验法下均通过了 1% 的显著性检验，表明拒绝"不存在协整关系"的原假设，这表明变量 ln*sfdi_lib* 和 TFP 之间存在长期稳定关系。

4.3.5　面板数据格兰杰因果关系检验

平稳性检验说明各时间序列变量之间存在长期均衡关系，但服务业开放与制造业技术进步之间的因果关系仍需要进一步检验。格兰杰因果检验是在时间序列情形下，用于检验两个经济变量 X、Y 之间是否存在因果关系方法[②]。前文中单位根检验结果已经表明 ln*service_lib* 和 TFP 都是一阶单整序列，且存在长期协整关系，那么，需要对式（4.9）和式（4.10）做一阶差分变换，并对其进行格兰杰因果关系检验。

$$\Delta tfp_{it} = \sum_{p=1}^{s} \alpha_i \Delta tfp_{i,t-p} + \sum_{p=1}^{s} \beta_i \Delta \ln service\_lib_{i,t-p} + \varepsilon_{1it} \qquad (4.11)$$

---

① 由于数据不具备大样本性质，本书没有使用 panel v、panel rho 以及 group rho 检验方法。

② 该方法将因果关系定义为：若在包含了变量 X、Y 的过去信息的条件下，对变量 Y 的预测效果要优于只单独由 Y 的过去信息对 Y 进行的预测效果，即变量 X 有助于解释变量 Y 的将来变化，则认为变量 X 是引致变量 Y 的格兰杰原因。

$$\Delta \ln service\_lib_{it} = \sum_{p=1}^{s} \lambda_i \Delta \ln service\_lib_{i,t-p} + \sum_{p=1}^{s} \delta_i \Delta tfp_{i,t-p} + \varepsilon_{2it}$$

$$(4.12)$$

其中，Δ 表示一阶差分，如果差分项显著，则代表格兰杰因果关系成立。考虑到对于面板数据的格兰杰因果检验是基于分组来完成的，对于 16 个制造业行业的分组检验和统计工作较为复杂，加之制造业行业特征的异质性，本书借鉴谢建国（2003）的分类方法，将我国制造业分为劳动密集型（lab）、资本密集型（cap）、资本及技术密集型（tec）进行分组检验，结果见表 4-14。[①]

表 4-14 面板数据格兰杰因果检验结果

检验假设	TFP 与 lnst_lib			TFP 与 ln$sfdi\_lib$		
	滞后一阶	滞后二阶	滞后三阶	滞后一阶	滞后二阶	滞后三阶
ln$service\_lib$(lab)不是 TFP 的格兰杰原因	4.958 (0.042)	2.172 (0.034)	3.771 (0.047)	1.401 (0.087)	4.756 (0.030)	29.860 (0.000)
TFP 不是的 ln$service\_lib$ (lab)格兰杰原因	0.895 (0.224)	1.401 (0.147)	4.745 (0.007)	3.189 (0.127)	3.771 (0.147)	2.176 (0.048)
ln$service\_lib$(cap)不是 TFP 的格兰杰原因	5.257 (0.030)	4.784 (0.014)	4.452 (0.054)	7.421 (0.000)	8.278 (0.007)	8.800 (0.00)
TFP 不是的 ln$service\_lib$ (cap)格兰杰原因	3.633 (0.056)	6.788 (0.032)	15.664 (0.000)	5.462 (0.009)	4.342 (0.008)	4.756 (0.000)
ln$service\_lib$(tec)不是 TFP 的格兰杰原因	8.447 (0.004)	8.873 (0.006)	5.556 (0.024)	3.723 (0.083)	4.469 (0.051)	6.875 (0.002)
TFP 不是的 ln$service\_lib$ (tec)格兰杰原因	5.378 (0.020)	6.817 (0.017)	18.238 (0.000)	3.255 (0.027)	3.018 (0.046)	5.471 (0.060)

注：括号内的数值为 p 值；lab、cap 和 tec 分别表示劳动密集型、资本密集型和资本及技术密集型制造业。

通过因果关系检验可以发现：第一，总体来看，所有研究行业的服务

[①] 这里的滞后阶数不能超过 4。由于格兰杰因果检验构造的 F 统计量遵循自由度为 p 和 $(n-k)$ F 分布，若 $p \geqslant 4$，会使待估参数增加，自由度减少，且样品容量也减少，最终使得无法满足 $n-k > 0$。另外，部分行业滞后 4 阶的估计结果不显著，故表 4-14 中略去。

业开放渗透率指标至少在 10% 的显著性水平下拒绝原假设,可以认为服务业开放是制造业 TFP 增长的格兰杰原因。其中,各行业服务业 FDI 开放渗透率指标至少可在 10% 的显著性水平下拒绝原假设,而各行业服务业 FDI 开放渗透率指标也至少可在 5% 的显著性水平下拒绝原假设。因此,格兰杰因果检验的结果符合本书预期。从跨境服务贸易开放角度来看,相关研究已表明,以银行、保险、电信和商业服务为代表的一些重要的生产性服务业的贸易自由化改革,会使中国制造业企业有机会获得国际先进的服务中间投入,进而促进一国制造业 TFP(张艳等,2013)。从服务业 FDI 开放角度来看,服务业 FDI 流入规模的增长会通过组织、技术等非物化资本对上下游制造业企业产生溢出效应,促进制造业产业升级并实现规模经济(Markusen,2005),进而提升 TFP。

第二,除劳动密集型行业 TFP 增长不是服务业开放渗透率提升的格兰杰原因外,其他行业 TFP 增长都是服务业开放渗透率各指标的格兰杰原因。说明除劳动密集型行业外,资本密集型、资本及技术密集型行业 TFP 增长与服务业开放渗透率提升均呈现良性互动关系。本书认为,劳动密集型行业 TFP 增长不是服务业开放渗透率提升的格兰杰原因,可从我国劳动密集型制造业企业的需求差异和服务业外资流入的动机加以分析。生产性服务业与制造业在空间上往往具有协同定位性(Martin et al.,2004)。因此,制造业在开展服务外包或外购服务时往往倾向于产业集群内部或者附近的服务企业。由于较多服务产品无法通过国际贸易运输或传递,服务业跨国公司会选择在目标市场国设立企业,以便更好地满足客户需求。结合中国实际来看,当前我国劳动密集型制造业企业中加工贸易型企业仍占较大比重,这类企业主要以内部非核心服务外包的业务模式参与国际服务贸易,由于对产品加工生产所需的基础服务的需求较大,且此类服务往往无法通过跨境服务贸易进口而较好获得,一方面,导致了我国大部分制造业企业与服务业外资企业合作的紧密性,从而限制了跨境服务贸易开放渗透率的提升;另一方面,基础服务外包的专业化分工模式也限制了服务业外资对于我国制造业技术变化率的正向溢出。

第三,随着滞后阶数的增加,不同服务业开放方式对于制造业 TFP 增长的影响趋势不同。跨境服务贸易开放对 TFP 增长的影响逐渐减弱,而服务业 FDI 开放对 TFP 增长的影响逐渐增强。跨境服务贸易方式对于制造业的"结构性嵌入"效应较为明显,对于优化制造业企业生产过程中的资源配置存在显著的积极作用。但是,受制于服务业与制造业行业投入产出联系程度匹配度低的现实(宋丽丽等,2014),跨境服务贸易的"结构性嵌入"效应较难长时间发挥。前文分析以及部分学者的研究均表明,现阶段,我国在 WTO 框架下做出的服务业开放程度已远远高于其他发展中国家(盛斌,2002;姚战琪,2015),且跨境服务贸易进出口总额也位居世界前列,但服务部门与制造业部门的产业关联系数过低。事实上,通过 OECD 各国投入产出表比对可以发现,我国服务部门对制造业部门的投入比例系数较低,仅为 15.1%,远低于美国的 31%,该数值较同为发展中大国的印度也偏低。同时,对服务业部门的投入占服务业总投入的比重也较低,不足 50%,而印度超过 53%,美国甚至达到 80%(见表 4 - 15)。因此,跨境服务贸易开放对于制造业 TFP 增长的影响逐渐减弱的原因可能是,由于过低的产业关联度,外资进入我国服务业带有明显的独资化趋势,服务业跨国公司往往拥有垄断势力以及严格的保密措施(邱爱莲等,2014),这使得开放国制造业企业只能通过消费外资企业服务来对服务技术进行摸索和总结,造成了本土制造业企业学习的高门槛(胡晓鹏,2012)。此外,较大的技术差距也不利于技术溢出效应的发挥(Kokko,1992)。因此,在初始期,服务业 FDI 开放对于制造业 TFP 增长的影响较弱。但当服务业 FDI 超过一定阈值时,服务业跨国公司在东道国市场份额的压力,导致其无法通过封闭式的管理对核心技术、管理流程进行包裹和有效保护,这种结果将促进产业间的技术扩散,进一步提升我国制造业 TFP。

表 4 - 15　　　　　　　中国与部分国家产业关联度比较　　　　　　　单位:%

项　目	中国	美国	印度
服务部门对制造业部门的投入比例	15.1	31.0	24.1
服务部门对制造业部门投入比例占服务业总投入比例	45.9	18.7	42.3
服务业对服务业部门投入比例占服务业总投入比例	49.6	79.7	53.5

资料来源:根据 OECD 网站各国投入产出表计算。

4.3.6 主要研究结论

本章以我国制造业 2004~2014 年 16 个行业全要素增长率和服务业开放指标的面板数据为基础，进行了相关数据的单位根、协整以及格兰杰因果分析，实证检验了服务业开放与我国制造业全要素增长率及其行业差异性之间的关系，主要得出以下结论：

第一，以服务业开放渗透率衡量的我国服务业开放与制造业分行业 TFP 增长差异之间存在不同程度的双向格兰杰因果关系，这一结果符合本书的预期。服务业开放渗透率的提升可以显著促进我国制造业 TFP 的增长，而资本密集型、资本及技术密集型制造业 TFP 的增长也显著促进了服务业开放渗透率的提升。相对而言，服务业开放渗透率的提升可以显著促进劳动密集型制造业 TFP 的增长，但劳动密集型制造业 TFP 的增长并未构成服务业开放渗透率提升的格兰杰原因，二者之间相互影响、相互促进的关系尚未形成。

第二，不同服务贸易提供方式下，服务业开放对于制造业 TFP 的影响趋势不同。跨境服务业贸易开放对于 TFP 增长的影响逐渐减弱，而服务业 FDI 开放对于 TFP 增长的影响逐渐增强。

服务业开放对中国制造业技术进步影响机制：人力资本积累效应实证分析

以中国制造业为样本，本书初步验证了服务业开放对制造业技术进步影响的存在性，但其中的影响机制仍然是尚未解开的黑箱。从本章开始，本书将结合中国数据，对理论分析中服务业开放对开放国制造业技术进步的影响机制进行实证检验，进而为理论的有效性提供经验支持。具体来说，首先将研究视角转入服务业开放对制造业人力资本积累的影响，考察服务业开放促进制造业技术进步的第一个影响机制，即人力资本积累效应。人力资本是现代经济增长与技术进步的重要标志。在封闭条件下，人力资本的积累主要是通过国内教育、文化等公共服务投资来完成的。开放型经济时代的到来为人力资本积累提供了新的路径选择，那就是通过对外贸易、吸引外资等手段加速积累（Findlay & Kerzkowski，1983）。已有文献较好地研究了制造业开放对本国制造业人力资本积累的影响，比较而言，从服务业开放视角进行研究的文献相对较少。基于此，本章利用跨境服务贸易开放渗透率和服务业 FDI 开放渗透率这两种表征不同服务贸易提供方式下服务业开放对制造业影响的重要指标，实证检验了不同服务贸易方式下服务业开放对我国制造业人力资本积累的影响，并对实证结果进行了门槛检验。

5.1

计量模型的构建

借鉴已有的技能劳动力供需分析框架（Katz & Murphy，1992），人力资本的相对规模受到技术进步偏向的影响，如果技术进步偏向技能劳动力，则会引致人力投资增加。是否产生技能型技术进步，主要通过观察人力资本与普通劳动力的生产率指数之比 $\ln (A_H/A_L)$，其中 A_H 为人力资本的生产率，而 A_L 为普通劳动力的生产率。在服务业开放条件下，服务要素跨国流动是国际间知识技术溢出的重要渠道，因此，人力资本与普通劳动力的生产率指数可分解为下式：

$$\ln\left(\frac{A_H}{A_L}\right) = \delta_1 service\_lib + \varepsilon \tag{5.1}$$

此外，资本因素（*captial*）、规模因素（*scale*）、国有化因素（*control*）和管理成本因素（*manage*）也可能对 $\ln (A_H/A_L)$ 产生影响，加之考虑到前期人力资本可能存在积累效应，本书设定如下计量模型：

$$\ln H_{it} = \alpha_0 + \alpha_1 \ln service\_lib_{it} + \alpha_2 \ln H_{it-1} + \alpha_3 \ln scale_{it} + \alpha_4 \ln control_{it}$$
$$+ \alpha_5 \ln manage_{it} + \alpha_6 \ln capital_{it} + \mu_{it} + \varepsilon_{it} \tag{5.2}$$

其中，i 表示年度；t 表示省份；H 为人力资本；*service_lib* 为本书核心解释变量，即服务业开放渗透率；资本因素、规模因素、国有化因素和管理成本因素为其他控制变量；μ_{it} 是不可观测的行业固定效应；ε_{it} 为随机误差项。为减少方程的异方差，这里所有变量均采用对数形式。

为丰富本章研究内容，本书也考量服务业开放对制造业就业总量和工资的影响，相关计量方程为：

$$\ln L_{it} = \beta_0 + \beta_1 \ln service\_lib_{it} + \beta_2 \ln L_{it-1} + \beta_3 \ln scale_{it} + \beta_4 \ln control_{it}$$
$$+ \beta_5 \ln manage_{it} + \beta_6 \ln capital_{it} + \mu_{it} + \varepsilon_{it} \tag{5.3}$$

$$\ln w_{it} = \gamma_0 + \gamma_1 \ln service\_lib_{it} + \gamma_2 \ln L_{it-1} + \gamma_3 \ln scale_{it} + \gamma_4 \ln control_{it}$$
$$+ \gamma_5 \ln manage_{it} + \gamma_6 \ln capital_{it} + \mu_{it} + \varepsilon_{it} \tag{5.4}$$

其中，L 代表就业总数，w 代表行业平均工资。

5.2

变量选取与解释

5.2.1　变量选取

人力资本（H）。本章选取人力资本为被解释变量。国内学者多采用基于收入、人力资本特征、平均受教育年限等的一系列替代指标来近似衡量人力资本。由于技术和数据限制，行业人力资本的全面度量较为困难。本书的研究是基于行业层面，这里借鉴陈启斐和刘志彪（2014）的处理方法，采用行业内科研人员占比来衡量该因素；行业平均工资（w）用各行业工人平均工资表示；就业量（L）用行业年平均从业人员数表示。

服务业开放渗透率（$service\_lib$）。本章的核心解释变量，用以考察服务业开放对制造业的影响渗透程度。计算公式为 $service\_lib_{it} = \sum_k a_{ikt} liberalization_{kt}$，前文已详细说明了具体测度方法，这里不再赘述。通过该方法，分别得到衡量两种服务业开放对制造业影响的跨境服务贸易开放渗透率（st_lib）和服务业 FDI 渗透率（$sfdi\_lib$）。

资本因素（$captial$）。资本密集度是反映产业特征的重要变量，对劳动力市场起着至关重要的作用，本章采用各行业单位就业人员的人均固定资产量（原价）来衡量该指标。

规模因素（$scale$）。制造业企业在服务外包的过程中，其议价能力往往由企业的规模决定，规模较大的企业在谈判过程中的谈判势力相应较大。本章借鉴徐毅和张二震（2008）的处理方法，采用各行业企业的平均就业人员数来衡量该指标。

国有化程度因素（$control$）。政府因素是影响我国制造业就业市场的重要因素，政府主导构建高效劳动力市场不仅可以促进劳动力就业，也可以优化中高端要素资源配置，促进技术进步。但较高的政府干预程度也不利于劳动力要素的自由流动。本章用国有及国有控股企业总产值占行业总产值比重来衡量行业国有化程度。

管理成本因素（*manage*）。产业组织理论认为，内部管理成本过高将导致企业内部信息传递机制受损或失效，进而带来信息损耗，降低企业的生产经营效率，这就不利于制造业企业吸纳就业以及积累人力资本。本章用管理费用占主营业务的比重来衡量企业的管理成本。

5.2.2　数据来源

本书结合投入产出表制造业分类标准，将搜集而来的 2004～2012 年我国 29 个制造业子行业样本数据合并为 16 个行业，具体分类标准与前文一致。人力资本变量构造所使用的数据来自历年《中国科技统计年鉴》，制造业就业人员数和行业平均工资数据来自历年《中国工业经济统计年鉴》。服务业开放渗透率的基础数据来自联合国贸发会议数据库、历年《中国统计年鉴》以及中国投入产出表（2002 年、2007 年）等。

5.3

实证结果分析

固定效应与随机效应模型要求解释变量与误差项无关，即所有解释变量均为外生。而本书选取的变量之间存在着逆向因果以及内生性的问题，解释变量的内生性问题可能会导致计量结果有偏、非一致，同时选取的解释变量与被解释变量之间可能存在逆向因果关系。为了解决内生性问题，常见的方法是引入工具变量（IV）来替代内生变量。进一步地，若样本同时还存在异方差影响，那么动态面板的 GMM 模型又比单纯地采用 IV 估计更为有效。鉴于此，本书采用动态面板的两阶段系统 GMM 方法进行实证研究。[①] 表 5－1 列出了系统 GMM 法的估计结果，该方法较好地解决了内

---

　　①　动态 GMM 方法又可进一步分为差分 GMM 和系统 GMM，前者更易受弱工具变量以及小样本偏误的影响，而系统 GMM 同时对差分方程和水平方程进行估计，用滞后项作为工具变量，较好地解决了内生性问题。

生性问题并提高了估计效率，其准确率要高于差分 GMM。AR（2）检验结果支持方程的误差项不存在二阶序列相关的假设（ p 值均大于 0.1）。萨甘（Sargan）过度识别检验的 p 值均显著大于 0.1，检验结果显示不能拒绝工具变量有效性假设，这表明了工具变量设定的合理性。

表 5－1　　服务业开放对中国制造业人力资本积累影响的实证分析

变量	lnst_lib			Lnsfdi_lib		
	H (1)	labor (2)	w (3)	H (4)	labor (5)	w (6)
滞后一期	0.282 *** (3.45)	0.605 *** (2.97)	0.937 *** (2.89)	0.330 *** (2.99)	0.707 *** (3.21)	0.849 *** (3.78)
lnservice_lib	0.066 *** (2.83)	－ 0.019 *** （－2.74）	0.003 (1.45)	0.082 * (1.89)	－ 0.011 ** （－2.21）	0.023 ** (2.43)
lncaptial	0.128 ** (2.57)	－ 0.159 *** （－2.96）	0.032 ** (2.71)	0.697 *** (3.01)	－ 0.127 *** （－2.88）	0.015 (1.31)
lnscale	0.415 *** (3.14)	－ 0.051 （－0.58）	0.041 * (1.92)	0.174 (0.45)	－ 0.104 *** （－2.94）	0.041 ** (2.20)
lncontrol	－ 0.095 ** （－2.48）	0.073 *** (2.99)	－ 0.007 （－1.70）	－ 0.049 ** （－2.31）	0.041 *** (2.80)	0.001 (0.66)
lnmanage	0.380 (0.93)	－ 0.091 (1.43)	－ 0.010 * （－1.89）	0.176 (0.87)	－ 0.116 ** （－2.45）	－ 0.079 * （－2.01）
常数项	－ 9.696 *** （－5.69）	2.349 *** (3.24)	－ 0.524 ** （－2.41）	－ 10.280 *** （－3.10）	1.849 *** (3.52)	－ 0.977 *** （－2.96）
AR（1）	－ 3.324 [0.01]	－ 3.120 [0.02]	－ 2.358 [0.018]	－ 2.848 [0.02]	－ 3.250 [0.00]	－ 2.062 [0.03]
AR（2）	－ 0.333 [0.04]	3.035 [0.02]	0.311 [0.75]	0.017 [0.09]	0.070 [0.10]	－ 0.378 [0.70]
Sargan	14.889 [0.98]	13.796 [0.99]	14.266 [0.99]	14.326 [0.99]	14.162 [0.99]	13.678 [0.99]
观察值	128	128	128	128	128	128

注：实证结果由 Stata 11 计算并整理得出。括号内为 t 值；工具变量选用各变量的一期滞后项；＊、＊＊ 和 ＊＊＊ 分别表示 1%、5% 和 10% 水平显著；AR（1）、AR（2）为扰动项自相关检验；Sargan 检验主要考察动态面板工具的过度识别问题。[ ] 内为各检验值的 p 值。

表 5－1 中第（1）列和第（4）列分别考察了跨境服务贸易开放和服

务业 FDI 开放对制造业人力资本积累的影响，可以注意到，两种方式的服务业开放渗透率的系数均通过了显著性检验。这说明，服务业开放对制造业就业结构产生了显著影响，即高技能劳动力增加与人力资本存量积累水平将不断上升。那么，其中的发生机制是什么呢？从跨境服务贸易开放角度来看，开放渗透率不断提升意味着开展跨国服务外包的企业将会逐渐增加，较高的工资水平往往对高技能工人的吸引力更强，促进这类技能型工人向开展跨国服务外包的企业流入，进而促进了整个行业人力资本水平的提升，这就产生了所谓的工资价格信号机制。同时，跨境服务贸易的专业化分工效应也会提高企业的核心专注度，发包方（本国制造业企业）将该部门非密集从事的服务环节外包给接包方（国外服务业企业），提高了发包方密集从事的制造环节的技术含量，这在一定程度上激发了制造业企业对专业高端人才的需求。同时，跨境服务贸易开放所实现的收入增加会放松劳动力教育投资的信贷约束。陈开军和赵春明（2014）指出，在开放经济条件下，教育经费支出起到了很好的人力资本投资作用。此外，当服务业开放时，制造业可通过开展跨境服务贸易获得用于生产的中间投入品，这会产生产业间技术溢出，从而提高我国制造业中从事高端服务活动（策划、营销等）劳动力的专业化技能水平，有利于传统制造业行业向现代化产业转变。

从服务业 FDI 开放角度来看，随着服务业跨国公司陆续来华投资以及中国制造业服务外包意识的逐渐加强，越来越多的本国制造业企业将生产流程外包给具有较强竞争优势的国外服务业跨国公司。服务业跨国公司通过提供高质量的专业化服务，使得东道国制造业企业人力资源在与外资企业的交往和接触中不断提高自身的知识水平和管理水平，进而增加了自身的人力资本存量规模。中国员工在跨国公司的工作中会积累大量有用的经验和技能，极大地丰富了我国服务业人力资本积累，也为制造业中相关服务环节生产提供了潜在的高技能劳动力，加快了制造业内部人力资本积累和就业结构升级。比较而言，跨境服务贸易开放渗透率每提高 1%，人力资本会提高 0.066%；服务业 FDI 开放渗透率每提高 1%，人力资本会提高 0.082%。可以说，当前服务业 FDI 方式下的服务业开放对于我国制造业人力资本的促进作用要大于跨境服务贸易方式的服务业开放。但值得注意的是，服务业 FDI 开放渗透率的系数显著性要大于跨境服务贸易开放渗透率，这说明服务业 FDI 对我国制造业人力资本积累效应的发挥尚不稳定，服务业外资企业对新技术的锁定战略仍可能对制造业人力资本积累产生不利影响。

从控制变量来看，资本密集度的提高显著促进了制造业人力资本积累，且都通过了 10% 的显著性检验。资本密集度较高的行业往往产生资本体现式技术进步，即全要素生产率的增长主要通过使用蕴含前沿技术的机器设备来实现（王林辉和董直庆，2008）。这种技术进步方式需要更多的人力资本投入以满足机器设备的操作和使用，直接拉动了对高技能劳动力的需求，有效促进了人力资本积累。国有化因素显著抑制了人力资本积累，这与本书的预期相悖，对于这种结果，本书认为，可能原因在于当前我国国有企业没有较好地承担优化劳动要素配置的任务，相反，垄断结构下僵化的招聘和管理方式抑制了高技能劳动力的流入。

考察表 5 - 1 中第（2）列和第（5）列，两种方式下服务业开放渗透率的提高都会对制造业就业总量产生不利影响。对于这个结果，本书认为，可能的原因在于两种方式下服务业开放均会对制造业产生的专业化分工效应降低了劳动力总需求。一方面，服务业开放在一定程度上加快了制造业企业剥离非核心服务业务，通过将核心业务"归核化"导致了原来部分从事服务环节工人的流失；另一方面，专业化分工效应所导致的规模经济和生产率提升效应，也减少了原来从事制造环节的低技能劳动力需求。孟雪（2012）的研究指出，我国服务外包对就业总量产生负面影响的行业均是非熟练劳动力相对就业较高的行业。按照受教育程度将各个国民经济部门的熟练程度进行界定，现阶段我国制造业总体劳动力以初中和高中教育程度的工人为主，仍属于非熟练劳动力密集型行业（见图 5 - 1），因此，服务业开放对我国制造业就业总量的抑制作用会比对发达国家更加强烈。

表 5 - 1 中第（3）列和第（6）列考察了服务业开放对我国制造业工资收入的影响，可以发现不同方式服务业开放的影响各异。具体来看，服务业 FDI 开放渗透率每提高 1%，制造业工资收入将显著提高 0.023%。虽然跨境服务贸易开放渗透率的提升会提高总体工资收入，但未通过显著性检验。本书认为，主要可以从几方面解释：一是服务业开放对制造业的渗

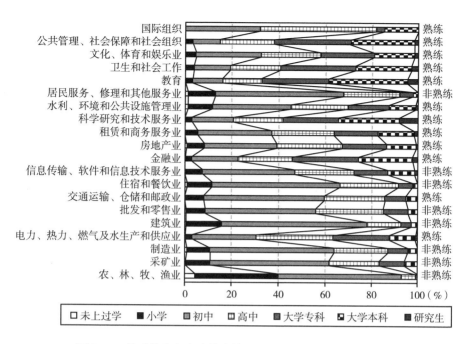

图 5 - 1　按受教育程度分的城镇就业人员行业构成（2012 年）

资料来源：《中国人口和就业统计年鉴（2013）》。

透本质上体现为制造业向跨国公司购买服务产品，这种全球生产路径实质上是全球价值链内上下游环节的技术扩散通道，从长期来看将改变最终产品的投入要素比例，进而影响劳动生产率（Gorg et al.，2008），并最终反映在工资水平上。现状分析中已经指出，现阶段服务业 FDI 对我国制造业整体全要素生产率的促进作用要更加强烈和稳定，因此，服务业 FDI 开放渗透率对于制造业工资水平的拉动作用也就更大。二是与通过国际市场进口服务品相比，在华投资的服务业跨国企业提供的服务品更符合我国企业的需求，作为受包方，它们也可以更为直接地参与和帮助我国制造业企业进行业务重组（如提供产品市场咨询、财务服务等），这进一步节约了制造业企业非核心成本的支出。企业利润率将会提高，反映在合约分成中企业对工人支付的报酬也会提高。从控制变量管理成本因素的回归中可以看出，企业管理成本占主营业务的比重每提高 1%，企业的工资收入会显著下降，这也从侧面验证了成本削减会提升工资收入的猜测。三是专业化程度的提高促使制造业企业获得了服务业 FDI 产业间溢出效应，随着对外溢技术和知识的消化、吸收，我国制造业企业正逐渐摆脱先进技术追赶者的角色，制造业工人边际劳动生产率得到了进一步提升。塞瑟帕蒂（Sethupathy，2013）对美国的研究指出，外包会提高工人的边际生产率，进而提高工人的工资报酬率。

5.4

基于门槛模型再检验

5.4.1 门槛模型设定

前文研究已表明，不同方式下服务业开放对我国制造业人力资本积累产生了显著的正向影响，因此，第一个机制成立。但不容忽视的问题是，服务业开放是否会对制造业人力资本积累产生"非线性"影响。因此，本节将基于汉森（1999）的门限回归方法，考察制造业人力资本积累是否会随着服务业开放程度的加深而改变。具体来说，就是从跨境服务贸易开放和服务业 FDI 开放本身出发，寻找二者影响制造业人力资本积累的门槛值并进行显著性检验。面板门槛模型是根据数据本身的特点来内生地划分区间并找出门槛值，这样有效避免了人为划分样本区间带来的偏误。汉森使用静态平衡面板数据的单一门槛模型的一般形式为：

$$y_{it} = \beta_0 + \beta_1 x_{1it} + \beta_2 x_{2it} I(q_{it} \leq \tau) + \beta_3 I(q_{it} > \tau) + \mu_i + \varepsilon_{it} \quad (5.5)$$

其中，i 是样本行业；t 是考察时间；x_{1it} 表示除 x_{2it} 外的其他控制变量；x_{2it} 为受门槛变量影响的解释变量；q_{it} 为门槛变量；τ 为待估计的门槛值；μ_i 为不随时间变化的个体效应；$\varepsilon_{it} \sim iid$（$0, \delta^2$）为随机干扰项。

本书以跨境服务贸易开放和服务业 FDI 开放分别作为门槛变量，建立服务业开放对制造业人力资本积累影响的面板门槛模型，设定的双重门槛模型为：

$$\ln H_{i,t} = \alpha_0 + \alpha_1 \ln st\_lib_{i,t} I(st\_lib_{it} \leq \tau_1) + \alpha_2 \ln st\_lib_{i,t} I(\tau_1 < st\_lib_{it} \leq \tau_2)$$
$$+ \alpha_3 \ln st\_lib_{i,t} I(st\_lib_{it} > \tau_2) + \alpha_4 \ln x_{it} + \mu_{i,t} + \varepsilon_{i,t} \quad (5.6)$$

$$\ln H_{i,t} = \beta_0 + \beta_1 \ln sfdi\_lib_{i,t} I(sfdi\_lib_{it} \leq \tau_1) + \alpha_2 \ln st\_lib_{i,t} I(\tau_1 < sfdi\_lib_{it} \leq \tau_2)$$
$$+ \beta_3 \ln sfdi\_lib_{i,t} I(sfdi\_lib_{it} > \tau_2) + \beta_4 \ln x_{it} + \mu_{i,t} + \varepsilon_{i,t} \qquad (5.7)$$

st_lib 和 $sfdi\_lib$ 分别作为门槛变量，为避免异方差，本书将 st_lib、$sfdi\_lib$ 采用对数值来表示。α_1、α_2、α_3 分别为门槛变量 st_lib 在 $st\_lib_{it} \leq \tau_1$、$\tau_1 < st\_lib_{it} \leq \tau_2$ 和 $st\_lib_{it} > \tau_2$ 时，跨境服务贸易开放对制造业人力资本积累的影响；β_1、β_2、β_3 分别为门槛变量 $sfdi\_lib$ 在 $sfdi\_lib_{it} \leq \tau_1$、$\tau_1 < sfdi\_lib_{it} \leq \tau_2$ 和 $sfdi\_lib_{it} > \tau_2$ 时，服务业 FDI 开放对人力资本积累的影响系数。x_{it} 同前述控制变量。

5.4.2　门槛结果检验

首先需要确定是否存在门槛值及其个数以便确定模型形式。采用 Bootstrap（自抽样）法模拟 F 统计量渐进分布，构造 p 值，并且在不存在门槛、一个门槛、二个门槛和三个门槛这四种假设下进行检验。

从表 5 - 2 可以发现，在服务业开放对人力资本的促进作用中，跨境服务贸易开放和服务业 FDI 开放的双门槛通过了显著性检验，这意味着跨境服务贸易开放和服务业 FDI 开放的门槛回归模型存在双门槛值。门槛估计值检验中，各门槛估计值的 95% 置信区间如表 5 - 3 所示。

表 5 - 2　　　　　　　　　门槛效果检验（300 次）

指标	人力资本	
	跨境服务贸易开放	服务业 FDI 开放
单一门槛检验	7. 418 ***	5. 935
	(0. 003)	(0. 287)
双重门槛检验	3. 114 *	1. 973 **
	(0. 093)	(0. 027)
三重门槛检验	1. 365	2. 251
	(0. 217)	(0. 227)
样本最小值	0. 827	0. 145
样本最大值	9. 095	5. 455
样本均值	4. 589	1. 013

注：括号上方的数值为门槛检验对应的 F 统计量；***、** 和 * 分别表示在 1%、5% 和 10% 的显著性水平下显著；括号内为采用 Bootstrap 方法反复抽样得到的 p 值。

表 5 - 3　　　　　　　　　　门槛估计值结果

门槛变量		门槛值 1		门槛值 2		门槛值 3	
		估计值	95% 置信区间	估计值	95% 置信区间	估计值	95% 置信区间
服务业开放	st_lib	5.513	[5.513, 5.513]	6.714	[6.714, 6.714]	8.497	[1.234, 4.217]
	$sfdi\_lib$	0.452	[0.452, 0.452]	1.234	[1.234, 1.234]	4.217	[6.714, 8.497]

为了更好地理解门槛模型的估计结果，本书进行了基准模型的固定效应回归，主要结果见表 5 - 4。从跨境服务贸易开放来看，当 st_lib 水平没有超过第二门槛，即 $st\_lib \leqslant 6.714$ 时，跨境服务贸易开放对中国制造业人力资本积累的促进作用不显著；而在第一门槛和第二门槛之间（$5.513 \leqslant st\_lib \leqslant 6.714$）时，促进作用仍然不显著；只有当 $st\_lib \geqslant 8.479$ 时，st_lib 的提高才对中国制造业人力资本积累产生显著的正向激励。服务业 FDI 开放也出现了类似特征，只有当 $sfdi\_lib \geqslant 4.217$ 时，$sfdi\_lib$ 的提升才能对我国制造业人力资本积累产生显著的促进作用。在样本行业中，满足此两项条件的行业有 5 个，分别是金属冶炼及压延加工业、金属制品业、通用和专用设备制造业、交通运输设备制造业、通信设备、计算机及其他电子设备制造业。

表 5 - 4　　　　　　　　　　模型参数估计结果

解释变量	人力资本	
	st_lib	$sfdi\_lib$
$\ln service\_lib_{i,t} I(esi_{it} \leqslant \tau_1)$	0.061 (1.35)	0.017 (0.74)
$\ln service\_lib_{i,t} I(\tau_1 < esi_{it} \leqslant \tau_2)$	0.089 (1.47)	0.087 (1.08)
$\ln service\_lib_{i,t} I(esi_{it} > \tau_2)$	0.142 ** (2.01)	0.133 ** (2.47)
$\ln captial$	2.421 *** (2.66)	2.027 *** (2.21)
$\ln scale$	-0.066 (-0.78)	-0.296 * (-1.80)
$\ln control$	-0.158 (-0.92)	-0.296 * (-2.04)

续表

解释变量	人力资本	
	st_lib	*sfdi_lib*
ln*manage*	− 0. 167 （ − 0. 66）	− 0. 010 （ − 0. 42）
常数项	− 5. 797 （ − 1. 39）	− 5. 584 （ − 1. 47）
R²	0. 801	0. 812

注：实证结果由 Stata 11 计算并整理得出。括号内为 t 值；***、** 和 * 分别表示在 1%、5% 和 10% 水平下显著。

5.4.3　主要研究结论

跨境服务贸易与服务业 FDI 两种方式下，服务业开放均对中国制造业人力资本积累以及就业市场产生了重大影响。本章基于中国投入产出表和制造业中 16 个细分行业 2004 ~ 2012 年的相关面板数据，从跨境服务贸易开放与服务业 FDI 开放两个角度考察了服务业开放对我国制造业人力资本积累的影响，并得出以下结论与启示。

第一，服务业开放的人力资本积累效应显著。从不同服务贸易提供开放方式来看，服务业 FDI 开放对我国制造业人力资本积累的影响要大于跨境服务贸易开放的影响，但服务业 FDI 开放渗透率系数的显著性较弱。这表明，服务业 FDI 方式下服务业开放对我国制造业人力资本积累效应的发挥尚不稳定，服务业外资企业对新技术的锁定战略仍可能对制造业就业结构升级产生不利影响。从控制变量来看，资本密集度的提高显著促进了制造业人力资本积累，而国有化因素显著抑制了人力资本积累。

第二，本章进一步运用汉森提出的门槛检验方法，发现服务业开放对我国制造业人力资本积累的影响具有显著的门槛特征。其中，跨境服务贸易开放和服务业 FDI 开放对制造业人力资本积累均存在显著的双门槛效应。从跨境服务贸易开放来看，当 *st_lib* 水平没有超过第二门槛，即 *st_lib* ≤6. 714 时，跨境服务贸易开放对中国制造业人力资本积累的促进作用不显著；而在第一门槛和第二门槛之间（5. 513 ≤ *st_lib* ≤6. 714）时，促进作用仍然不显著；只有当 *st_lib* ≥8. 479 时，*st_lib* 的提高才对中国制造业人力资本积累产生显著的正向激励。服务业 FDI 开放也出现类似特征，只有当 *sfdi_lib* ≥4.217 时，*sfdi_lib* 的提升才能对我国制造业人力资本积累产生显著的促进作用。

　　第三，为丰富本章研究深度，进一步考察了不同服务贸易提供方式下服务业开放对中国制造业就业总量和工资的影响。研究发现，跨境服务贸易开放渗透率和服务业 FDI 开放渗透率的提高都会对制造业就业总量产生不利影响，对工资的影响因方式不同而各异。具体来看，服务业 FDI 开放渗透率每提高 1%，制造业工资收入将显著提高 0.023%。虽然跨境服务贸易开放渗透率的提升会提高总体工资收入，但未通过显著性检验。

第6章

服务业开放对中国制造业技术进步
影响机制：知识资本积累效应
实证分析

　　本章将实证考察服务业开放对我国制造业技术进步的第二个影响机制，即知识资本积累效应。知识资本的表现形式主要有 R&D 资本存量和授权专利数量。克雷蓬等（1998）指出，较之 R&D 投入，创新产出（专利等新发明和新知识）对 TFP 的影响更为直接和有效。如果不能对创新成果进行有效转化，R&D 投入对 TFP 的促进作用也将难以发挥。因此，本章将知识资本的表现形式界定为以专利衡量的创新产出。由于知识资本植根于企业的研发过程，其产生和积累来自企业内部研发投入与接受外部溢出两个方面，那么，研究服务业开放对于制造业知识资本积累的影响，本质上就是研究其对于制造业研发创新活动的影响。服务业开放是否影响了制造业知识资本的提升？如果存在影响，可能存在的发生机制有哪些？在不同的样本间又存在何种差异？对于这些问题的回答，不仅会为改善我国制造业创新能力不足的现状提供可行的路径，也会为中国当前创新驱动战略和开放政策之间的协同性提供有价值的参考依据。鉴于此，本章运用中国制造业行业 2004 ~ 2012 年的面板数据，揭示服务业开放对制造业知识资本积累的影响程度、轨迹特征及内在差异。

6.1

计量模型的构建

借鉴科和赫尔普曼（1995）模型，本书假定知识资本的产生和积累来自企业内部研发投入与接受外部溢出两个方面。结合本节研究主旨，将R&D经费、研发人员等投入作为企业内部研发投入变量，将服务业开放作为主要外部溢出变量，利用中国制造业行业的相关数据进行实证分析，结合本书样本数据的实际特点，将服务业开放对制造业知识资本积累影响的基本计量模型设定为：

$$\ln patent_{it} = \alpha_0 + \alpha_1 \ln patent_{i,t-1} + \alpha_2 \ln service\_lib_{it} + \alpha_3 rd\_l + \alpha_4 rd\_k$$
$$+ \eta X_{it} + \mu_i + \varepsilon_{it} \tag{6.1}$$

其中，式（6.1）考量了服务业开放对制造业知识资本存量的影响。*patent* 表示我国制造业的知识资本；*service_lib* 为本书核心解释变量，表示服务业开放程度。这里仍采用跨境服务贸易开放渗透率（*st_lib*）和服务业FDI开放渗透率（*sfdi_lib*）衡量服务业开放对制造业的影响程度。*rd_l* 和 *rd_k* 分别代表制造业用于研发创新活动的技术人员数和研发内部经费数。*X* 为影响制造业知识资本积累的其他控制变量，这里均采用对数形式进行处理。为更加深入地揭示服务业开放对研发创新效率的影响，本书分别参照王然等（2010）[①]、沈能（2012）[②] 的做法，基于技术密度、环境污染程度对行业进行分组处理。在此基础上，进一步考虑因变量滞后性的影响，通过引入反映知识资本存量的一阶滞后变量，控制本期技术活动对前期的路径依赖。所有变量均采用对数形式，下标 *i* 和 *t* 分别表示第 *i* 个行业和第 *t* 年。μ_i 是不可观测的行业固定效应，ε_{it} 是随机误差项。

---

① 参照王然等（2010）的分类方法，本书基于技术密度对行业进行分组处理。高技术行业依次为通用、专用设备制造业；交通运输设备制造业；电气、机械及器材制造业；通信设备、计算机及其他电子设备制造业；仪器仪表及文化办公用机械制造业。

② 参照沈能（2012）的分类方法，污染密集型行业为：化学工业；金属冶炼及压延加工业；造纸印刷及文教用品制造业；石油加工、炼焦及核燃料加工业；通用、专用设备制造业。

6.2

变量选取与解释

6.2.1　被解释变量

制造业知识资本存量（*patent*）。国际上通常用 R&D 资本存量和授权专利数量表示知识资本存量，直接决定生产率的是以专利等新发明和新知识衡量的创新产生，而非 R&D 投入。本书采用专利作为知识资本的量化指标。据 WIPO 专利数据库显示，自我国加入 WTO 以来，中国国内专利数量呈几何级增长，并于 2012 年超越美国和日本，成为专利申请的第一大国（见图6-1）。但是，专利申请不一定都可以转化为有效专利，事实上，专利申请量中仅有一部分可以得到最终的专利授权，即专利授权量。因此，本书选择专利授权数量作为知识资本的衡量指标。具体采用企业的累积有效专利数量，估算方法为 $patent_{it} = (1-\delta)\, patent_{it-1} + public_{it}$，其中，$public_{it}$ 表示行业 i 在 t 年的专利授权数量，δ 为专利的折旧率。按照贾夫（Jaff，1986）的选择，取 δ 值为 0.15。[①]

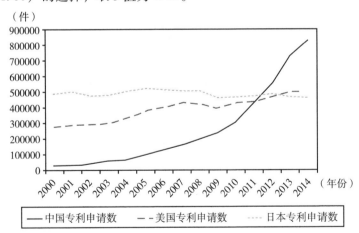

图6-1　中美日专利申请数（2000~2014年）

资料来源：WIPO IP Statistics Data Center。

---

①　鉴于 1999 年后制造业统计口径有所改变，本书将 1999 年设为初始年份。而使用的数据是从 2004 年开始，这样就避免了初期专利存量设定的问题。

6.2.2 核心解释变量

服务业开放渗透率（*service_lib*）。与前文一致，测度方法仍是基于跨境服务贸易开放渗透率和服务业 FDI 开放渗透率指数。*service_lib* × *zbh*、*service_lib* × *enp* 代表服务业开放对知识资本异质性影响的衡量指标。其中 *zbh* 指的是技术密集度虚拟变量，高技术行业取值为 1，中低技术行业取值为 0；*enp* 指的是环境污染度虚拟变量，污染行业取值为 1，清洁行业取值为 0。

6.2.3 其他控制变量

国有化程度（*control*）。在合理的市场经济条件下，企业主体的活力更加明显，更愿意将精力投入技术创新活动中。相反，过度的国有化可能会遏制企业活力，不利于知识资本积累。政府干预能否促进我国制造业知识资本的有效积累，深刻关系着我国产业政策的成功与否。国有化程度变量用行业国有及国有控股工业企业总产值占全部规模以上企业比重衡量，预期系数为负。

企业规模（*scale*）。科格特（Kogut，1986）认为，企业通过兼并重组可以带来规模经济、学习经济等利益，有助于整个产业分享企业的独特能力和创新资源，进而提升产业的知识资本。本书使用各细分行业的利润总额表示该变量，进而控制企业规模的自身异质性特征对企业创新活动的影响。从中国经验来看，大企业在研发资源投入上较中小企业具有明显优势，因此，预期该变量系数为正。

6.2.4 数据来源及变量统计性描述

跨境服务贸易开放渗透率和服务业 FDI 开放渗透率指标测度所使用的数据来自联合国贸发会议数据库、《中国统计年鉴》和中国投入产出表（2002 年、2007 年），知识资本存量、R&D 内部经费来自历年《中国科技统计年鉴》，国有化程度和企业规模数据来自历年《中国工业经济统计年鉴》。

6.3

实证结果分析

6.3.1　计量方法选择

利用 2004～2012 年中国制造业分行业相关面板数据，首先从跨境服务贸易开放角度和服务业 FDI 开放角度考察服务业开放是否影响了我国制造业的知识资本存量积累。本书选取的变量之间存在着较强的逆向因果以及内生性的问题：一方面，随着服务业开放度的提升，服务业开放渗透率指数较高可能会提高以专利数衡量的知识资本积累；另一方面，企业知识资本的提升往往代表较强的研发创新能力，这需要企业使用更多的外部服务要素来进行创新，进而提升服务业开放渗透率。因此，传统固定效应或随机效应模型得出的估计量可能是有偏、非一致的。为了解决内生性问题，可以引入工具变量（IV）来替代内生变量。进一步地，若样本同时还存在异方差影响，那么动态面板的 GMM 模型又比单纯地采用 IV 估计更为有效。鉴于此，本书采用动态面板的两阶段系统 GMM 方法[①]进行研究。

6.3.2　实证结果分析

为揭示服务业开放对我国制造业知识资本积累的影响效应，首先从跨境服务贸易开放角度出发，在控制研发人员投入、研发资金投入、国有化程度、企业规模等变量的基础上，分别引入服务业开放渗透率的一次项和二次项进行联合估计。接着，为深入反映不同行业特征作用于服务业开放对研发创新能力的异质性影响，分别引入跨境服务贸易开放与技术密度、环境污染程度行业的虚拟变量的交叉项，考察跨境服务贸易开放对研发创

[①]　动态 GMM 方法又可进一步分为差分 GMM 和系统 GMM，前者更容易受到弱工具变量以及小样本偏误的影响；而系统 GMM 同时对差分方程和水平方程进行估计，用滞后项作为工具变量，较好地解决了内生性问题。

新能力是否存在异质性影响。表6-1列出了两阶段系统 GMM 法的估计结果，AR（2）检验结果支持方程的误差项不存在二阶序列相关的假设（p 值均大于 0.1）。萨甘过度识别的 p 值均显著大于 0.1，检验结果显示不能拒绝工具变量有效性假设，这表明了工具变量设定的合理性。

表6-1　　　　服务业开放对制造业知识资本积累存量的实证分析

变量	lnst_lib				lnsfdi_lib			
	lnpatent (1)	lnpatent (2)	lnpatent (3)	lnpatent (4)	lnpatent (5)	lnpatent (6)	lnpatent (7)	lnpatent (8)
$L. \text{ln}patent$	0.247 *** (5.75)	0.240 *** (4.08)	0.273 *** (3.63)	0.221 *** (3.35)	0.334 *** (6.26)	0.333 *** (4.87)	0.348 *** (4.85)	0.308 *** (3.84)
$\text{ln}service\_lib$	0.635 *** (6.41)	0.683 *** (4.12)	0.590 ** (2.24)	0.750 * (1.86)	0.0672 * (2.13)	0.047 ** (2.50)	0.031 * (2.11)	0.062 *** (3.01)
$\text{ln}^2service\_lib$		−0.144 *** (−2.93)	−0.122 * (−1.93)	−0.172 * (−2.62)		−0.016 * (−1.94)	−0.030 ** (−2.24)	−0.020 * (−2.11)
$\text{ln}service\_lib \times zbh$			0.321 *** (3.11)				0.126 ** (2.47)	
$\text{ln}service\_lib \times enp$				−0.065 ** (−1.98)				−0.230 * (−1.87)
$\text{ln}rd\_k$	−0.315 (−0.96)	−0.065 (−0.18)	−0.343 (−0.50)	−0.326 (−0.47)	0.0656 (0.27)	0.128 (0.49)	0.145 (0.48)	0.252 (0.88)
$\text{ln}rd\_l$	1.046 *** (3.00)	0.815 ** (2.26)	1.108 * (1.81)	1.064 * (1.85)	0.779 ** (3.26)	0.713 ** (2.82)	0.722 * (2.43)	0.591 * (2.14)
$\text{ln}scale$	0.184 *** (4.08)	0.180 * (5.71)	0.167 *** (4.44)	0.202 *** (4.42)	0.202 ** (2.65)	0.214 ** (2.81)	0.198 * (2.45)	0.210 ** (2.94)
$\text{ln}controlt$	0.724 (1.55)	0.658 (1.73)	0.710 (1.43)	0.928 (1.07)	0.517 (1.78)	−0.511 (1.62)	−0.509 (1.37)	−0.689 (1.23)
常数项	−5.083 *** (−10.5)	−5.170 *** (−10.6)	−6.50 ** (−9.9)	−6.79 *** (−9.6)	−8.636 *** (−16.2)	−8.56 *** (−12.02)	−9.01 *** (−7.14)	−8.70 *** (−9.70)
AR（1）	−1.539 [0.12]	−1.439 [0.15]	−1.539 [0.12]	−1.3176 [0.08]	−1.774 [0.07]	−1.877 [0.06]	−2.120 [0.03]	−2.216 [0.26]
AR（2）	−1.471 [0.14]	−1.611 [0.10]	−1.649 [0.12]	−1.651 [0.14]	−0.366 [0.71]	−0.445 [0.65]	−0.324 [0.74]	−0.657 [0.51]
Sargan 检验	0.71	0.72	0.70	0.67	0.69	0.71	0.66	0.67

注：实证结果由 Stata 11 计算并整理得出。工具变量选用各变量的一期滞后项。*** 、** 和 * 分别表示在 1% 、5% 和 10% 水平下显著；AR（1）、AR（2）为扰动项自相关检验；Sargan 检验主要考察动态面板工具变量的过度识别问题。[ ] 内为各检验值的统计概率。

首先考察跨境服务贸易开放对知识资本积累存量的影响，即第（1）列～第（4）列。加入控制变量和虚拟变量后，可以发现跨境服务贸易开放对研发创新能力的影响效应基本一致。其中，跨境服务贸易开放渗透率的回归系数显著为正，即服务业开放渗透率的提高对知识资本积累具有明显的促进作用，这在一定程度上说明加入 WTO 以来我国服务业开放政策是富有成效的。跨境服务贸易开放渗透率的二次项回归系数显著为负，这验证了服务业开放与知识资本积累存量之间存在显著的"倒 U 型"关系，跨境服务贸易开放渗透率与知识资本积累之间存在先促进、后降低的趋势。当制造业企业的跨境服务贸易开放渗透率没有超过一定门槛时，通过进口获得国外服务品所蕴含的"干中学"效应以及互补效应起着主要作用，促进了中国制造业企业以专利为代表的知识资本存量的提升；当制造业企业的跨国服务贸易开放渗透率超过一定门槛时，进口服务品所内涵的抑制效应或替代效应发生作用，导致服务业开放对企业知识资本积累产生了阻碍抑制效应。

制造业中不同属性行业的知识资本存量也有较大的异质性，这里按照技术密度、环境污染程度对我国制造业进行分类，列出了不同种类制造业的累积有效专利数量的统计性描述（见表 6 - 2）。不难发现，我国制造业知识资本存量的行业异质性较为明显。第（3）列和第（4）列的异质性考察结果显示：（1）$service\_lib \times zbh$ 系数显著为正，说明相对于中低技术行业，跨境服务贸易开放对高技术行业知识资本积累产生了促进作用。陈启斐和刘志彪（2013）研究表明，我国制造业中的核心服务环节发包（例如研发外包）主要由技术密集型行业完成，相应地这种服务外包会表现出更为强烈的技术外溢。随着服务贸易进口和技术密度的提高，跨境服务贸易开放渗透率的提高对高技术行业知识资本积累的促进效应会更加显著。（2）$service\_lib \times enp$ 系数为负，且通过了显著性检验，可能的原因是，跨境服务贸易开放渗透率的提高虽然会对污染密集型行业的知识资本积累产生一定的促进作用，但随着污染密集程度的提高，外部环境的恶化也增加了该类型企业的治污成本负担，综合作用的结果对我国污染密集型行业的知识资本积累形成了显著的替代效应，进而削弱乃至抑制了此类行业创新能力提升的内在动力。

表6－2 中国制造业知识资本存量的行业异质性

行业类型	观测值	平均值	标准差	最小值	最大值
中低技术	99	7.609	1.289	4.248	10.653
高技术	45	9.307	1.094	6.378	11.182
污染密集型	45	8.188	1.464	5.318	11.083
清洁生产型	99	8.118	1.464	4.248	11.182

资料来源：通过 stata 11 计算而得。

第（5）列～第（8）列考察了服务业 FDI 开放对于制造业知识资本积累存量的影响，可以发现，与跨境服务贸易开放的结果相类似，服务业 FDI 开放渗透率对知识资本积累的影响也存在"倒 U 型"关系。当开放渗透率没有超过一定门槛时，服务业 FDI 对制造业知识资本积累存在促进作用。江小涓（2008）通过对外资设计公司与本土制造业企业竞争力关系的研究，认为外资设计公司促使本土企业吸收新的经营理念、经营手段，提高了本土企业的生产效率和技术创新能力，缩短了本土企业创建自主品牌的时间，加快了知识资本积累。当制造业企业的跨国服务贸易开放渗透率超过一定门槛时，过分地依赖服务业 FDI 技术溢出和技术扩散也将不利于制造业企业的知识资本积累。行业异质性检验与第（3）列和第（4）列的结果类似，这里不再赘述。

控制变量对知识资本积累的影响方向基本一致，只是在影响程度和显著性上存在一定的行业异质性。主要表现为：第一，R&D 人员投入的增加显著提升了知识资本积累，但 R&D 资金投入对知识资本积累的影响不显著。理论上认为，企业内部的自主研发活动是提升知识资本存量不可或缺的环节。魏守华等（2009）研究发现，由于我国制造业同质化竞争较为严重，行业内模仿不利于高水平创新成果的出现。因此，必须依靠以研发投入为代表的内生创新。但当前我国研发资金的利用率仍然较低，科研体制管理落后，这严重制约了我国知识资本的提升。第二，国有化程度系数虽然为正，但未通过显著性检验，这说明企业国有化对技术创新能力提升具有一定的促进作用，我国国有化程度较高的大型企业往往在资金和人力资本方面较中小企业存在较大优势，相应地，在专利申请等体现知识资本积累的环节投入力度更大。回归系数未通过显著性检验也进一步说明，作为一种稀缺资源，较高的企业市场化程度才能为内部最优配置研究人员、经费和外部技术等科研要素提供更好的保障。第三，企业规模的提高有助于知识资本积累，企业平均规模较大的行业往往也具有较高的知识资本存量。原因在于，凭借规模优势，规模较大的行业能够获得较大的内部和外部规模经济利益，从而可以为知识资本形成的研发活动投入更多资金资源。

6.4

基于知识资本积累效率的拓展分析

知识资本源自创新，而在研发创新理论中，创新往往是连续性过程，要求以企业为创新主体，在研究开放、产业化应用和市场运作等环节合理配置创新要素。德鲁克（Drucker, 1970）认为，企业自主创新的一个重要环节就是从 R&D 研发资源投入到技术成果的开发阶段，在技术开发阶段，企业主要进行 R&D 内部经费、研发人员等投入，进而形成专利等知识资本。基于此，本书对于知识资本积累的考察不仅包含知识资本存量，也包含知识资本积累效率。前文实证研究表明，总体上，服务业开放促进了中国制造业创新能力的提升，本节将研究视角转入知识资本积累效率维度，构建如下计量方程：

$$\text{ln}deeffic_{it} = \beta_0 + \beta_1 \text{ln}dedffic_{it-1} + \beta_2 \text{ln}service\_lib_{it} + \eta X_{it} + \mu_i + \varepsilon_{it}$$

$$(6.2)$$

deeffic 表示知识资本积累效率。*service_lib* 为本书核心解释变量，表示服务业开放程度，这里仍采用跨境服务贸易开放渗透率（*st_lib*）和服务业 FDI 开放渗透率（*sfdi_lib*）衡量服务业开放对制造业的影响程度。*X* 为影响制造业知识资本积累的其他控制变量，相关指标选取与上节一致。

6.4.1　知识资本积累效率的测度

对于效率的测度，常见的方法主要有参数的随机前沿模型（SFA）和非参数的数据包络分析（DEA）。本书仍采用近年来兴起的基于非参数数据包络分析（DEA）—Malmquist 指数法来测算制造业各产业的知识资本积累效率。本节中用于测度制造业知识资本积累效率的产出指标选取有效积累专利授权量，投入指标选取 R&D 内部经费、研发人员数，各行业人力资本积累效率见表6－3。

表6－3　　　　　中国制造业知识资本积累效率的行业异质性

行业类型	观测值	平均值	标准差	最小值	最大值
中低技术	99	0.0131	0.1369	－0.5533	0.3873
高技术	45	0.02884	0.1225	－0.2626	0.2776
污染密集型	45	0.0161	0.1317	－0.5533	0.2926
清洁生产型	99	0.0189	0.1333	－0.4231	0.3873

资料来源：通过 Stata 11 计算而得。

总体来看，2004～2012 年，中国制造业高技术行业的平均知识资本积累效率高于中低技术行业，而清洁生产型行业的平均知识资本积累效率与污染密集型行业基本一致（见表6－4）。

表6－4　　　　2004～2012 年中国制造业各行业知识资本积累效率

行　业	2004 年	2007 年	2011 年	2012 年
食品制造及烟草加工业	0.90	1.16	1.11	1.09
纺织业	0.77	0.85	1.04	1.05
服装皮革羽绒及其制品业	1.00	1.00	1.12	1.11
木材加工及家具制造业	0.87	0.82	1.19	1.09
造纸印刷及文教用品制造业	1.03	0.94	0.95	0.94
石油加工、炼焦及核燃料加工业	0.86	1.00	1.00	1.00
化学工业	0.91	1.14	0.95	1.05
非金属矿物制品业	0.97	0.90	1.09	1.10
金属冶炼及压延加工业	1.00	1.10	1.04	1.04
金属制品业	0.87	0.86	0.93	1.03
通用、专用设备制造业	1.01	0.87	0.95	0.95
交通运输设备制造业	1.01	1.05	1.02	1.03
电气、机械及器材制造业	1.13	0.89	1.00	0.99
通信设备、计算机及其他电子设备制造业	1.25	1.03	0.91	0.98
仪器仪表及文化办公用机械制造业	0.77	0.88	0.94	1.04
其他制造业	1.07	0.99	1.00	1.00
平均	0.96	0.96	1.01	1.01

资料来源：DEAP 2.0 软件计算。

6.4.2 实证结果与分析

按照跨境服务贸易开放和服务业 FDI 开放进行分类检验，各引入服务业开放渗透率的一次项和二次项进行联合估计。在基本模型基础上，分别从技术密度和环境污染程度两方面，考察两种不同方式服务业开放对制造业知识资本积累效率的异质性影响。表 6-5 列出了两阶段系统 GMM 法的估计结果，AR（2）检验结果支持方程的误差项不存在二阶序列相关的假设（p 值均大于 0.1）。萨甘过度识别的 p 值均显著大于 0.1，检验结果显示，不能拒绝工具变量有效性假设，这表明了工具变量设定的合理性。

表 6-5　　　服务业开放对中国制造业知识资本积累效率影响的实证分析

变量	lnst_lib				lnsfdi_lib			
	lndeeffic (9)	lndeeffic (10)	lndeeffic (11)	lndeeffic (12)	lndeeffic (13)	lndeeffic (14)	lndeeffic (15)	lndeeffic (16)
L. lndeeffic	−0.078* (−2.01)	−0.091** (−2.24)	−0.0681* (−1.86)	−0.132*** (−3.52)	−0.0382* (−1.74)	−0.091** (−2.56)	−0.068** (−2.21)	−0.132*** (−3.07)
lnservice_lib	0.445*** (2.83)	0.594*** (4.12)	0.457*** (3.34)	0.438*** (3.81)	0.209* (2.09)	0.485** (2.62)	0.690*** (3.40)	0.678*** (3.07)
$\ln^2 service\_lib$		−0.078 (−1.43)	−0.061 (−0.73)	−0.058 (−0.43)		−0.015 (−0.70)	−0.022 (−0.51)	−0.021 (−0.51)
lnservice_lib × zbh			0.040** (2.60)				0.010*** (3.20)	
lnservice_lib × enp				−0.155** (−2.38)				−0.246 (−1.54)
lnscale	0.009* (1.90)	0.009* (1.90)	0.008* (1.84)	0.014* (1.91)	0.028*** (2.64)	0.029*** (2.98)	0.0202 (1.70)	0.0201** (2.36)
lncontrolt	−0.042*** (−5.24)	−0.031 (−1.63)	−0.029 (−1.74)	0.007 (0.13)	−0.09*** (−5.86)	−0.103*** (−4.37)	−0.083*** (−3.03)	−0.008 (−0.17)
常数项	0.347*** (4.21)	−1.079 (−1.31)	−0.849 (−0.95)	−0.665 (−0.86)	−0.703 (−0.36)	−0.664 (−0.34)	−0.945 (−0.50)	−0.579 (−0.30)
AR（1）	−2.155 [0.03]	−2.138 [0.03]	−2.442 [0.01]	−2.07 [0.03]	−1.995 [0.04]	−1.997 [0.04]	−2.184 [0.03]	−1.979 [0.04]
AR（2）	0.436 [0.66]	0.381 [0.70]	0.464 [0.64]	0.176 [0.86]	−0.070 [0.94]	−0.057 [0.95]	0.391 [0.69]	0.044 [0.96]
Sargan 检验	0.85	0.91	0.89	0.75	0.76	0.74	0.88	0.74

注：实证结果由 Stata 11 计算并整理得出。工具变量选用各变量的一期滞后项。***、** 和 * 分别表示在 1%、5% 和 10% 水平下显著；AR（1）、AR（2）为扰动项自相关检验；Sargan 检验主要考察动态面板工具变量的过度识别问题。[ ] 内为各检验值的统计概率。

由表 6 – 5 可知，各方程中跨境服务贸易开放渗透率和服务业 FDI 开放渗透率的一次项系数均显著为正，说明服务业开放对制造业知识资本积累效率产生了明显的提升效应。在加入了服务业开放渗透率的二次项后，二次项系数及显著性均未通过显著性检验，说明无论是跨境服务贸易开放还是服务业 FDI 开放均对我国制造业知识资本积累效率的长期提升作用不明显。企业广泛通过进口或服务业跨国公司获取生产性服务品将会导致研发成本下降，使得企业可以更便宜地模仿外国技术，在促进企业生产研发投入的同时，也优化了研发要素的配置效率，大大缩短了研发成果的孵化时间，从而提升知识资本积累效率。这些现象也再度验证了当前我国服务业开放政策是富有成效的。但过分依赖国外服务要素最终将导致关键技术受制于人的局面，无助于知识资本积累效率的长期提升，这也解释了较高的服务业开放将抑制我国制造业人力资本存量进一步提升的原因。因此，在制造业企业技术开发环节广泛吸收先进服务品，充分利用这些服务品的技术属性，优化创新资源配置，将是较长一段时间内我国提升知识资本积累效率和基础科技研发能力的重要选择之一。

异质性考察中可以发现，跨境服务贸易开放和服务业 FDI 开放对高技术制造业的知识资本积累效率起到了较好的促进作用，而对污染密集程度较大的行业则没有，甚至起了抑制作用。表明在不同要素约束下，服务业开放对不同制造业行业知识资本积累效率的影响差异较为明显。

分析控制变量后发现，企业规模对知识资本积累效率具有显著的促进作用，且大多通过了显著性检验，说明大企业在知识资本积累效率上的优势较为明显。国有化程度对技术开发效率的影响系数大多呈现负显著性，说明较高的国有化程度不利于知识资本积累效率的提升。

6.4.3　主要研究结论

本章基于知识资本积累存量和知识资本积累效率视角，使用中国 16 个制造业细分行业 2004~2012 年的数据，考察了不同服务贸易提供方式下服务业开放对人力资本积累的影响及其行业差异，从而进一步检验了服务业开放的人力资本积累效应。本章的主要结论和启示如下：

第一，服务业开放对于我国制造业知识资本积累存量的影响较为显著。从开放方式来看，跨境服务贸易开放和服务业 FDI 开放对我国制造业知识资本存量的影响存在显著的"倒 U 型"关系，即当跨境服务贸易开放渗透率和服务业 FDI 开放渗透率超过一定门槛时，服务业开放对制造业知识资本存量的进一步提升产生显著的抑制作用。此外，受制于我国科研体制管理落后、研发资金利用率较低的现状，研发资金投入对于知识资本存量的影响不显著。分行业来看，相对于中低技术行业，服务业开放对高技术行业知识资本存量产生了促进作用；服务业开放的提高对污染密集型行业知识资本存量产生了一定的抑制作用。

第二，服务业开放对我国制造业知识资本积累效率产生重要影响。现阶段，跨境服务贸易开放和服务业 FDI 开放均会对我国制造业知识资本积累效率产生积极影响，但从长期来看，服务业开放将不利于知识资本积累效率的进一步提高，进而会抑制知识资本存量的提升。当前，我国已在生产研发环节积累了一定的比较优势，通过利用国外高端服务要素可以进一步巩固这方面的比较优势，但过分依赖国外服务要素最终将导致关键技术受制于人的局面，无助于知识资本积累效率的提升。

第三，服务业开放对于制造业知识资本积累存量和效率的影响也存在行业异质性。跨境服务贸易开放与服务业 FDI 开放都会对高技术制造业行业的知识资本积累存量和效率产生积极影响，但对高污染行业知识资本积累存量和效率提升的作用较为不明显。

第 7 章

服务业开放对中国制造业技术进步
影响机制：制度质量提升效应实证分析

从长期来看，服务业开放有助于推动一国制度创新，带来多维度的制造质量提升效应，进而为制造业技术进步提供适宜的制度环境。当前，中国在加快改革开放的进程中仍存在着普遍性的制度约束，主要表现为法律与产权制度不健全、金融制度扭曲、市场分割严重以及政府激励制度扭曲等。随着中国经济进入"结构性减速"的新阶段，传统要素优势逐渐减弱和消失，应当更加关注制度创新和制度质量提升，挖掘制造业技术进步的源泉。部分学者已就制造业开放对我国制度质量变迁的影响展开了研究，并普遍认为贸易和投资自由化对我国制度变迁产生了积极作用（Pomfret，1994；桑百川，2008；王霞，2010）。相对而言，服务业开放对我国制度质量影响的研究尚处于空白。基于此，本章将通过构建计量模型，从地区异质性视角出发，利用中国省级面板数据，考察服务业开放对不同区域制度质量的影响，即论证服务业开放的制度质量提升效应是否存在，以期为缓解中国制造业技术进步过程中的制度性约束提供新思路。

7.1
制度质量指标的选取

制度质量的直观量化是经济学中一项难度较大的工作。制度变迁的制度因素更加难以以直接的量化指标运算。结合中国来看，由于转型期中国制度变迁问题主要集中于如何由计划经济转为市场经济，因此，大多数关于中国制度质量的测度都是基于市场化程度的量化。近年来，我国学者越发注重对中国市场化程度的评估，并取得了一些开拓性贡献。例如，顾海兵（1999）从劳动力市场、资金、生产、价格等维度构建评价指标体系，对我国市场化程度进行测算；靳涛（2007）将非公有制经济发展水平、市场化程度、对外开放度和政府对经济的干预程度，作为反映经济转型期中国制度质量的重要变量；金祥荣等（2008）主要从司法制度质量和产权保护制度质量角度对制度质量进行考量。以上学者从不同侧面对我国市场经济转型背景下的制度变迁予以了量化，但由于没有系统化的制度数据，他们所测度的制度质量指标存在较大的片面性，这使得后续研究很难深入。

樊纲和王小鲁（2006）给出了相对较为完整的市场化指标，是目前公认的我国同类研究中较为系统和全面的制度质量指标。他们对1997～2009年我国各地区市场化相对指数进行了年度跟踪，主要从五个方面指数各自反映全国各省份市场化的某个特定方面。它们依次是政府与市场的关系、非国有经济的发展、产品市场的发育程度、要素市场的发育程度、市场中介组织发育和维护市场的法制环境。① 每个方面指数包含若干分项指数，有的还有二级分项指数，最低一级的分项指数为基础指数②。因此，本章对于制度质量变量的选取也采用樊纲和王小鲁等"中国各地区市场化进程相对指数"系列课题研究结果。

表7-1给出了2001～2009年我国各地区市场化程度的综合打分。从总体变化趋势来看，我国各地区市场化程度呈现逐年上升的趋势。同时，

---

① 其中，政府与市场关系主要包含市场分配经济资源比重、减轻农民税费负担、减少政府对企业的干预、减少企业对外税费负担、减小政府规模；非国有经济的发展主要包含非国有经济占工业销售收入比重、固定资产总投资比重、城镇就业人数；产品市场发展主要包含价格市场决定程度，减少商品地方保护；要素市场发育主要包含金融市场化程度、引进外资程度、劳动力流动性、技术成果市场化；市场中介组织发育和法律主要包含中介市场发育度、生产者合法权益保护、知识产权保护、消费者权益保护。

② 基础指数在基期年份采用0～10分的相对评分系统，以该分项市场化程度最高的省份为10分，最低的省份为0分，余类推。较高的评分反映较高的相对市场化程度。后续年份评分仍以基期年份为基准，允许超过10分或低于0分。基础指数由统计数据或调查数据计算得出。方面指数由基础指数合成，总指数由方面指数合成。

经济越发达的地区其市场化程度也越高。例如，北京、天津、上海、广东、江苏等东部发达地区的市场化程度相对较高，其中个别地区的市场化程度在 2009 年得分已经超过 10。贵州、甘肃、新疆等欠发达地区的市场化程度得分较低，2009 年得分均未超过 6。

表 7 - 1　　　　　　　　　　我国各区域市场化程度指数

省份	2000 年	2001 年	2002 年	2003 年	2004 年	2005 年	2006 年	2007 年	2008 年	2009 年
北京	4.64	6.17	6.92	7.50	8.19	8.48	9.96	9.55	9.58	9.87
天津	5.36	6.59	6.73	7.03	7.86	8.41	9.18	9.76	9.19	9.43
河北	4.81	4.93	5.29	5.59	6.05	6.61	6.93	7.11	7.16	7.27
内蒙古	3.59	3.53	4.00	4.39	5.12	5.74	6.28	6.40	6.15	6.27
黑龙江	3.70	3.73	4.09	4.45	5.05	5.69	5.93	6.27	6.07	6.11
上海	5.75	7.62	8.34	9.35	9.81	10.25	10.79	11.71	10.42	10.96
江苏	6.08	6.83	7.40	7.97	8.63	9.35	9.80	10.55	10.58	11.54
浙江	6.57	7.64	8.37	9.10	9.77	10.22	10.80	11.39	11.16	11.80
安徽	4.70	4.75	4.95	5.37	5.99	6.84	7.29	7.73	7.64	7.88
江西	4.04	4.00	4.63	5.06	5.76	6.45	6.77	7.29	7.48	7.65
山东	5.30	5.66	6.23	6.81	7.52	8.44	8.42	8.81	8.77	8.93
河南	4.24	4.14	4.30	4.89	5.64	6.73	7.07	7.42	7.78	8.04
湖北	3.99	4.25	4.65	5.47	6.11	6.86	7.12	7.40	7.33	7.65
广东	7.23	8.18	8.63	8.99	9.36	10.18	10.55	11.04	10.25	10.42
广西	4.29	3.93	4.75	5.00	5.42	6.04	6.12	6.37	6.2	6.17
重庆	4.59	5.20	5.71	6.47	7.20	7.35	8.09	8.10	7.87	8.14
贵州	3.31	2.95	3.04	3.67	4.17	4.80	5.22	5.57	5.56	5.56
云南	4.08	3.82	3.80	4.23	4.81	5.27	5.72	6.15	6.04	6.06
陕西	3.41	3.37	3.90	4.11	4.46	4.81	5.11	5.36	5.66	5.65
甘肃	3.31	3.04	3.05	3.32	3.95	4.62	4.95	5.31	4.88	4.98
新疆	2.67	3.18	3.41	4.26	4.76	5.23	5.19	5.36	5.23	5.12

　　资料来源：樊纲，王小鲁，朱恒鹏. 中国市场化指数——中国各地区市场化相对进程报告（2001～2011）. 北京：经济科学出版社.①

----

　　① 中国市场化指数课题从 2000 年开始持续至今，到 2011 年的上一个报告为止，共出版 6 个报告，系统地分析评价了全国各省份的市场化相对进程。本书在此基础上还参考了 2001 年度、2004 年度、2006 年度与 2009 年度报告数据。

7.2

计量模型与变量说明

7.2.1　模型构建

本章的研究目的在于考察服务业开放对中国制度质量的影响。通过理论回顾和机理考察可以发现，服务业开放将会对开放国制度质量产生一系列积极影响。服务业开放给我国带来了新的制度模式，增加了制度质量提升的收益，激励了制度创新。服务业开放的制度质量提升效应本质上是制度溢出（制度外部性）的体现，溢出效应的发挥会遵循相应的路径，而溢出的有效性也会因开放地区的吸收能力而异。可见，在分析服务业开放对制度质量的促进作用时也要充分考虑到地区差异性。有鉴于此，本章借鉴阿隆索和加西马丁（Alonson & Garcimartin，2009）的制度影响因素模型，首先构建了服务业开放对我国省际层面制度质量影响的面板模型：

$$\ln ins_{it} = \alpha_0 + \alpha_1 \ln service\_lib_{it} + \alpha_2 \ln pgdp_{it} + \alpha_3 \ln hr_{it} + \alpha_4 \ln eq_{it} + \mu_{it} + \varepsilon_{it}$$

$$(7.1)$$

其中，i 表示省份；t 表示年份；ins_{it} 表示反映各地区制度质量的得分，通过本书构建的指标体系量化而得。$service\_lib_{it}$ 为本章的核心解释变量，表示中国各省级层面的服务业开放程度。各地区人均 GDP（$pgdp_{it}$）、人力资本（hr_{it}）和收入差距（eq_{it}）为控制变量；μ_{it} 表示地区不可观测的固定效应，满足 $\mu_i \sim i.i.d\ (0,\ \sigma_{\mu_i})$；$\varepsilon_{it}$ 是随机误差项。为减少样本数据的异方差性，所选变量均采用对数形式。

新制度经济学理论认为制度存在惯性，制度的变迁是一个较为漫长的过程，前期制度质量对于当前制造质量有着重要影响。事实上，制度变迁在原有经济活动下已经适应了这种模式和路径，在未来的制度变迁过程中具有"路径依赖"效应。要改变这种制度路径与模式需要付出较大成本，当制度变迁的收益大于成本时则不易发生改变。为充分考量这种影响，本书将制度质量的前一期滞后变量也纳入计量方程中，并采用两阶段系统

GMM 法对动态面板数据进行分析：

$$\ln ins_{it} = \beta_0 + \beta_1 \ln service\_lib_{it} + \beta_2 ins_{it-1} + \beta_3 \ln pgdp_{it} + \beta_4 \ln hr_{it}$$
$$+ \beta_5 \ln eq_{it} + \mu_{it} + \varepsilon_{it} \tag{7.2}$$

此外，为深入考察中国不同区域的异质性对服务业开放制度质量提升效应的影响，将样本省份划分为东部、中西部两大区域，并采用式（7.2）进行动态回归分析。

7.2.2 变量选取与数据来源

1. 变量选取

制度质量（ins_{it}）。采用樊纲和王小鲁构建的中国地区市场化指标进行衡量，该指标包含 5 个分级指标，通过系统加权，可得各地区总的市场化指数。目前，指标的合理性和权威性已经得到学界肯定。

服务业开放度（$service\_lib_{it}$）。该指标为核心解释变量，用各省份服务业 FDI 占服务业增加值的比重来衡量，服务业 FDI 按照历年人民币兑美元中间价换算成人民币数额。由理论分析可知，服务业开放有助于地区制度质量的提升，即表现为服务业开放的制度质量提升效应。必须指出的是，从跨境服务贸易与服务业 FDI 两种方式下服务业开放考量服务业开放程度较符合本书的研究习惯，但由于中国各省份服务贸易数据严重缺失，本书只能将本节实证中服务业开放的考量维度限定在服务业 FDI 方式下服务业开放层面。当前我国服务业开放的政策措施主要体现在服务业外资准入的政策环节上。事实上，大多关于地区层面服务业开放度的研究也采用服务业 FDI 作为近似指标，例如阿诺德（2011）、乔瓦克和李（2008）。预计该变量符号为正。

人均 GDP（$pgdp_{it}$）。人均 GDP 的单位采用万元/人。通常认为地区经济发展水平与制造质量关系紧密。经济发展水平越好的地区，对于制度要素质量要求越高（Alonson & Garcimartin, 2009）。同时，经济基础也为制度建设提供了资源保障。历史经验已经表明，经济发展水平高的地区往往是最先产生市场经济与民主法制的地区。因此，$pgdp_{it}$ 的符号预期为正。

人力资本（hr_{it}）。人力资本的衡量方法较多，使用较多的是用劳动力平均受教育年限法。借鉴王品品和黄繁华（2013）对人力资本的测算公式，$hr = x_1 \times 6 + x_2 \times 9 + x_3 \times 12 + x_4 \times 16$，$x_1 \sim x_4$ 分别表示文化程度为小学、初中、高中及以上就业人员的比重。一方面，一个地区人力资本越丰富，其技术创新、市场竞争程度与法制意识也越强烈；另一方面，制度建设本身就是由人来制定的，制度建设也需要具有较高人力资本的智力支撑。因此，hr_{it} 的符号预期为正。

收入差距（eq_{it}）。收入差距的最佳衡量指标是基尼系数，但由于统计口径和数据缺失问题，我国各省基尼系数难以精准计算。本书借鉴王少瑾（2007）的方法，将城乡居民收入之比作为衡量收入差距的近似指标。庄和卡尔德龙（Chong & Calderon，2000）研究指出，收入差距与制度质量直接存在非线性关系，适度的收入差距会激励制度改进兼顾公平，但过大的收入不平等会加剧社会冲突。因此，收入差距对制度质量的影响需要结合实际样本来考察。

2. 数据说明

由于本章将视角定义为服务业开放对我国地区制度质量的影响，所以，服务业开放指标和地区制度质量指标与研究区间和研究样本必然要进行合理匹配。制度质量采用樊纲和王小鲁构建的中国地区市场化指数，该指标包含 1997～2009 年 31 个省（市、自治区）的市场化得分。但受制于地区层面服务业 FDI 的可获得性，本书能够获取 2000～2009 年 21 个省（市、自治区）的相关数据①。因此，本书将研究期间和样本限定为 2000～2009 年 21 个省级地区。其中，中国地区市场化指数来自《中国市场化指数——中国各地区市场化相对进程报告》（2001～2011）。服务业 FDI、服务业增加值、人均 GDP、城乡居民收入之比等变量计算中所用数据来自历年相关省（市、自治区）统计年鉴，人力资本变量测度过程中使用的基础数据来自历年《中国人口和就业统计年鉴》和《中国统计年鉴》。

---

① 相关样本省（市、自治区）包括北京、天津、河北、上海、江苏、浙江、山东、广东、内蒙古、黑龙江、安徽、江西、河南、湖北、广西、重庆、贵州、云南、陕西、甘肃、新疆。

7.3

总体回归结果分析

7.3.1　静态面板数据估计结果

在实证分析中，本书将采用动态回归与静态回归相结合的分析方法。表7-2报告了静态回归结果，主要采用普通最小二乘法（OLS）的固定效应回归。由于服务业开放度为本章关注的核心解释变量，因此，在回归过程中，以服务业开放度为基础变量，依次加入控制变量进行回归。其中，第（1）列是只包含制度质量的估计结果，可以发现估计系数为0.057。说明服务业对外开放度每增加1个单位，制度质量指数就上升0.057个单位。这意味着服务业开放有效推动了中国各省份制度质量的提升，这与本书的机制分析相一致。目前，我国外资中服务业占比已经超过50%（王晶晶和黄繁华，2013），服务业外资逐渐开放有助于引入竞争并打破垄断，促使我国政府进一步消除服务贸易壁垒，健全相关法律和制度，优化地区制度质量，进而对制造业技术进步产生影响。表7-2中第（2）列~第（4）列是依次纳入人均GDP变量、人力资本变量和收入差距变量所得出的回归结果。结果发现，在依次纳入以上变量后，除服务业开放系数略有下降外，服务业开放对制度质量影响的方向性和显著性并未得到明显改变。也就是说，服务业开放度的系数估计值始终保持为正，且通过了至少10%的显著性检验，服务业开放对于制度质量提升的作用稳健。

表7-2　　　　　　　静态面板数据固定效应回归结果（OLS）

变量	lnins （1）	lnins （2）	lnins （3）	lnins （4）
ln*service_ lib*	0.057 *** （4.57）	0.011 * （1.70）	0.044 ** （2.33）	0.022 *** （3.38）
ln*pgdp*		0.301 *** （19.54）	0.337 *** （20.17）	0.314 *** （17.68）

续表

变量	lnins （1）	lnins （2）	lnins （3）	lnins （4）
lnhr			0.110* （1.86）	0.024 （0.31）
lneq				−0.055* （−2.21）
常数项	1.282*** （8.98）	1.482*** （9.98）	−1.381*** （−9.53）	−1.018*** （−4.42）
Wald 检验值	20.92 [0.00]	236.85 [0.00]	175.03 [0.00]	492.01 [0.00]
时间固定	是	是	是	是
个体固定	是	是	是	是
观测值	210	210	210	210
R^2	0.14	0.16	0.13	0.15

注：实证结果是由 stata 11 计算并整理得出。估计系数下方括号数字为系数估计值的 t 统计量，其中 *、**和***分别表示 10%、5% 和 1% 的显著性水平。[ ] 内为各检验值的统计概率。

就其他控制变量而言，人力资本变量在第（3）列的回归结果中通过了 10% 的显著性检验，且影响系数为正。但是，在第（4）列的回归结果中，其影响并未通过显著性检验。理论上认为，人力资本是制度变迁的重要原因，人力资本存量的变化决定着制度演化、变迁以及制度质量的提升。宋晓梅（2003）认为，制度和制度质量变化是人力资本作用的结果和转化形态，人力资本引发了制度质量变化。就本书的呈现结果来看，人力资本变量系数通过显著性检验的原因可能是在计量回归中纳入了收入差距变量，而收入差距变量与人力资本变量存在较高的相关性。基于新经济地理学视角的研究已表明，人力资本与收入差距在一定条件下存在正相关关系，人力资本在短期内会促进产业集聚、地区专业化水平提升，而长期将加大高技能劳动力与低技能劳动力的收入差距（张文武和梁琦，2011；罗勇等，2013），进而扩大地区收入分配不公平。本书中收入差距变量在 10% 的显著性水平下影响为负，表明较高的收入差距不利于制度质量提升。这与蔡昉（2003）的研究结论一致。此外，对于人均 GDP 变量而言，其系数估计值均为正，且均通过了 1% 的显著性检验。该结果符合本书之前的预期，且与大多数研究结果一致。

7.3.2 动态面板方法估计结果

前文分析指出，制度变迁往往具有持续性特征。本书选取的变量之间也存在着较强的逆向因果以及内生性的问题，例如，制度质量也会对服务业开放进程产生重要影响，进而可能会加快服务业 FDI 流入。因此，本书采用动态面板的两阶段系统 GMM 方法进行研究，以增加结论的稳健性。表 7－3 中第（5）列～第（8）列是依次纳入控制变量进行回归的结果。AR（2）检验结果支持方程的误差项不存在二阶序列相关的假设（p 值均大于 0.1）。萨甘过度识别的 p 值均显著大于 0.1，检验结果显示不能拒绝工具变量的有效性假设，这表明了工具变量设定的合理性。

表 7－3　　　　　动态面板方法估计结果（系统 GMM）

变量	lnins (5)	lnins (6)	lnins (7)	lnins (8)
L. lnins	0.617*** (82.42)	0.380*** (20.83)	0.364*** (19.51)	0.392*** (19.53)
lnservice_lib	0.017*** (22.70)	0.015*** (14.06)	0.015*** (12.04)	0.017*** (11.76)
lnpgdp		0.102*** (18.96)	0.110*** (9.63)	0.095*** (7.58)
lnhr			0.115* (2.54)	0.119* (2.66)
lneq				−0.040*** (−3.70)
常数项	0.579*** (30.11)	0.044* (2.41)	0.007 (0.12)	0.392** (2.93)
Wald 检验值	6847.22 [0.00]	10604.52 [0.00]	7751.04 [0.00]	6608.91 [0.00]
AR（1）	1.571 [0.14]	0.947 [0.47]	1.153 [0.38]	1.312 [0.39]

续表

变量	lnins (5)	lnins (6)	lnins (7)	lnins (8)
AR（2）	−1.142 [0.41]	−0.697 [0.64]	−0.146 [0.79]	−0.078 [0.91]
Sargan 检验	0.79	0.73	0.74	0.74
观测值	189	189	189	189

注：实证结果由 Stata 11 计算并整理得出。工具变量选用各变量的一期滞后项。估计系数下方括号数字为系数估计值的 t 统计量，其中 * 、 ** 和 *** 分别表示10%、5%和1%的显著性水平。AR（1）、AR（2）为扰动项自相关检验。Sargan 检验主要考察动态面板工具变量的过度识别问题。[ ] 内为各检验值的统计概率。

从表7-3给出的各列回归结果中可以发现：第一，制度质量一阶滞后变量均在1%的显著性水平下对当前制度质量提升产生显著正影响，说明制度质量变迁的确存在"持续性"特征。

第二，在各类回归结果中，服务业开放度的系数以及显著性均表现了较好的一致性，这种结果意味着服务业开放对市场化指数表征的制度质量有着显著的正向影响。具体而言，服务业 FDI 流入越多的地区，越有可能完善市场化水平。我国市场化改革进程中，企业作为微观主体对制度的诉求愈发强烈，服务业外资凭借其比较优势逐渐成为我国对外开放下外在制度的供给主体，在我国转型过程中作为制度供给的有限补充，带动我国制度质量的提升。服务业外资的进入促进了产权结构的合理化，打破了低效率国企垄断市场的格局，加大了市场竞争和民营企业的发展（张志明，2014），促进了我国市场化制度的完善。这一点也与前文关于服务业 FDI 开放对制度质量提升的作用机制相一致。

第三，人均 GDP 的系数均在1%的显著性水平下为正，说明地区经济增长对于制度质量有着显著的促进作用。经济发展不仅是制度建设的充分条件，在经济发展的过程中，市场主体会越发活跃，对良好制度安排的需求也更加强烈。实践表明，在经济较为发达的国家和地区，市场经济规则、产权和法律保护、公共服务等一系列制度也较为合理。在供给侧与需求侧双重拉动的作用下，制度质量将得到极大提升。

第四，人力资本变量和制度质量变量之间也存在正相关关系，伴随着教育投资形成的人力资本水平的不断提高，制度建设的智力支撑也越来雄厚，对制度质量的要求也越来越高。因此，当地区拥有较高的人力资本水平时，会提升制度建设的质量。实证结果现实，人力资本积累每提高1%，制度质量将提高约0.11%。

第五，收入差距变量和制度质量变量之间存在负相关关系，过大的收入差距不利于制度质量的提升。近年来我国收入分配不公平的现象受到持续关注，突出表现为城乡收入差距持续扩大。蔡昉（2003）认为，我国长期以来实行城市偏向政策手段，通过扭曲产品和生产要素价格，获取农业剩余以补贴工业化，形成所谓的"剪刀差"的效果。这种政策本质上就是制度质量不高的体现，扭曲了城乡利益格局，加剧了社会的不稳定，不利于政府管制、社会法制、城市化等制度质量的提升。

7.4
分区域回归结果分析

在我国市场化进程中，不同区域间的自然禀赋、经济实力和制度变迁存在较大不同，而这种区域异质性可能会对服务业开放的制度质量提升效应产生较大影响。同时，对外开放进程中，各地区在开放次序和程度上也具有明显差异，进而影响着各地区制度发展和变迁的进程，使得不同区域间存在着较大的制度质量差异。因此，有必要对不同区域分别加以分析，以便使研究结论更具针对性。本节将样本省（市、自治区）进一步划分为东部地区和中西部地区①，分别对东部8个省（市）和中西部13个省（市、自治区）进行考察，来比较服务业开放对两大区域制度质量影响的差异。在实证方法的选取上，沿袭前文思路，基于静态和动态两种回归方法相结合，分析实证结果。一方面，通过豪斯曼检验，选取固定效应模型进行静态面板数据回归；另一方面，采用两阶段系统GMM方法，进行动态面板数据回归。相关回归结果见表7-4。

---

① 东部地区有8个：北京、天津、河北、上海、江苏、浙江、山东、广东。中西部地区有13个：内蒙古、黑龙江、安徽、江西、河南、湖北、广西、重庆、贵州、云南、陕西、甘肃、新疆。

表 7 - 4　　　　　　　　　　　　分地区实证结果

变量	东部地区		中西部地区	
	ln*ins* (9)	ln*ins* (10)	ln*ins* (11)	ln*ins* (12)
L. ln*ins*		0. 111 *** (2. 96)		0. 386 *** (3. 69)
ln*service_lib*	0. 052 ** (3. 04)	0. 049 ** (2. 78)	0. 006 (0. 97)	0. 016 (0. 91)
ln*pgdp*	0. 277 *** (9. 30)	0. 667 *** (3. 83)	0. 328 *** (15. 47)	0. 116 *** (4. 55)
ln*hr*	0. 102 ** (2. 34)	0. 205 ** (2. 53)	0. 096 (1. 21)	0. 027 (0. 65)
ln*eq*	- 0. 006 *** (- 3. 22)	- 0. 024 *** (- 3. 54)	- 0. 015 ** (- 2. 34)	- 0. 015 ** (- 2. 78)
常数项	- 1. 361 *** (- 3. 92)	- 5. 651 ** (- 3. 02)	- 0. 990 ** (- 3. 18)	0. 916 (1. 91)
Wald 检验值	75. 58 [0. 00]	872. 08 [0. 00]	95. 77 [0. 00]	1753. 71 [0. 00]
时间固定	是		是	
个体固定	是		是	
AR（1）		0. 425 [0. 67]		- 2. 157 [0. 03]
AR（2）		- 0. 925 [0. 92]		- 0. 967 [0. 33]
Sargan 检验		1. 00		0. 85
观测值	80	72	130	121

注：实证结果由 Stata 11 计算并整理得出。工具变量选用各变量的一期滞后项。估计系数下方括号数字为系数估计值的 t 统计量，其中 * 、** 和 *** 分别表示10%、5%和1%的显著性水平。AR（1）、AR（2）为扰动项自相关检验。Sargan 检验主要考察动态面板工具变量的过度识别问题。[ ] 内为各检验值的统计概率。

　　第（9）列和第（10）列分别列出了东部地区固定效应和两阶段系统 GMM 回归结果，可以发现，两种方法下各变量的方向和显著性均未发生较大偏转，表明回归结果的稳健性较高。第（11）列和第（12）列则分别列出了两种方法下中西部地区的回归结果，各变量的方向和显著性同样未发生重大偏转。比较而言，不同地区间部分变量的回归结果具有较大的差异性，突出表现在以下几个方面。

第一，服务业开放对东部地区制度质量的影响系数为正，且通过了5%的显著性检验。服务业开放度每提高1个百分点，制度质量将提升约0.05%，表明东部地区服务业开放对当地制度质量的提升有着显著的促进作用。服务业开放对中西部地区制度质量的影响系数虽然为正，但未通过显著性检验。产生这种结果的原因在于，东部发达地区服务业引资较为密集，并在经济发展过程中起着重要作用，政府较为重视利用服务业外资带动本地区服务业发展，政府行为方式的转变促使服务业外资的制度溢出机制进一步完善。

当前我国服务业开放仍处于试点开放和积累可复制经验阶段，广东、天津、福建自由贸易试验区作为我国服务业开放的重要载体，均处于东部沿海地区，服务业开放与制度质量提升已基本形成了良性互动。反观中西部地区，服务业开放力度较小，导致与东部发达地区相比，欠发达地区的溢出效应不高。事实上，在外资区位选择相对劣势的情况下，服务业外商流入中西部地区的数量和规模均较小，虽然近年来服务业 FDI 逐步向中西部地区转移和扩散，但规模仍无法与东部地区相比。

第二，人力资本变量对东部地区制度质量提升的作用显著，但对中西部地区作用不明显。东部地区的结果较为符合理论预期，较高的人力资本是推动我国东部地区制度质量提升的重要动力源，未来市场化改革仍需要人力资本存量作为其重要的内在推动力。中西部地区人力资本变量未通过显著性检验的原因可能在于该地区人力资本存量相对较少，大量高端人才跨区域流入东部地区，制约了人力资本推动制度质量变化的作用。其他变量的回归结果与总体样本回归相类似，这里就不再赘述。

本章从制度视角出发，实证检验了服务业开放对我国制度质量的影响，进而验证了服务业开放对我国制造业技术进步的制度质量提升效应。采用能够反映制度质量的市场化指数作为替代变量，并选取 21 个省（市、自治区）作为样本，利用 2000～2009 年面板数据，分别运用 OLS 法对静态面板数据进行固定效应回归，以及运用两阶段系统 GMM 法对动态面板数据进行估计，并得到以下结论。

第一，从全国层面来看，服务业开放对以市场化指数表示的制度质量有着显著的提升作用，即较高的服务业开放度对于健全相关法律和制度、加快市场化改革、优化制度质量有着积极的促进作用。此外，实证研究还发现，我国各地区制度质量具有"持续性"特征，当前制度质量对前期制度质量的"路径依赖"效应较为明显。人均 GDP 对制度质量提升具有显著的正面影响，而较高的收入差距则不利于制度质量提升。

第二，从分区域实证结果来看，服务业开放对东部地区制度质量的提升起到了积极的作用，但对于中西部地区制度质量的影响并不显著。我国各地区在开放次序和程度上也具有明显差异，进而影响着各地区制度发展和变迁的进程，使得不同区域间存在着较大的制度质量差异。与东部地区相比，中西部地区服务业开放程度仍然较低，开放所带来的倒逼机制和学习效应尚未很好体现，进而制约了服务业开放制度质量提升效应的发挥。因此，适应开放型经济发展的新要求，进一步加大服务业开放力度以推动内部制度质量的提升，不仅存在着巨大的进步空间，同时有助于实现区域间的协调可持续发展。

第 8 章

主要结论与政策建议

　　长期以来，作为"世界工厂"，中国制造产品的优势主要来自廉价劳动力、土地、原材料等初级要素，随着传统成本优势的逐步丧失，制造业发展动力必须切换至以技术进步为核心的创新驱动发展。服务经济的时代背景和全球价值链分工的发展趋势，要求我国进一步向世界开放服务业。因此，充分挖掘服务业开放对制造业技术进步的促进作用，进而优化升级制造业结构是当前乃至未来很长一段时间内必须重视的战略问题。本书的研究思路是立足于当前服务业开放趋势和服务贸易发展的现实，从影响制造业技术进步的决定因素入手，运用内生经济增长、服务贸易、产业经济以及技术经济学等理论，深入分析服务业开放对开放国制造业技术进步的影响机制，并利用中国数据展开实证研究，从而为理论分析提供经验支持。在此基础上，本书得出了相关结论和政策建议。

8.1
主要结论

　　具体来说，本书从理论上就服务业开放对制造业技术进步影响机制进行了深入分析，并结合中国样本对影响机制进行了实证分析。本书的主要研究结论如下：

　　第一，现阶段，我国服务业对外开放进程明显加快，但整体服务业开放程度依然不高，个别服务部门依然存在较严重的壁垒。通过对我国服务业开放的历史回顾，发现在践行 WTO 规则的基础上，我国也在积极探索合适的开放路径。一方面，积极统筹双边或区域服务业开放协议，加强服务业开放的深度和广度，已做出的服务业开放承诺明显高于其他发展中国家和 WTO 承诺的开放水平；另一方面，加快新型自贸区建设的步伐，不断尝试制度创新。但从服务贸易限制指数分析来看，当前我国整体服务业开放程度仍然不高，在全球国家中处于中下游水平，服务贸易限制指数分值最高的领域主要集中于速递服务、航空运输、金融保险以及电信服务部门，这些部门的壁垒集中体现为较高的竞争障碍和对外资准入的限制。这些领域的开放不仅是当前阶段与中国相关的最重要的几个诸边、区域、双边贸易或投资协定谈判的重要议题，也是国内自贸区重点探索的开放领域。从服务贸易提供方式来看，我国包含跨境交付、境外消费和自然人流动三种形式的跨境服务贸易进出口总额已位居世界第二，贸易逆差也呈现逐年递增趋势，服务贸易国际竞争力有待提升；服务业 FDI 占 FDI 比重已超过 50%，但服务业 FDI 流入依存度仍较小，对于引入服务业国际资本还有很大的开放空间。

第二，通过理论分析发现，制造业技术进步主要取决于知识资本、人力资本和制度质量等影响因素。借鉴 GRH（2008）模型，本书将服务业开放与影响制造业技术进步的影响因素纳入统一分析框架，分析得出，服务业开放可以通过三种机制——人力资本积累效应、知识资本积累效应和制度质量提升效应影响制造业技术进步。首先，在服务业开放的人力资本积累效应方面，主要体现在服务业开放不仅提升了开放国制造业人力资本积累水平，而且促进了开放国劳动工人的总体边际生产率，进而提升了制造业生产率水平；其次，在知识资本积累效应方面，服务业开放改善了制造业企业对研发创新投资的行为决策，因而在优化了创新资源配置效率的同时，加快了企业的知识资本积累，提升了企业的技术创新能力，进而加快了制造业技术进步的步伐；最后，在制度质量提升效应方面，本书认为，服务业开放将促进开放国服务业制度与国际制度对接，从而推动开放国国内有关制度的改革和完善，进而优化技术进步环境、提升制造业技术水平。

第三，服务业开放对我国制造业技术进步的影响总体显著。本书以全要素生产率作为衡量中国制造业技术进步的指标水平，分别以跨境服务贸易开放渗透率和服务业 FDI 开放渗透率作为反映我国服务业开放程度的参数，实证结果分析显示，服务业开放确实影响制造业技术进步（即服务业开放是制造业技术进步的格兰杰原因）。进一步，服务业开放方式对中国制造业全要素增长率的影响，因开放方式的不同而存在差异。随着滞后阶数的增加，跨境服务贸易开放对制造业全要素生产率增长的影响将逐渐减弱，而服务业 FDI 开放方式对于制造业全要素生产率增长的影响会逐渐增强。

第四，服务业开放对中国制造业技术进步影响机制中的人力资本积累效应的影响显著。首先从不同服务业开放方式来看，服务业 FDI 开放对于制造业人力资本积累的影响，要大于跨境服务贸易开放的影响，但这种影响的显著性较弱，这表明服务业 FDI 对我国制造业人力资本积累效应的发挥尚不稳定。进一步，运用汉森提出的门槛检验方法，本书发现，服务业开放的人力资本积累效应具有显著门槛特征。当跨境服务贸易开放渗透率和服务业 FDI 开放渗透率超过特定门槛值时，服务业开放对中国制造业人力资本积累才将产生显著促进作用。此外，两种不同方式下服务业开放均会对中国制造业就业总量产生不利影响，而服务业 FDI 方式的开放促进了制造业工资收入增长。

第五，服务业开放对中国制造业技术进步影响机制中的知识资本积累效应的影响显著。具体来讲，通过区分两种不同的服务业开放方式，发现跨境服务贸易开放和服务业 FDI 开放对中国制造业知识资本存量的影响均存在显著的"倒 U 型"关系，即当跨境服务贸易开放渗透率和服务业 FDI 开放渗透率超过一定门槛时，服务业开放会对制造业知识资本存量的进一步提升产生显著的抑制作用。同时，跨境服务贸易开放和服务业 FDI 开放均会对当期中国制造业知识资本积累效应产生积极影响，但从长期来看，上述两种方式下服务业开放对制造业知识资本积累效应的进一步提升均会产生消极影响。此外，服务业开放对制造业知识资本积累存量和效应的影响也存在着行业差异性，即跨境服务贸易开放与服务业 FDI 开放均会对高技术制造业行业知识资本积累存量和效应产生积极影响，但对高污染行业知识资本积累存量和效应的提升则产生消极影响。

第六，服务业开放对中国制造业技术进步影响机制中的制度质量提升效应的影响整体显著。从整体上看，服务业开放对中国制造业技术进步影响机制中的制度质量提升效应的影响显著。从全国层面实证结果来看，服务业开放对以市场化指数表示的制度质量有着显著地正向影响，即较高的服务业开放度对于健全相关法律和制度、加快市场化改革、优化制度质量有着积极的促进作用。我国各地区制度质量具有"持续性"特征，即当前制度质量对前期制度质量的"路径依赖"效应较为明显。人均 GDP 对制度质量提升具有显著的正面影响，而较高的收入差距则不利于制度质量的提升。从分区域实证结果来看，服务业开放对东部地区制度质量的提高起到了积极的作用，但对中西部地区制度质量的影响并不显著。

8.2

政 策 建 议

本书的政策建议是在综合已有研究的结论和理论争论的基础上，依据本书的理论分析和实证结论提出的。因此，本书的政策建议具有一定的理论和现实基础，可以为发挥服务业开放促进我国制造业技术进步的影响提供一个可供参考的政策框架。

第一，积极推动服务业对外开放，制定合理有序的服务业开放政策。政府应坚定不移地将服务业开放作为下一阶段对外开放的重点，按照准入前国民待遇加负面清单的管理模式，着力推进金融、教育、医疗、卫生、文化、体育等领域的对外开放。现状分析中已经指出，我国运输、通信、保险、金融等服务部门的限制程度依然较大，而这些部门对于实现制造业由依靠大量要素投入驱动转向依靠创新驱动，具有强大的支撑作用，逐步放开这些领域的贸易和投资限制势在必行。在开放的重点方面，应通过积极参与 TPP 和 FTA 等自由贸易协议，努力放宽服务贸易的准入和投资限制；加快自由贸易区建设，形成面向全球的高标准自由贸易区网络；扩大内陆沿边开放，推进"一带一路"建设，推动形成更高水平的开放格局。

努力实现服务要素在全国、全球范围内互联互通，整合和优化服务要素，促进制造业全要素生产率的提升。针对服务业开放的知识资本积累效应的实证检验发现，服务业开放对我国制造业知识资本积累存量和效应的影响存在先上升、后下降的关系。引申的政策含义在于，要合理把握服务业开放力度，加快中国服务业发展，避免出现受制于人的局面。

第二，促进制造业与服务业之间的产业融合与良性互动。信息技术的发展使得产业界限愈发模糊，新型的协作关系成为服务业与制造业跨界融合的主流。这种关系促进了产业融合的动态发展过程，在此过程中，服务业与制造业的相互渗透与融合成为技术进步的新动力。在本书对影响机制的实证检验中，采用以服务业开放对制造业影响的开放渗透率指标作为核心解释变量，验证了服务业开放促进制造业技术进步的相关机制，由此可以推出，服务业开放对制造业技术进步影响机制的发挥必须依赖制造业与服务业之间较强的融合互动关系。因此，在全球化视角下，进行融合化发展是制造业技术进步的必然选择。现阶段的中国不应片面地发展某一产业，而应该从第二、第三产业互动的角度出发，间接地扩大制造业整体对服务业的需求范围，实现服务业对制造业的正向溢出。不断提高服务业外资企业对上下游制造业企业的产业关联效应，从而使服务业 FDI 能够显著地促进我国制造业技术效率和技术进步。大力发展服务业，尤其是生产性服务业，促进我国产业结构的调整与升级，以助推中国攀升全球价值链高端。

第三，巩固传统服务业的比较优势，着力提升现代服务业的国际竞争力。在中外服务企业的竞争中，中国以劳动密集型为特点的服务业企业在与外资服务业企业的竞争中具有一定优势，而以技术和资本密集型为特点的国内金融、通信、运输服务业企业则处于弱势竞争地位，主要表现为现代服务贸易长期逆差和部分传统服务业的贸易顺差。服务业开放必然会对我国服务业产生冲击，过度的竞争将不利于我国服务业的长远发展。实际上，近年来世界范围内现代服务业的开放和竞争，也是各国经济合作的重点和焦点。无论是 TPP、TTIP 等多国贸易谈判还是中韩、中澳等双边贸易谈判，以及 G20、APEC 等重要国际组织及会议，均将现代服务业开放与合作作为最重要的议题。因此，应该依靠产业政策，在继续巩固传统优势服务业的同时，对现代服务业给予扶持，出台相关鼓励政策，培育企业的竞争新优势。加快现代服务业对内开放，营造外资与民间资本平等进入、公平竞争的市场环境。

第四，突出人才培养的"两个平衡"，加快人力资本积累。中国是一个劳动力资源相对丰富的国家，虽然拥有数量庞大的劳动力，但高素质的技术人员和管理人员却是相对匮乏。为改变这种局面，政府应突出人才培养的两个平衡。一是平衡高端人才引进和本土科技人才培养。只有建立起先进人才培育体系，培养一大批本地创新技术人才，才能长久地为技术进步服务。二是平衡研发激烈和"蓝领创新"。政府和企业应加大对工人知识和技能的培训力度，满足先进制造业企业对于高技能工人的需求。给予非技能工人政策奖励，鼓励他们接受培训和教育，激发非技能工人的"工匠精神"和创新积极性，加强工业制造、外观设计、精细加工等方面的末端技术供给，改变国产制造粗糙、简陋的弊病。

第五，提升知识资本供给效率，注重创新成果市场价值输出。改革知识资本的积累方式，关键在于提高知识资本的供给效率，这就绕不开技术生产、创新成果转化的大环境。实证分析已经指出，服务业开放对以专利衡量的知识资本的影响存在显著的"倒 U 型"特征，长期依赖国外先进服务业的技术创新模式可能加大对国外的技术依赖，根本破解之道在于自主创新。这些对于我们的启示在于：一方面，要建立科学高效的知识和技术流转机制，注重在国外技术消化吸收的基础上持续深入创新，进一步提升自身的技术创新能力，为实现服务业开放水平提升与自主创新能力改善的"共赢"创造有利条件；另一方面，要不断加大创新投入，鼓励更多企业主体和社会资本以市场化方式参与到众创空间、孵化器等创新创业载体建设中来，提高知识资本积累效应。着眼于长期，应结合阶段的供给侧改革，在全面落实《创新驱动发展战略纲要》和《"十三五"科技创新规划》的基础上，更加专注构建灵活高效、富有中国特色的国家创新系统，通过平衡的市场手段和政策引导，促进技术要素的高效、合理配置。

第六，加大改革力度，优化制造业企业技术进步的制度环境。新常态下，中国制造业面临的结构性矛盾和问题背后，归根到底是体制机制的"瓶颈"，需要通过全面的制度改革来化解制约因素，改革的核心在于充分发挥市场在资源配置中的决定性作用，消除劳动力、人力资本、知识资本等技术进步要素资源的供给约束和供给抑制。具体而言，市场化改革应重视三个层面：一是政府正确履职，更好地发挥政府作用。要切实转变政府职能，深化行政体系改革，创新行政管理模式，坚持"接、放、管"结合、"控、调、改"同步，实现科学的宏观调控和高效的政府治理。二是市场高效运行，提高资源配置效率。要建立适应创新要求的市场准入制度，完善市场退出机制，使市场主体有进有出；建立健全由市场决定的价格机制，形成商品市场和要素市场间的价格联动性，从以往由行政手段配置社会资源转为由市场配置资源。三是企业尤其是国有企业自主竞争，真正发挥市场主体作用。国有企业低效的体制严重制约着服务业开放促进我国制造业技术进步的相关机制作用的发挥，但当前，我国国资和国企的体量依然庞大，国有经济布局不合理的情况依然存在，国资国企改革任重道远。因此，需要以市场化为方向持续推进国有企业改革，加快转变国有资产管理方式，加快完善现代企业制度，着力破除体制机制障碍，促进国资的合理流动和国资效率的提升。

附　录

附录1　　　　　　　　　　我国服务业各部门的承诺减让情况

项　目		跨境交付			境外消费			商业存在			自然人流动		
		无限制	有保留	不做承诺	无限制	有保留	不做承诺	无限制	有保留	不做承诺	无限制	有保留	不做承诺
市场准入	金融服务（14/17）	20	80	0	80	20	0	20	80	0	0	100	0
	旅游服务（2/4）	100	0	0	100	0	0	0	100	0	0	100	0
	建筑服务（5/5）	0	0	100	100	0	0	0	100	0	0	100	0
	分销服务（5/5）	50	25	25	100	0	0	0	100	0	0	100	0
	教育服务（5/5）	0	0	100	100	0	0	0	100	0	0	100	0
	环境服务（5/5）	0	100	0	100	0	0	0	100	0	0	100	0
	运输服务（12/35）	30	30	40	100	0	0	0	80	20	0	100	0
	通信服务（22/24）	32.25	57.14	10.51	91.45	0	8.55	0	91.45	8.55	0	91.45	8.55
	商务服务（32/46）	67.48	11.20	21.32	73.92	4.76	21.32	17.12	61.56	21.32	0	78.68	21.32
	健康服务（0/5）	0	0	100	0	0	100	0	0	0	0	0	100
	娱乐服务（0/4）	0	0	100	0	0	100	0	0	0	0	0	100
	其他服务（0/1）	0	0	100	0	0	100	0	0	0	0	0	100
国民待遇	金融服务（14/17）	80	0	20	100	0	0	60	40	0	0	100	0
	旅游服务（2/4）	100	0	0	100	0	0	50	50	0	0	0	100
	建筑服务业（5/5）	0	0	100	100	0	0	0	100	0	0	100	0
	分销服务（5/5）	50	25	25	100	0	0	50	50	0	0	100	0
	教育服务（5/5）	0	0	100	100	0	0	0	0	100	0	100	0
	环境服务（5/5）	100	0	0	100	0	0	100	0	0	0	100	0
	运输服务（12/35）	60	10	30	100	0	0	60	20	20	0	100	0
	通信服务（22/24）	100	0	0	100	0	0	100	0	0	0	100	0
	商务服务（32/46）	100	0	0	100	0	0	80.95	19.05	0	0	100	0
	健康服务（0/5）	0	0	100	0	0	100	0	0	100	0	0	100
	娱乐服务（0/4）	0	0	100	0	0	100	0	0	100	0	0	100
	其他服务（0/1）	0	0	100	0	0	100	0	0	100	0	0	100

资料来源：姚战琪. 入世以来中国服务业开放度测算［J］. 经济纵横，2015（6）：20－26.

附录2　　　　　　　世界银行部分国家服务贸易限制指数

国家	得分	国家	得分	国家	得分
厄瓜多尔	6.2	德国	17.5	乌兹别克斯坦	23.4
特立尼达和多巴哥	10.9	匈牙利	17.5	柬埔寨	23.7
新西兰	11.0	危地马拉	17.7	卢旺达	25.0
波兰	11.0	美国	17.7	土耳其	25.0
亚美尼亚	11.4	奥地利	17.8	芬兰	25.6
格鲁吉亚	11.5	希腊	18.0	俄罗斯	25.7
荷兰	12.2	哥伦比亚	18.3	喀麦隆	26.4
多米尼加	12.3	加纳	18.4	科特迪瓦	26.4
爱尔兰	12.4	莫桑比克	18.6	法国	26.4
立陶宛	12.6	马达加斯加	18.7	意大利	26.9
尼加拉瓜	12.8	塞内加尔	19.0	尼日利亚	27.1
蒙古	13.7	阿尔巴尼亚	19.4	乌克兰	27.2
玻利维亚	13.8	澳大利亚	20.2	莱索托	27.3
英国	14.3	布隆迪	20.2	巴基斯坦	28.3
罗马尼亚	14.5	丹麦	21.0	乌拉圭	28.4
吉尔吉斯斯坦	15.2	摩洛哥	21.0	马里	28.6
保加利亚	15.5	赞比亚	21.0	哥斯达黎加	29.3
瑞典	15.5	洪都拉斯	21.1	肯尼亚	29.5
巴拉圭	15.9	加拿大	21.6	墨西哥	29.5
西班牙	16.1	葡萄牙	21.8	坦桑尼亚	30.7
秘鲁	16.4	比利时	22.5	也门	31.9
捷克	16.6	巴西	22.5	马拉维	34.2
毛里求斯	16.9	韩国	23.1	南非	34.5
阿根廷	17.0	智利	23.4	乌干达	34.5
哈萨克斯坦	17.0	日本	23.4	委内瑞拉	35.0
白俄罗斯	35.1	沙特阿拉伯	42.5	巴林	50.8
中国	36.6	尼泊尔	42.9	刚果	51.7
纳米比亚	37.0	孟加拉国	44.2	科威特	51.8
斯里兰卡	38.2	突尼斯	44.5	埃及	52.1
阿尔及利亚	38.3	马来西亚	46.1	菲律宾	53.5
博茨瓦纳	38.3	阿曼	47.4	卡塔尔	60.1
越南	41.5	巴拿马	47.8	伊朗	63.3
不丹	42.3	泰国	48.0	津巴布韦	64.2
黎巴嫩	42.3	印度尼西亚	50.0	印度	65.7

资料来源：世界银行服务贸易限制指数数据库。

附录3　　　　　　OECD 部分国家分行业服务贸易限制指数

国家	会计	建筑业	工程	法律	电信	航空运输	海上运输	速递	分销	商业银行	保险	计算机
法国	0.216	0.189	0.102	0.220	0.056	0.353	0.129	0.101	0.109	0.104	0.102	0.120
德国	0.208	0.167	0.166	0.225	0.093	0.346	0.135	0.088	0.050	0.102	0.118	0.082
英国	0.174	0.115	0.102	0.163	0.095	0.353	0.127	0.154	0.065	0.083	0.142	0.120
美国	0.147	0.163	0.199	0.140	0.124	0.581	0.383	0.370	0.073	0.130	0.222	0.152
日本	0.171	0.201	0.189	0.213	0.301	0.476	0.239	0.214	0.133	0.193	0.189	0.180
韩国	0.254	0.259	0.086	0.370	0.196	0.523	0.288	0.338	0.058	0.137	0.075	0.126
巴西	0.318	0.310	0.292	0.385	0.429	0.636	0.275	0.511	0.138	0.430	0.345	0.240
南非	0.346	0.368	0.373	0.559	0.378	0.653	0.404	0.481	0.171	0.302	0.217	0.330
印度	0.552	0.362	0.196	0.731	0.474	0.654	0.321	0.535	0.352	0.511	0.635	0.289
俄罗斯	0.335	0.308	0.249	0.305	0.429	0.673	0.404	0.349	0.218	0.377	0.523	0.339
中国	0.415	0.260	0.287	0.524	0.529	0.591	0.387	0.868	0.359	0.492	0.496	0.293
金砖国家平均	0.393	0.322	0.279	0.501	0.448	0.641	0.358	0.549	0.248	0.422	0.430	0.298
总体平均	0.338	0.242	0.206	0.395	0.299	0.536	0.293	0.379	0.165	0.285	0.279	0.207

资料来源：OECD 服务贸易限制指数数据库。

参 考 文 献

[1] 蔡昉. 城乡收入差距与制度变革的临界点 [J]. Social Sciences in China, 2003 (5): 93 - 111.

[2] 蔡昉. 人口转变、人口红利与刘易斯转折点 [J]. 经济研究, 2010 (4): 4 - 13.

[3] 陈丰龙, 徐康宁. 本土市场规模与中国制造业全要素生产率 [J]. 中国工业经济, 2012 (5): 44 - 56.

[4] 陈开军, 赵春明. 贸易开放对我国人力资本积累的影响——动态面板数据模型的经验研究 [J]. 国际贸易问题, 2014 (3): 86 - 95.

[5] 陈启斐, 刘志彪. 进口服务贸易、技术溢出与全要素生产率——基于47个国家双边服务贸易数据的实证分析 [J]. 世界经济文汇, 2015 (5): 1 - 21.

[6] 陈启斐, 刘志彪. 生产性服务进口对我国制造业技术进步的实证分析 [J]. 数量经济技术经济研究, 2014 (3): 74 - 88.

[7] 陈诗一. 中国工业分行业统计数据估算: 1980—2008 [J]. 经济学: 季刊, 2011 (2): 735 - 776.

[8] 陈钊, 陆铭, 金煜. 中国人力资本和教育发展的区域差异: 对于面板数据的估算 [J]. 世界经济, 2004 (12): 25 - 31.

[9] 陈凯. 中国服务业发展的体制问题及对策 [J]. 经济学家, 2008 (1): 126 - 128.

[10] 程惠芳, 陆嘉俊. 知识资本对工业企业全要素生产率影响的实证分析 [J]. 经济研究, 2014 (5): 174 - 187.

[11] 崔日明, 张志明. 服务贸易与中国服务业技术效率提升——基于行业面板数据的实证研究 [J]. 国际贸易问题, 2013 (10): 90 - 101.

[12] 樊秀峰, 韩亚峰. 生产性服务贸易对制造业生产效率影响的实证

研究——基于价值链视角［J］. 国际经贸探索，2012（5）：4 – 14.

［13］樊瑛. 中国服务业开放度研究［J］. 国际贸易，2012（10）：10 – 17.

［14］傅强，胡奂何. 基于技术溢出效应的国际贸易结构对我国专利数量的影响分析［J］. 科技进步与对策，2011，28（6）：18 – 22.

［15］傅元海，叶祥松，王展祥. 制造业结构优化的技术进步路径选择［J］. 中国工业经济，2014（9）：78 – 90.

［16］［加］格鲁伯，沃克著，陈彪如译. 服务业的增长：原因和影响［M］. 上海：上海三联店，1993，145.

［17］郭界秀. 制度与贸易发展关系研究综述［J］. 国际经贸探索，2013（4）：85 – 94.

［18］洪银兴. 论创新驱动经济发展战略［J］. 经济学家，2013（1）：5 – 11.

［19］洪银兴，黄繁华. 统一市场规则对接国内市场和国际市场［J］. 社会科学研究，2005（4）：37 – 41.

［20］胡晓鹏. 全球化陷阱：中国现代服务业外资排斥效应研究［J］. 国际贸易问题，2012（11）：94 – 106.

［21］胡超，张捷. 制度环境与服务贸易比较优势的形成：基于跨国截面数据的实证研究［J］. 南方经济，2011，29（2）：46 – 60.

［22］华广敏. 服务业开放对东道国技术效率的影响——基于随机前沿生产函数的实证研究［J］. 上海财经大学学报：哲学社会科学版，2013，15（1）：74 – 81.

［23］韩先锋，惠宁，宋文飞. 贸易自由化影响了研发创新效率吗？［J］. 财经研究，2015，41（2）：15 – 26.

［24］黄繁华，王晶晶：服务业 FDI、吸收能力与国际 R&D 溢出效应：一项跨国经验研究［J］，国际贸易问题，2014（5）：95 – 104.

［25］黄繁华. 在 WTO 框架内加快南京服务业对外开放对策研究［J］. 南京社会科学，2000（z1）：76 – 82.

［26］黄建忠，杨扬. 服务贸易壁垒测量的体系与框架［J］. 亚太经济，2009（1）：49 – 53.

[27] 顾海兵. 中国经济市场化程度"九五"估计与"十五"预测 [J]. 航天工业管理, 1999 (11): 40 - 40.

[28] 江小涓. 中国服务业将加快发展和提升比重 [J]. 财贸经济, 2004 (7).

[29] 江小涓. 中国服务业的增长与结构 [M]. 北京: 社会科学文献出版社, 2004: 47 - 52.

[30] 江小涓. 中国开放三十年的回顾与展望 [J]. 中国社会科学, 2008 (6): 66 - 85.

[31] 蒋伏心, 王竹君, 白俊红. 环境规制对技术创新影响的双重效应——基于江苏制造业动态面板数据的实证研究 [J]. 中国工业经济, 2013 (7): 44 - 55.

[32] 金祥荣, 茹玉骢, 吴宏. 制度、企业生产效率与中国地区间出口差异 [J]. 管理世界, 2008 (11): 65 - 77.

[33] 李富强, 董直庆, 王林辉. 制度主导、要素贡献和我国经济增长动力的分类检验 [J]. 经济研究, 2008 (4): 53 - 65.

[34] 李光泗, 沈坤荣. 中国技术引进、自主研发与创新绩效研究 [J]. 财经研究, 2011 (11): 39 - 49.

[35] 李强. 生产性服务贸易自由化与制造业生产率提升: 基于跨国数据的分析 [J]. 商业经济与管理, 2014 (11): 85 - 96.

[36] 林祺, 林僖. 削减服务贸易壁垒有助于经济增长吗——基于国际面板数据的研究 [J]. 国际贸易问题, 2014 (8): 79 - 89.

[37] 靳涛. 揭示"制度与增长关系之谜"的一个研究视角——基于中国经济转型与经济增长关系的实证研究 (1978—2004) [J]. 经济学家, 2007 (5): 18 - 26.

[38] 林毅夫, 张鹏飞. 后发优势、技术引进和落后国家的经济增长 [J]. 经济学: 季刊, 2005 (4): 53 - 74.

[39] 林毅夫, 张鹏飞. 适宜技术、技术选择和发展中国家的经济增长 [J]. 经济学: 季刊, 2006 (3): 985 - 1006.

[40] 刘舜佳, 王耀中. 国际研发知识溢出: 货物贸易还是服务贸易——基于非物化型知识空间溢出视角的对比 [J]. 国际贸易问题, 2014

（11）：14 - 24.

[41] 刘亚娟．外国直接投资与我国产业结构演进的实证分析 [J]．财贸经济，2006（5）：50 - 56.

[42] 刘志彪．发展现代生产者服务业与调整优化制造业结构 [J]．南京大学学报：哲学·人文科学·社会科学，2006，43（5）：36 - 44.

[43] 刘志中，崔日明．中国服务业利用 FDI 的资本积累效应研究 [J]．国际贸易问题，2010（9）：59 - 64.

[44] 罗勇，王亚，范祚军．异质型人力资本、地区专业化与收入差距——基于新经济地理学视角 [J]．中国工业经济，2013（2）：31 - 43.

[45] 罗立彬．服务业 FDI 与东道国制造业效率：运用中国数据的实证分析 [D]．中国社会科学院研究生院，2010.

[46] [美] 迈克尔·波特著，李明轩等译．家竞争优势 [M]．华夏出版社，2006：26.

[47] 毛日昇．出口、外商直接投资与中国制造业就业 [J]．经济研究，2009（11）：105 - 117.

[48] 孟雪．反向服务外包如何影响中国的就业结构——以中国作为发包国的视角分析 [J]．国际贸易问题，2012（9）：82 - 95.

[49] 聂爱云，陆长平．制度约束、外商投资与产业结构升级调整——基于省际面板数据的实证研究 [J]．国际贸易问题，2012（2）：136 - 145.

[50] 邱斌，唐保庆，刘修岩等．要素禀赋、制度红利与新型出口比较优势 [J]．经济研究，2014（8）：107 - 119.

[51] 邱爱莲，崔日明，徐晓龙．生产性服务贸易对中国制造业全要素生产率提升的影响：机理及实证研究——基于价值链规模经济效应角度 [J]．国际贸易问题，2014（6）：71 - 80.

[52] 容静文．ECFA 早收计划：实施与效应 [J]．对外经贸实务，2012（7）：42 - 44.

[53] 尚涛，陶蕴芳．中国生产性服务贸易开放与制造业国际竞争力关系研究——基于脉冲响应函数方法的分析 [J]．世界经济研究，2009（5）：52 - 58.

[54] 盛斌．中国加入 WTO 服务贸易自由化的评估与分析 [J]．世界

经济，2002（8）：10 – 18.

[55] 宋丽丽，刘廷华，张英涛. 多边服务贸易自由化促进了生产率提升吗？——基于中国工业行业数据的检验 [J]. 世界经济研究，2014（9）：49 – 55.

[56] 桑百川. 外商投资的制度效应与外资战略调整 [J]. 开放导报，2008（2）：27 – 31.

[57] 孙少勤，唐保庆，杨旻. 我国服务贸易进口对技术创新的影响——基于知识产权保护视角的研究 [J]. 华东经济管理，2014（10）：65 – 71.

[58] 唐保庆，陈志和，杨继军. 服务贸易进口是否带来国外 R&D 溢出效应 [J]. 数量经济技术经济研究，2011（5）：94 – 109.

[59] 唐保庆，黄繁华，杨继军. 服务贸易出口、知识产权保护与经济增长 [J]. 经济学：季刊，2012，11（1）：155 – 180.

[60] 田巍，余淼杰. 中间品贸易自由化和企业研发：基于中国数据的经验分析 [J]. 世界经济，2014（6）：90 – 112.

[61] 汪德华，张再金，白重恩. 政府规模、法治水平与服务业发展 [J]. 经济研究，2007（6）：51 – 64.

[62] 吴敬琏. 中国经济转型的困难与出路 [J]. 中国改革，2008（2）：67 – 68.

[63] 吴敬琏. 重启改革议程 [M]. 生活·读书·新知三联书店，2013.

[64] 王晶晶，黄繁华. FDI 结构性转变是否促进经济增长 [J]. 南方经济，2013（12）：1 – 12.

[65] 王霞. FDI 影响中国制度变迁的理论模型——基于强制性制度变迁视角 [J]. 经济问题，2010，366（2）：54 – 58.

[66] 王少瑾. 对外开放与我国的收入不平等——基于面板数据的实证研究 [J]. 世界经济研究，2007（4）：16 – 20.

[67] 王小平. 中国服务业利用外资的实证分析 [J]. 财贸经济，2005（9）：83 – 87.

[68] 王子先. 服务贸易新角色：经济增长、技术进步和产业升级的

综合性引擎 [J]. 国际贸易, 2012 (6): 47 – 53.

[69] 卫瑞, 庄宗明. 生产国际化与中国就业波动: 基于贸易自由化和外包视角 [J]. 世界经济, 2015 (1): 53 – 80.

[70] 魏守华, 姜宁, 吴贵生. 内生创新努力、本土技术溢出与长三角高技术产业创新绩效 [J]. 中国工业经济, 2009 (2): 25 – 34.

[71] 夏海勇, 曹方. 服务业三种生产模式的选择: 外包、FDI 和本国生产 [J]. 河北科技大学学报: 社会科学版, 2008, 8 (2): 27 – 32.

[72] 谢建国. 外商直接投资与中国的出口竞争力——一个中国的经验研究 [J]. 世界经济研究, 2003 (7): 34 – 39.

[73] 谢慧, 黄建忠. 服务业管制改革与制造业生产率——基于三水平多层模型的研究 [J]. 国际贸易问题, 2015 (2): 94 – 102.

[74] 肖林. 新供给经济学: 供给侧结构性改革与持续增长 [M]. 上海: 格致出版社, 2016.

[75] 徐毅, 张二震. FDI、外包与技术创新: 基于投入产出表数据的经验研究 [J]. 世界经济, 2008 (9): 41 – 48.

[76] 张艳, 唐宜红, 周默涵. 服务贸易自由化是否提高了制造业企业生产效率 [J]. 世界经济, 2013 (6): 44 – 55.

[77] 杨俊, 李晓羽, 杨尘. 技术模仿、人力资本积累与自主创新——基于中国省际面板数据的实证分析 [J]. 财经研究, 2007, 33 (5): 18 – 28.

[78] 姚博, 魏玮. 异质型外包的生产率效应 [J]. 产业经济研究, 2013 (1): 79 – 88.

[79] 姚战琪. 对外开放对中国生产性服务业影响的实证研究 [J]. 学习与探索, 2015 (6): 109 – 113.

[80] 姚战琪. 入世以来中国服务业开放度测算 [J]. 经济纵横, 2015 (6): 20 – 26.

[81] 殷华方, 鲁明泓. 中国外商直接投资政策"渐进螺旋"模式: 递推与转换 [J]. 管理世界, 2005 (2): 8 – 16.

[82] 于津平. 外资政策、国民利益与经济发展 [J]. 经济研究, 2004 (5): 49 – 57.

[83] 于诚, 黄繁华, 孟凡峰. 服务贸易出口复杂度的影响因素研究——基于"成本发现"模型的考察 [J]. 经济问题探索, 2015 (2): 54 - 62.

[84] 于诚, 周山人. 服务业 FDI 扩大了中国服务业相对工资差距吗?——基于省级动态面板数据的分析 [J]. 经济经纬, 2016 (1): 48 - 53.

[85] 于绯. CEPA 实施后粤港服务贸易合作的实证研究——基于巴拉萨模型、引力模型和购物模型 [J]. 经济管理, 2009 (10): 36 - 41.

[86] 余泳泽. 我国技术进步路径及方式选择的研究述评 [J]. 经济评论, 2012 (6): 128 - 134.

[87] 钟昌标, 李富强, 董直庆. 经济权力、经济制度和我国经济发展战略选择 [J]. 经济学动态, 2006 (5): 27 - 29.

[88] 张樊瑛. 国际服务贸易模式与服务贸易自由化研究 [J]. 财贸经济, 2010 (8): 76 - 82.

[89] 张杰. 进口对中国制造业企业专利活动的抑制效应研究 [J]. 中国工业经济, 2015 (7): 68 - 83.

[90] 张艳, 唐宜红, 周默涵. 服务贸易自由化是否提高了制造业企业生产效率 [J]. 世界经济, 2013 (11): 51 - 71.

[91] 张志明. 对外开放促进了中国服务业市场化改革吗? [J]. 世界经济研究, 2014 (10): 9 - 14.

[92] 张志明, 崔日明. 服务贸易、服务业 FDI 与中国服务业就业结构优化——基于行业面板数据的实证检验 [J]. 财经科学, 2014 (3): 88 - 95.

[93] 张文武, 梁琦. 劳动地理集中、产业空间与地区收入差距 [J]. 经济学: 季刊, 2011 (2): 691 - 708.

[94] 张军, 陈诗一, Gary H. Jefferson. 结构改革与中国工业增长 [J]. 经济研究, 2009 (7): 4 - 20.

[95] 周念利. 区域服务贸易自由化分析与评估 [M]. 对外经济贸易大学出版社, 2013.

[96] Acemoglu D., Golosov M., Aleh T.. Political Economy of Mechanisms [J]. *Econometrica*, 2008, 76 (3): 619 - 641.

[97] Adlung R., Roy M.. Turning Hills into Mountains? Current Commitments underthe GATS and Prospects for Change [C]. *Social Sciences*, 2005.

[98] Alonso J. A., Garcimartín C.. The Determinants of Institutional Quality: More on the Debate [J]. *Journal of International Development*, 2009, 25 (3 – 09): 206 – 226.

[99] Amiti M., Wei S. J.. Service Offshoring and Productivity: Evidence from the US [J]. *World Economy*, 2009, 32 (2): 203 – 220.

[100] Andersson L., Karpaty P.. Offshoring and Relative Labor Demand in Swedish Firms [J]. *General Information*, 2007.

[101] Andrea F. Patent Protection, Imitation and the Mode of Technology Transfer [J]. *International Journal of Industrial Organization*, 2000, 18 (7): 1129 – 1149.

[102] Arnold J. M., Javorcik B. S., Mattoo A.. Does Services Liberalization Benefit Manufacturing Firms?: Evidence from the Czech Republic [J]. *Journal of International Economics*, 2011, 85 (1): 136 – 146.

[103] Arnold J. M., Nicoletti G., Scarpetta S.. Does Anti – Competitive Regulation Matter for Productivity? Evidence from European Firms [J]. *Iza Discussion Papers*, 2011.

[104] Bala, R., Matthew, Y. The Determinants of Foreign Direct Investment in Services [J]. *The World Economy*, 2010, 33 (4): 573 – 596

[105] Barrios S., Görg H., Strobl E.. Foreign Direct Investment, Competition and Industrial Development in the Host Country [J]. *European Economic Review*, 2005, 49 (7): 1761 – 1784.

[106] Barro R. J., Sala – I – Martin X.. Technological Diffusion, Convergence, and Growth [J]. *Journal of Economic Growth*, 1995, 2 (2): 1 – 26.

[107] Becker G.. Human Capital: A Theoretical and Empirical Analysis with Special Reference to Education (3rd Edition) [J]. *Nber Books*, 1994, 18 (3): 556.

[108] Bernhard Michel, François Rycx. Does Offshoring of Materials and Business Services Affect Employment? Evidence from a Small Open Economy [J]. *Applied Economics*, 2009, 44 (2): 229 – 251.

[109] Blalock G. , Gertler P. J.. Learning from Exporting Revisited in a Less Developed Setting [J]. *Journal of Development Economics*, 2004, 75 (2): 397 – 416.

[110] Blomström M. , Kokko A. , Zejan M.. Host Country Competition, Labor Skills, and Technology Transfer by Multinationals [J]. *Weltwirtschaftliches Archiv*, 1994, 130 (3): 521 – 533.

[111] Borchert I. , Gootiiz B. , Mattoo A.. Guide to the Services Trade Restrictions Database [J]. *Aaditya Mattoo*, 2012 (5): 106.

[112] Borchert I. , Gootiiz B. , Mattoo A.. Policy Barriers to International Trade in Services: Evidence from a New Database [J]. *World Bank Economic Review*, 2012, 28 (1): 162 – 188.

[113] Borensztein E. , De Gregorio J. , Lee J. W.. How does Foreign Direct Investment Affect Economic Growth?[J]. *Journal of International Economics*, 1998, 45 (1): 115 – 135.

[114] Breinlich H. , Criscuolo C.. International Trade in Services: A Portrait of Importers and Exporters [J]. *Journal of International Economics*, 2010, 84 (2): 188 – 206.

[115] Budd J. W. , Slaughter M. J.. Are Profits Shared Across Borders? Evidence on International Rent Sharing [J]. *Journal of Labor Economics*, 2000, 22 (3): 525 – 552.

[116] Burgess D. F. Is Trade Liberalization in the Service Sector in the National Interest?[J]. *Oxford economic papers*, 1995: 60 – 78.

[117] Caves R. E.. Multinational Firms, Competition, and Productivity in Host – country Markets [J]. *Economica*, 1974: 176 – 193.

[118] Chaudhuri S. , Mattoo A. , Self R. , et al.. Forthcoming as a World Bank Policy Research Working Paper. Moving People to Deliver Services: How Can the GATS Help?[J]. *Social Science Electronic Publishing*, 2011, 8 (2): 246 – 249.

[119] Chong A. , Calderón C.. Causality and Feedback Between Institutional Measures and Economic Growth [J]. *Economics & Politics*, 2000, 12

（1）：69 - 81．

［120］Ciccone A. , Hall R. E.. Productivity and the Density of Economic Activity ［J］. *American Economic Review*, 1996, 86 （1）.

［121］Ciccone A.. Agglomeration Effects in Europe ［J］. *European Economic Review*, 2002, 46 （2）.

［122］Coe D. T. , Helpman E. , Hoffmaister A. W.. International R&D Spillovers and Institutions ［J］. *Nber Working Papers*, 2008, 53 （7）：1 - 35.

［123］Coe D. T. , Helpman E.. International R&D spillovers ［J］. *European Economic Review*, 1995, 39 （5）：859 - 887.

［124］Colecchia A. , Schreyer P.. ICT Investment and Economic Growth in the 1990s ［J］. A Comparative Study of Nine Oecd Countries, *Review of Economic Dynamics*, 2001, 5 （2）：408 - 442.

［125］Deardorff A. V.. Fragmentation in Simple Trade Models ［J］. *North American Journal of Economics & Finance*, 2001, 12 （2）：121 - 137.

［126］Dixit A. K. , Stiglitz J. E.. Monopolistic Competition and Optimum Product Diversity ［J］. *The American Economic Review*, 1977：297 - 308.

［127］Doytch N. , Uctum M.. Does the Worldwide Shift of FDI from Manufacturing to Services Accelerate Economic Growth? A GMM estimation study ［J］. *Journal of International Money and Finance*, 2011, 30 （3）：410 - 427.

［128］Drucker P. F.. Technology, Management and Society ［J］. *Rev. adm. empres*, 1970 （10）.

［129］Eswaran M. , Kotwal A.. The Role of the Service Sector in the Process of Industrialization ［J］. *Journal of Development Economics*, 2002, 68 （1）：150 - 152.

［130］Evenson R. E. , Gollin D.. Assessing the Impact of the Green Revolution, 1960 to 2000 ［J］. *Science*, 2003, 300 （5620）：758 - 762.

［131］Fernandes A. M. , Paunov C.. Foreign Direct Investment in Services and Manufacturing Productivity：Evidence for Chile ［J］. *Policy Research Working Paper*, 2008, 97 （4730）：305 - 321.

［132］Fernandes A. M. , Paunov C. Services FDI and Manufacturing Productivity Growth: Evidence for Chile [J]. *Journal of Development Economics*, 2012, 97 (2): 305 – 321.

[133] Fink C. , Molinuevo M. . East Asian Free Trade Agreements in Services: Key Architectural Elements [J]. *Social Science Electronic Publishing*, 2008, 11 (2): 263 – 311.

[134] Grossman G. M. , Helpman E. . Endogenous Product Cycles [J]. *Nber Working Papers*, 1989, 101 (408): 1214 – 1229.

[135] Grossman G. M. , Rossi – Hansberg E. . Trading Tasks: A Simple Model of Offshoring [J]. *American Economic Review*, 2008, 98 (5): 1978 – 97.

[136] Hansen B. E. . Threshold Effects in Non – dynamic Panels: Estimation, Testing, and Inference [J]. *Journal of Econometrics*, 1999, 93 (2): 345 – 368.

[137] Heckman J. J. , Vytlacil E. . Structural Equations, Treatment Effects, and Econometric Policy Evaluation [J]. *Econometrica*, 2005, 73 (3): 669 – 738.

[138] Hijzen A. . The Labour Market Effects of Unemployment Compensation in Brazil [J]. *Oecd Social Employment & Migration Working Papers*, 2011.

[139] Hijzen A. , Pisu M. , Upward R. , Wright P. W. . Employment, Job Turnover, and Trade in Producer Services: UK Firm – level Evidence [J]. *Canadian Journal of Economics*, 2011, 44 (3): 1020 – 1043.

[140] Hoekman B. . Trading Blocs and the Trading System: The Services Dimension [J]. *Journal of Economic Integration*, 1995, 10 (1): 1 – 31.

[141] Hoekman Bernard. Assessing the General Agreement on Trade in Services. In Will Martin and L. Alan Winters (eds.) *The Uruguay Round and the Developing Countries* [M]. Cambridge: Cambridge University Press, 1996: 88 – 124.

[142] Hulten C. R. . Total Factor Productivity: A Short Biography [J]. *Social Science Electronic Publishing*, 2000, 51 (3): 3 – 16.

[143] Hummels D. , Jorgensen R. , Munch J. , et al. . The Wage Effects

of Offshoring: Evidence from Danish Matched Worker – firm Data [J]. *American Economic Review*, 2011, 104 (6): 1597 – 1629.

[144] Jaffe, A. B.. Technological Opportunity and Spillovers of R&D: Evidence from Firm's Patent, Profits, and Market Value [J]. *American Economic Review*, 1986, 76 (5): 984 – 1001.

[145] Javorcik B. S., Li Y.. Do the Biggest Aisles Serve a Brighter Future? Global Retail Chains and their Implications for Romania [J]. *Journal of International Economics*, 2013, 90 (2): 348 – 363.

[146] Javorcik B., Li Y.. Do the Biggest Aisles Serve Brighter Future? [R]. Implicationsof Global Retail Chains' Presence for Romania, 2007.

[147] Jones R. W., Kierzkowski H.. *Horizontal Aspects of Vertical Fragmentation* [M]. Springer US, 2001.

[148] Kalirajan K. P.. Indian Ocean Rim Association for Regional Cooperation (IOR – ARC): Impact on Australia's Trade [J]. *Journal of Economic Integration*, 2000, 15 (4): 533 – 547.

[149] Kimura F, Lee H. H.. The Gravity Equation in International Trade in Services [J]. *Review of World Economics*, 2006, 142 (1): 92 – 121.

[150] Kogut B. Designing Global Strategies: Profiting from Operating Flexibility [J]. *International Executive*, 1986, 28 (1): 15 – 17.

[151] Konrad K. A., Kovenock D.. Competition for FDI with Vintage Investment andAgglomeration Advantages [J]. *Journal of International Economics*, 2009, 79 (2): 230 – 237.

[152] Markusen J. R., Strand B.. Trade in Business Services in General Equilibrium [J]. *Social Science Electronic Publishing*, 2007.

[153] Markusen J. R.. Modeling the Offshoring of White – Collar Services: From Comparative Advantage to the New Theories of Trade and FDI [J]. *Social Science Electronic Publishing*, 2005.

[154] Markusen J. R. Trade in Producer Services and in Other Specialized Inputs [J]. *American Economic Review*, 1989, 79 (1): 85 – 95.

[155] Mattoo A., Subramanian A.. Regulatory Autonomy and Multilateral

Disciplines: The Dilemma and a Possible Resolution [J]. *Journal of International Economic Law*, 1998, 1 (2): 303 – 22.

[156] Melitz M. J.. The Impact of Trade on Intra-Industry Reallocations and Aggregate Industry Productivity [J]. *Econometrica*, 2002, 71 (6): 1695 – 1725.

[157] Muller E. , Zenker A.. Business Services as Actors of Knowledge Transformation: The role of KIBS in Regional and National Innovation Systems [J]. *Research Policy*, 2001, 30 (9): 1501 – 1516.

[158] Murphy K. M. , Katz L. F.. Change in Relative Wages 1963 – 1987: Supply or Demand Factors [J]. *Quarterly Journal of Economics*, 1992 (107): 35 – 78.

[159] Naghavi A.. Outsourcing, Complementary Innovations and Growth [J]. *Center for Economic Research*, 2008, 19 (4): 1009 – 1035.

[160] Orbes K. J. , Warnock F. E.. Capital Flow Waves: Surges, Stops, Flight, and Retrenchment [J]. *Journal of International Economics*, 2012 (88): 235 – 251.

[161] Pomfret R.. Foreign Direct Investment in a Centrally Planned Economy: Lessons from China: Comment [J]. *Economic Development & Cultural Change*, 1994, 42 (2): 413 – 18.

[162] Pottelsberghe B. V. , Lichtenberg F.. International R&D Spillovers Comment [J]. *Ulb Institutional Repository*, 1998, 42 (8): 1483 – 1491.

[163] Riddle D. I.. *Service – led Growth: The Role of the Service Sector in World Development* [M]. Praeger, 1986.

[164] Rivera – Batiz R. B. L. A. Europe 1992 and the Liberalization of Direct Investment Flows: Services Versus Manufacturing [J]. *International Economic Journal*, 1992, 6 (1): 45 – 57.

[165] Rodrik D.. Promises: Credible Policy Reform via Signaling [J]. *Economic Journal*, 1988, 99 (397): 756 – 772.

[166] Romer P.. Endogenous Technological Change [J]. *Journal of Political Economy*, 1990, 98 (5): 71 – 102.

［167］Sethupathy G.. Offshoring, Wages, and Employment: Theory and Evidence ［J］. *European Economic Review*, 2013, 62 (3): 73 – 97.

［168］Solow, R. M.. A Contribution to the Theory of Economic Growth ［J］. *QuarterlyJournal of Economics*, 1956 (70): 65 – 94.

［169］Taglioni D. , Nielson J.. Services Trade Liberalisation: Identifying Opportunitiesand Gains ［J］. *Oecd Trade Policy Papers*, 2004.

［170］Tarr D. G. Chapter 6 – Putting Services and Foreign Direct Investment with Endogenous Productivity Effects in Computable General Equilibrium Models ［J］. In *Handbook of Computable General Equilibrium Modeling*, 2013 (1): 303 – 377.

［171］Tebaldi E. , Elmslie B.. Institutions, Innovation and Economic Growth ［J］. *Journalof Economic Development*, 2008, 33 (3): 27 – 53.

［172］Thorbecke B. W. , Smith G.. How Would an Appreciation of the RMB and Other East Asian Currencies Affect China's Exports ［C］. *Review of International Economics*, 2010.

［173］Walsh K.. Trade in Services: Does Gravity Hold?［J］. *Journal of World Trade*, 2008, 42 (2): 315 – 334.

［174］Xu B.. Multinational Enterprises, Technology Diffusion, and Host Country Productivity Growth ［J］. *Journal of Development Economics*, 2000, 62 (2): 477 – 493.

［175］Young A.. Gold Into Base Metals: Productivity Growth in the People's Republicof China During the Reform Period ［J］. *Journal of Political Economy*, 2003, 111 (6): 1220 – 1261.

服务经济博士论丛

致　谢

　　本书是在我博士论文的基础上整理而来的。本书的完成及出版，首先最需要感谢的是我敬爱的博导黄繁华教授。在南京大学学习期间，恩师无论在学习还是生活上都给予了我无微不至的指导和帮助。在本书写作方面的指导自不待言，从文献阅读思路开始就得到了恩师的悉心指导，在后来的框架结构安排乃至文中的遣词造句上，恩师都给予了耐心的帮助和不懈的支持，在此期间，我也深深地体会到恩师治学的严谨和高超的学术水平。恩师也极为重视学以致用，给予我大量机会参与其主持的学术型和应用型课题，不仅开阔了我的眼界，增长了我的学识，也启明了我的心智，为日后我参与社科院工作奠定了坚实基础。不仅是学术方面，恩师的为人方面同样让我受益匪浅。在繁忙的教学科研中，恩师依然抽出时间给我们开研讨会，会上非常重视与学生的交流沟通，以及对师门学生科研能力的培养，让我深切地感受到恩师严谨的治学和对学生的关爱。恩师平易近人、待人谦和、心系学生所想、急学生所急，指引我前进的方向，为我的学习、生活、工作提供了巨大的帮助，恩师待人处事的态度也让我受益终生。高山仰止，景行行止。简单的感谢无法表达我内心的感恩之情，但在此，还是请恩师接受我最真诚的感谢。

　　借此机会，我还要感谢南京大学的刘志彪教授、刘厚俊教授、张二震教授、于津平教授、谢建国教授在本书写作过程中给予我的思想点拨和悉心指导。刘志彪教授深邃的学术思想常常给我重大启发，十分感谢刘教授给我机会出版博士论文；刘厚俊教授对世界经济学研究的深刻见解与独到分析，令学生十分钦佩；张二震教授渊博的学识、幽默的授课风格和谦虚的为人风范，深受学生好评；于津平教授对问题的把握总是切中要害，令学生获益匪浅；谢建国教授严谨细致的治学态度，值得学习与膜拜。感谢硕士阶段培养我的南京财经大学宣烨教授、张为付教授，虽然我已踏出南京财经大学的校门，但二位教授仍然时时关心着我的学习和生活，再次感谢学术之路上的启蒙恩师。

　　同时，感谢一路默默陪伴我的家人们。爸爸妈妈在我写作最为焦虑的时候，常常抽空到南京给我鼓励和关怀，让我坚定地在科研道路上走下去。女友晓曼，在工作之余助我查找数据、整理文献、修改格式，默默守候，为我解忧。此外，本书的出版得到了经济科学出版社的各位领导、编辑老师的亲切关怀，在此对你们的辛勤劳动表示深深的感谢。

于诚

于江苏省社会科学院

2017 年 1 月

图书在版编目（CIP）数据

服务业开放对中国制造业技术进步的影响机制研究/
于诚著．—北京：经济科学出版社，2017.9
（服务经济博士论丛．第 3 辑）
ISBN 978 - 7 - 5141 - 8432 - 7

Ⅰ．①服… Ⅱ．①于… Ⅲ．①服务业 - 影响 - 制造工业 -
技术进步 - 研究 - 中国 Ⅳ．①F426.4

中国版本图书馆 CIP 数据核字（2017）第 227032 号

责任编辑：初少磊
责任校对：王肖楠
责任印制：李　鹏

服务业开放对中国制造业技术进步的影响机制研究
于诚　著
经济科学出版社出版、发行　新华书店经销
社址：北京市海淀区阜成路甲 28 号　邮编：100142
总编部电话：010 - 88191217　发行部电话：010 - 88191540
网址：www.esp.com.cn
电子邮件：esp@esp.com.cn
天猫网店：经济科学出版社旗舰店
网址：http://jjkxcbs.tmall.com
北京季蜂印刷有限公司印装
710 × 1000　16 开　11.75 印张　210000 字
2017 年 9 月第 1 版　2017 年 9 月第 1 次印刷
ISBN 978 - 7 - 5141 - 8432 - 7　定价：42.00 元
（图书出现印装问题，本社负责调换．电话：010 - 88191510）
（版权所有　翻印必究　举报电话：010 - 88191586
电子邮箱：dbts@esp.com.cn）